屍體會說話

派翠西亞・康薇爾——著

顧效齡——譯

POSTMORTEM

PATRICIA CORNWELL

女法醫史卡佩塔系列 01

屍體會說話 Postmortem

作　　者　派翠西亞・康薇爾 Patricia Cornwell
譯　　者　顧效齡
封面設計　莊謹銘
行銷企劃　陳彩玉、林詩玟
業　　務　李再星、李振東、林佩瑜

發 行 人　凃玉雲
總 編 輯　謝至平
編輯總監　劉麗真

城邦讀書花園
www.cite.com.tw

出　　版　臉譜出版
城邦文化事業股份有限公司
台北市民生東路二段141號5樓
電話：886-2-25007696　傳真：886-2-25001952

發　　行　英屬蓋曼群島商家庭傳媒股份有限公司城邦分公司
台北市中山區民生東路141號11樓
客服專線：02-25007718；25007719
24小時傳真專線：02-25001990；25001991
服務時間：週一至週五上午09:30-12:00；下午13:30-17:00
劃撥帳號：19863813　戶名：書虫股份有限公司
讀者服務信箱：service@readingclub.com.tw
城邦網址：http://www.cite.com.tw

香港發行　城邦（香港）出版集團有限公司
香港九龍九龍城土瓜灣道86號順聯工業大廈6樓A室
電話：852-25086231　傳真：852-25789337
電子信箱：hkcite@biznetvigator.com

馬新發行　城邦(馬新)出版集團
Cité(M) Sdn. Bhd.(458372 U)
41, Jalan Radin Anum, Bandar Baru Seri Petaling,
57000 Kuala Lumpur, Malaysia.
電話：603-90563833　傳真：603-90576622
電子信箱： services@cite.my

初版一刷　2000年3月
四版一刷　2024年2月

ISBN 978-626-315-415-5

定價400元（本書如有缺頁、破損、倒裝，請寄回本社更換）

國家圖書館出版品預行編目資料

屍體會說話/派翠西亞・康薇爾 (Patricia Cornwell)
著；顧效齡 譯. -- 四版. -- 臺北市：臉譜出
版：城邦文化事業股份有限公司出版：英屬蓋
曼群島商家庭傳媒股份有限公司城邦分公司發
行, 2024.02
面；　公分. -- (女法醫史卡佩塔系列；1)
譯自：Postmortem
ISBN 978-626-315-415-5 (平裝)

874.57　　112018951

感謝杜鵑窩人與謎熊協助專業知識查證校對

導讀

死亡的翻譯人

唐諾

日前，我個人在Discovery頻道上看過一支有關法醫和刑案的影片。因爲豐碩的法醫知識和經驗而成爲眞實世界神探的李昌鈺博士也在片子裡露了一手，他示範了人體血液從無力滴落到沛然噴洒所造成的不同現場血跡狀態，並由此可重建致死的原因、方式和眞確位置，這個絕技他拿來應用在一名警員車內殺妻卻謊稱車外車禍致死的駭人刑案。李昌鈺從噴洒在車前座、儀表板以及車窗上的血跡（該警員宣稱血跡是車禍之後，他把妻子抱入車內所造成的），證實死者當時係坐在駕駛座旁，血液噴洒的出處也全部來自同一個點，相當於死者頭部的高度，而且只有鈍器的用力重擊才足以造成如此大量且強勁的血液噴洒——和我們絕大多數的推理小說結局一樣：他漂漂亮亮的破案了。

該影片一開頭爲我們鏗鏘留下這麼兩句話：每具屍體都有一個故事，它只存在法醫的檔案簿裡。

談到這個，我們得再提一下E. M.佛斯特，這位著名的英籍小說家以爲，人的一生是從一個他已然忘記的經驗開始（出生），到一個他必須參與卻不能了解的經驗結束（死亡），我們只能在這兩個黑暗之間走動，而兩個有助於我們開啓生死之謎的東西，嬰兒和屍體，並不能告訴我們什麼，「只因爲他們傳達經驗的器官和我們的接收器官無法配合。」

我們當然了解，佛斯特所說的生死之謎是大哉問的文學哲學思辯之事，但他「訊息」和「接收」兩造之間無法配合的俏皮話，卻爲我們留下一個滿好玩的遊戲線索來：是不是其間失落了一個轉換的環節呢？是不是少了一個俗稱「翻譯」的東西呢？

在人類漫長的歷史裡，其實這個翻譯人的角色一直是有的。

至少，我們曉得的就有這麼兩個職位，其中較爲古老的一種是靈媒。靈媒不僅較古老，翻譯的野心也較大，他試圖把佛斯特所言「結束那一端的黑暗」裡的一切譯成我們人間的語言，但也許正因爲他宣稱的管轄範疇實在太遼闊了，太無所不能了，因此反而變得可疑，讓人愈來愈不敢相信他譯文的「信達雅」。

另一個歷史稍短的我們今天則稱之爲法醫或驗屍官（但這也不完全是現代的產物，很久、很久之前我們中國人曾叫他「仵作」）。相形之下，這個翻譯人就謙卑踏實多了，原則上他不去瞻量眞正的死後世界種種，他也不強做解人，他關心的只是死亡前的事，尤其是進入死亡那一瞬間的方式和原因，但他是信而有徵的，經得住驗證。

從文學、法醫到警務

派翠西亞．康薇爾所一手創造出來的凱．史卡佩塔便是這麼一位可堪我們信任的死亡翻譯人，維吉尼亞州的女性首席法醫，這組推理系列小說的靈魂人物。

凱·史卡佩塔的可信任，從結果論來看，充分表現在她從質到量的驚人成功上頭，舉例言之，一九九〇年她的登場之作《屍體會說話》，一口氣囊括了當年的愛倫坡獎、約翰·克雷西獎、安東尼獎、麥卡維帝獎以及法國Roman d'Aventures大獎；而又比方說六年之後的一九九六年三月一日，這個系列的六部著作同時高懸《今日美國》的前二十五名暢銷排行之內，分別是第一、第二、第八、第十四、第十五和第廿四。

事情會到這種地步，想來不會是偶然的，必有理由。

我個人的看法是，在這裡，康薇爾成功寫出了一個專業、強悍、實戰派而且禁得住科學挑剔的罪案工作者。身爲一個實際上和一具一具屍體拚搏的法醫，而不是抽著板煙夸夸其談的安樂椅神探，這樣的小說基本上有著一翻兩瞪眼的透明性，因爲她的揭示工作，不能仰仗語言的煙霧，乃至於「弄鬆」到用人生哲理、人性幽微或那些「扯哪裡去了」的語言自圓其說，檢驗她的不是高度唯心不確定的語言論述，而是冰冷無情、說一是一的一具顯微鏡，這種無所遁逃的特質，使得如此書寫的推理小說只有兩種極端的結果：一是再不聰明的讀者都能一眼瞧出的假充內行失敗之作，另一則是結實可信的眞正耀眼之作。

可想而知，這樣的小說也就不是可躲在書房，光靠聰明想像來完成的。

說來，康薇爾的眞實生涯，好像便爲著創造出凱·史卡佩塔而準備的，她原本是記者，而且前夫還是英國文學的教授，然而，她奇特的轉入維吉尼亞州的法醫部門工作，從最基層的停屍處檢驗記錄人員幹到電腦分析人員，最後，在她寫作之路大開，成爲專業小說作家之前，她又轉入了警務工作——就這樣，文學、法醫到警務，三點構成一個堅實的平面，缺一不可。

人的存在

屍體會說話？這是眞的嗎？

我們回過頭來再一次問這個問題，是為了清理一下某種實證主義的廉價迷思，就像我們經常在生活中聽到，甚至偶然也方便引用脫口而出，數字會說話、資料會說話、事實會說話……云云。這裡，隱藏著某種虛假的客觀，說多了，甚至好像連人都可以不存在似的。

一具屍體，乃至於萬事萬物的存在，的確都不是當下那一刻的冰涼實體而已，它或彰或隱保留了自身在時間裡的記憶刻痕（最形而下比方說某次闌尾炎手術的疤痕或體內的某個器官病變受損），這都可以被轉換理解成某種訊息，可堪被人解讀出來，因此，我們遂俏皮的說，儘管它並不眞正出聲，卻仍然像跟我們說著話一樣——這原本可以是積極的提醒，讓人們在實證的路上更積極更深化，主動去尋求並解讀事物隱藏的訊息，叫出它的記憶。

然而，問題在於：這是怎麼樣的訊息？向誰而發？由誰來傾聽？

從法醫的例子到佛斯特「訊息」到「接收」的說法，我們由此很容易看得出來，這個訊息說的並不是我們人間的普通語言，在通常的狀態之下我們是聽不懂的，我們得仰賴一個中介者，一個能解讀兩種不同語言的專業翻譯人。就像一具客觀實存的屍體擺在我們面前，我們大概只能駭怕的發現，它是死亡的，頂多稍稍猜得出它可能是暴烈或安然死亡而已，然而，在李昌鈺博士或我們的凱・史卡佩塔首席女法醫的操弄解讀之下，這具屍體卻可以像花朵在我們眼前綻開一般，神奇的讓我們看到它的死因、它的死亡細節和眞正關鍵，看到我們並不參與的生前遭遇和記憶，以及其他。

神奇但又可驗證，這樣的事最叫人心折。

這個中介者或翻譯者，必定得是人，一種專業的人——這個「專業」，指的不是他的職業，而是他的知識和經驗，並由此堆疊出來的洞見之力。從這裡我們知道，實證主義的進展，最終並非走向一種人的取消，相反的，它在最根深柢固之處，會接上能動的、思維的人。

所謂強悍

也因著這樣，我個人會更喜歡凱・史卡佩塔多一點，就像我也喜歡當前美國冷硬推理小說的兩位奇特私探，分別是蘇・葛拉芙頓筆下的肯西・梅爾紅和莎拉・派瑞斯基的維艾・華沙斯基一樣，只因爲她們都是女性。

這極可能是我的偏見，但我的想法是，在男女平權尙未完成的現在，女性的專業人員，尤其是存在著粗魯暴力的男性主體犯罪世界之中，不管做爲私探或者法醫，她們都得承受較多的不利和風險，包括先天生物構造的脆弱和後天社會體制形塑的另一種脆弱，但意識到這樣的脆弱在小說的思維裡是好的，就像大導演費里尼所說，「害怕的感覺隱藏著一種精微的快樂。」我們會看到凱在面對屍體的溫柔和面對罪犯的心情跌宕起伏，正如我們會看到梅爾紅和華沙斯基在放單面對並不得不緝捕男性罪犯時的狼狽和必然的害怕，這個確實存在的脆弱之感，引領著小說的思維走向一種精微的、豐饒的層次，而不是那種打不退、打不死、像坦克車一樣又強力、又沒腦袋的無趣英雄。

我個人多少覺得海明威筆下那種提著槍出門找尋個人戰鬥如找尋獵物的男性沙文英雄，以及當代波士頓冷硬大師羅勃．派克筆下的硬漢史賓塞看成是可笑的；對於海明威我寧可喜歡和他同期同名、深鬱細緻的福克納；至於羅勃．派克，他一向以雷蒙．錢德勒的繼承人自居，但老實說，他那位打拳練舉重、一雙鐵拳一枝快槍幾乎打遍天下無敵手的史賓塞，較之於高貴、幽默、若有所思的元祖冷硬私探菲力普．馬羅，實在只是個賣肌肉的莽漢而已。

我稱凱．史卡佩塔是專業且「強悍」的女法醫，正如我們大家仍都同意梅爾紅和華沙斯基仍隸屬於所謂「冷硬」私探一般，我相信，在這裡，強悍冷硬的意義是訴諸於一種專業的知識層面、一種強韌的心智層面和一種精緻的思維層面，在這些方面，並不存在著肉體的強弱和性別的差異，要比的，只是如何更專業，更強韌以及更精緻而已。

讓我們帶著這樣的心情，進入這位專業女法醫所爲我們揭示的神奇死亡世界，聽她跟我們翻譯一個個死亡的有趣故事吧。

人物介紹

凱・史卡佩塔	維吉尼亞州首席法醫
彼德・馬里諾	里奇蒙警局凶殺組警探
班頓・衛斯禮	聯邦調查局嫌犯人格分析專家

比爾・鮑士	檢察官
諾曼・譚納	公共安全局局長
艾文・安本基	法醫署長
艾比・敦布爾	記者
文葛	解剖技師
尼爾斯・范德	指紋鑑定專家
蘿絲	史卡佩塔的祕書
瑪格麗特	史卡佩塔的程式分析師
貝蒂	血清專家
法蘭克	工具痕跡與槍砲實驗室檢驗員
蘇珊・史多瑞	停屍間管理人
柏・弗蘭德	法醫辦公室助理警官
費爾丁	法醫辦公室副主任
凱戈尼	前任首席法醫
史皮羅・弗特西斯	法庭心理學家

露西	史卡佩塔的外甥女
桃樂絲	史卡佩塔的妹妹，露西的母親
柏莎	史卡佩塔的管家
馬克·詹姆斯	律師，史卡佩塔的前男友
東尼·班尼迪提	史卡佩塔的前夫

蘿瑞·彼德森	醫生
麥特·彼德森	蘿瑞的丈夫
布蘭達·史代普	小學教師
佩蒂·路易斯	作家
塞西爾·泰勒	職業介紹所的接待小姐
韓娜·耶柏儒	大學教師

屍體會說話

派翠西亞・康薇爾——著

1

六月六日星期五，里奇蒙市下著大雨。

傾盆大雨從黎明時分就開始了，一陣接一陣止也止不住的雨打得百合花只剩下光裸的莖幹，柏油路、人行道上到處是吹落的殘葉。街上出現了小河，球場及草地有了新生的池塘。我在雨打石瓦的敲擊聲中朦朧入睡，這個綿綿長夜溶解成霧茫茫的星期六清晨，我做了個恐怖的夢。

我看到被雨絲割裂的玻璃窗外有一張白色的臉，一張沒有形狀、不似人臉的臉，一張像尼龍絲襪紮的、不成模樣的洋娃娃臉。我臥室的窗原本是黝暗的，但突然之間，那張臉在那裡，那個惡魔正看著我。我驚醒過來，瞎子般向黑暗深處望去。直到電話鈴聲再度響起，我才曉得自己是被電話吵醒。摸也不摸我找到了聽筒。

「史卡佩塔醫生嗎？」

「是。」我伸手開燈。現在是半夜兩點三十三分。我的心緊抽了一下。

「我是彼德．馬里諾。柏克萊大道五六〇二號出了事，我想你最好來一趟。」

接下來他解釋，被害人名叫蘿瑞．彼德森，白種女子，三十歲左右。她的丈夫約莫在半小時前發現了她的屍體。

細節無關緊要。一接起電話認出是馬里諾警官，我就知道是怎麼回事了，更可能我一聽到電話鈴響就完全明白了。相信狼人傳說的人害怕滿月的夜晚，而我開始擔憂星期五午夜至星期六凌晨三點間的時刻，整個城市的人大半都處於無意識的睡夢中。

被叫到凶殺現場的通常是輪值的法醫，但這可不是尋常的案子。打從第二個人受害之後，我就先把話說清楚了，只要事情再發生，不管任何時間，一定要馬上通知我。馬里諾對這點很不以爲然。從我在兩年前被任命爲維吉尼亞州首席法醫以來，他就一直彆扭得要命。我不曉得是他討厭女人呢，還是就討厭我。

「柏克萊大道在柏克萊城中區，靠南邊。」他輕蔑的說。「你知道怎麼來嗎？」

我坦承不知，隨手抓起放在電話旁的記事紙，草草寫下了方向。掛上電話起身下床，腎上腺素像濃縮咖啡般衝擊我的神經。整棟房子仍是靜悄悄的。我一把抓起老舊磨損的醫事包。

夜間的空氣像是清涼的三溫暖，鄰居家的窗口沒有透出一絲光。我把深藍色的旅行車退出了車道，一邊注意玄關另一頭一樓窗邊明亮的燈光，在那間客房裡睡著我十歲的外甥女露西。在這小孩的生命裡，我又錯過了一天。星期三晚上我去機場接她，但到現在爲止，我們很少有機會共進一餐。

上公路前一路上空蕩蕩的，幾分鐘後我疾駛過詹姆斯河。遠處的後車燈像閃爍的紅寶石，市中心的摩天大樓鬼影幢幢般顯現於後視鏡中。從兩側延伸出一塊塊黑暗的平原，只有在邊緣有細細一圈模糊的光暈。在遠處某個地方，我知道，有那個男人。他可以是任何人，他直立行走，睡覺時有一片屋瓦罩在頭上，也有十根手指腳趾。他很可能是白種人，但比四十來歲的我要年輕很多。照一般的標準，他再平常不過，他大概不開BMW、不光顧街上的酒吧，也不去熱鬧的大街購買那些高級衣物。

但話說回來，也不是沒有那樣的可能。他可以是芸芸眾生中的任何一個人，那種你獨自跟他同搭電梯上了二十樓，但你再也記不起來的人。

他成爲這個城市自命的黑暗統治者，占據成千上萬他從未見過的人心頭。此刻他占據了我的心頭。無名氏先生。

這些凶殺案兩個月前才開始，他可能最近才從監獄或精神病院出來。至少上個星期人們是這麼猜測，但這樣的理論隨著案情在修正。

我的推論卻不曾改變。他一定才來這城市沒多久，在其他地方已經做過案，但他從來沒有在監獄或法院緊鎖的門後關過一天。他不是沒條理，也不是沒經驗，更不是一般人所說的「瘋狂」。

再兩個紅綠燈後左邊是衛爾歐街，之後第一處右轉是柏克萊大道。

兩條街外我就可以看到警車上旋轉的藍紅色燈。柏克萊五六〇二號對面的街道燈火通明，簡直像是災區。一輛引擎悶吼的救護車停在兩部沒有標幟但閃著警示燈的警車旁，附近又有三輛燈光開到不能再強烈的白色巡邏車。十二頻道的電視記者剛剛抵達現場。整條街上都閃著燈，好幾個身穿睡衣及家居袍的人走出來站在他們的玄關。

我將車子停在新聞轉播車的後面時，有一名攝影記者疾走過街。我低下頭，豎起卡其色雨衣衣領蓋住耳朵，沿著磚牆快步走到正門。我一向厭惡看到自己出現在晚間新聞中。從里奇蒙的勒殺案發生以來，我的辦公室就被同一幫記者重複的粗魯問題給淹沒。

「如果這是連續殺人犯幹的，史卡佩塔醫生，那是不是表示這樣的案子還會再發生？」好像他們希望還會有事發生。

「可不可以請你證實上一個被害人身上有被咬的痕跡？」

這不是眞的，但不論我怎麼回答都沒用。若說「不予置評」，他們立刻假設那是眞的。說「不是眞的」，那麼下一版立刻刊出，「凱．史卡佩塔醫生否認在被害人身上發現咬痕——」那個跟所有人一樣看報的凶手這一下子就有了新啓發。

最近的新聞報導不僅大肆渲染命案，而且詳述了不必要的細節。他們所做的早超過了警告市民的目的，他們把婦女，特別是單獨居住的婦女嚇得魂不附體。第三樁謀殺案發生一個星期後，手槍及安全門鎖的銷路上升了百分之五十，防止虐待動物協會的狗也被搶購一空，不用說，這般大驚恐立刻上了頭條新聞。昨天那個惡名昭彰卻也頻頻得獎的警政記者艾比．敦布爾再度展現她一慣的慓悍作風，她跑到我的辦公室打著資訊自由法案的招牌，逼迫我的部屬提供驗屍報告，當然她並沒有成功。

里奇蒙的罪案報導一向生猛，這個有二十二萬居民的老維吉尼亞城市去年被聯邦調查局列爲全美謀殺率次高的城市。英國的法醫病理學家在我的辦公室一待半個月進修槍傷是很平常的事。同樣平常的是，像彼德．馬里諾那樣的職業警官離開了瘋狂的紐約或芝加哥，結果發現里奇蒙反而更糟。

這些性殘殺案並非尋常的刑案。一般的市民對毒品案或家事糾紛漠不關心，一個醉鬼為了一瓶瘋狗牌廉價酒砍殺另一個酒鬼更不在他們心上。但這些被謀殺的女人是他們隔壁桌的同事、是你會邀了一塊去購物或來家小坐的朋友，或是那個在派對裡跟你閒談的點頭之交，是那個你去付錢時跟你一起排隊的人。她們是某些人的鄰居、某人的姊妹、某人的女兒、某人的愛人。她們在自己的家，睡在自己的床上，而那個無名氏先生爬進了她們家的窗。

兩個身穿警服的男人站在正門兩旁。正門大開著但被一條黃色的帶子攔住，上面標示警告：犯罪現場，請勿跨越。

「大夫。」他年輕得可以作我的兒子，這個身穿藍制服、站在階梯上層的男孩側過一邊，揭起帶子讓我彎腰走過。

客廳整理得一塵不染，以溫暖怡人的玫瑰色調布置。角落有一座優雅的桃花心木櫃，裝著一台小電視機及CD播放機。旁邊的架子上放著唱片與小提琴。在掛著窗簾、望出去可以看到前面草坪的窗戶下是一組沙發，沙發前的玻璃咖啡桌上整齊堆著半打雜誌，其中有《美國科學》及《新英格蘭醫學雜誌》。中間有一塊粉色襯著扁圓玫瑰和中國龍圖案的地毯，另一頭是一個胡桃木書櫃。依照醫學院課程表排列的大塊頭醫學書排滿了兩層書架。

敞開的門口通到與房子同長的走廊。在我的右邊有幾間房間，左邊有廚房，馬里諾和一個年輕的警官在跟一個我猜是受害者丈夫的男人說話。

我模糊的意識到料理檯的檯面很乾淨，地板及家電用品是那種說白不白，廠商們稱為杏仁色的顏色，壁紙與窗簾則是淡黃色。但我的注意力完全集中在那張桌上。上面躺著一個紅色的尼龍背包。裡面的內容警察已經仔細檢查過了：聽診器、小手電筒、曾經裝過餐點的塑膠盒，最新版的《外科年刊》、《刺胳針》以及《外傷期刊》。到目前爲止我是毫無頭緒。

馬里諾冷冷的看我停在桌邊，然後把我介紹給受害者的丈夫，麥特．彼德森。彼德森癱在一張椅子裡，他的臉因震驚而變形。他長得極爲英俊，簡直可說是俊美，他臉上的線條像是天斧鑿就，髮色漆黑，皮膚平滑透著曬過陽光的痕跡。他的肩膀很寬，修長而優美的上身隨意罩著一件白色的襯衫，與一條褪色的藍牛仔褲。他的眼睛往下望，手僵硬的放在膝上。

「這是她的東西？」我必須確認。那些醫學書籍也可能是丈夫的。

馬里諾呀的一聲算是回答。

彼德森的眼睛緩緩往上看。湛藍的眼睛滿布血絲，它們停在我身上時似乎放鬆了下來。醫生到了，帶來了一線原來沒有的希望。

他顯得心碎又受到極大驚嚇，沒頭沒腦的喃喃說道，「我跟她通電話。昨天她告訴我她大概十二點半到家，從維吉尼亞醫學院的急診室回來。我到家，發現燈沒開，我以爲她已經睡了。然後我走進來。」他的聲音逐漸升高，哆嗦著；他深吸了一口氣。「我走進去，進到臥室。」他的眼睛無路可逃，淚水如泉湧，他懇求我，「拜託你。我不希望別人看她，看到她現在這個樣子。拜託。」

我溫和的對他說，「我們必須檢查她，彼德森先生。」

他的怒氣霍然爆開，一拳捶在桌面上。「我曉得！」他的雙眼狂亂。「但所有的人，警察和所有的人！」他的聲音顫抖，「我知道會是怎麼一回事！記者，所有的人會爬過每個角落。我不要那些狗娘養的，外加他的弟兄瞪著她！」

馬里諾的眼睛眨也不眨。「嗨。我也有太太，麥特。我了解你的感覺，我保證我們會尊敬她。如果這事發生在我身上，我也要我太太得到同樣的尊敬。」

謊言是甜蜜的藥膏。

死去的人沒有自衛的能力，就像其他被害人一樣，這個女人必須面對的冒瀆現在才剛要開始。我知道非得等到蘿瑞．彼德森的內臟都給翻了出來，每一吋身體都給照了相，而且每個部分都公諸大眾，讓專家、警察、律師、法官、每個陪審員都檢視過後才會終止，不僅如此，審訊時還會有對她身體特徵的看法和說詞，更會有無聊玩笑以及尖刻的閒話，她這個人的每一個部分、她生活的方式，都會遭受細密的檢查、評論，有時甚至還會受到貶損。

死於非命是一樁公眾事件，依我個人的感覺而言，我很難接受自己職業中這殘酷的一面。我一直盡力維護被害人的尊嚴，然而一旦一個人變成了一個案子的號碼，一項被人傳來傳去的證據，我可以出力的地方就非常有限了。死者的隱私就像被剝奪的生命，完完全全被摧毀了。

馬里諾領我走出了廚房，留下一名警官繼續查問彼德森。

「你照過相了沒？」我問。

「ＩＤ在裡面，到處在撒粉採指紋，」他說，他指的是鑑識組人員正在現場採證，「我告訴他們不要去動屍體。」

我們在走廊停住。

牆上掛著幾幅不錯的水彩畫，以及好些夫妻倆個別的畢業照。還有一張是這對年輕夫婦的彩色藝術照，背景是海邊，他們靠著一排飽經侵蝕的木樁，褲腳捲上小腿，海風吹拂著髮絲，他們的臉被太陽曬得通紅。她生前面容娟秀，金髮，五官細緻，淺笑迷人。她從布朗大學畢業，然後進入哈佛醫學院。她丈夫之前在哈佛念大學。他們一定是在那裡認識的，很顯然他比她要年輕。

她，蘿瑞·彼德森，布朗及哈佛大學畢業，聰慧過人，三十歲，即將要實現她心中的夢想。經過至少八年的奮鬥，終於通過行醫的訓練，正式成爲醫生。但在一個勒殺凶手享受了幾分鐘變態的歡愉後，所有的這一切都化爲烏有。

馬里諾碰碰我的手肘。

我轉過身不再看那些照片，他要我注意左前方打開的門。

「他是這樣進來的。」他說。

這是一個貼著白瓷磚與灰藍色壁紙的小房間，有馬桶、洗臉台及一個草編的衣籃。馬桶上面的窗戶大開，清涼潮濕的空氣從那個深黑的方塊裡滲透進來，吹動了漿硬的白窗簾。窗外黑暗濃密的樹上，知了使勁的鳴叫著。

「紗窗被人割開了。」馬里諾一無表情的看了我一眼。「它頂在屋後。窗下有野餐桌凳。看來他把桌凳拉過去，踩著它爬了進來。」

我掃視地板、洗臉台和馬桶的上端，沒有看到泥土、汙跡或腳印。不過從我站的地方很難確定到底有沒有，而我可不願意冒任何可能破壞證據的危險踏進去。

「這扇窗有沒有鎖？」我問。

「不像鎖上了。其他的窗戶倒是都鎖好了，我們已經檢查過。看來她沒費神檢查這扇窗。其實在所有的窗子裡，這扇最危險，它接近地面，又位在後方，萬一出了事也沒有人會看到，比從臥室的窗戶進來更好。如果凶手手腳俐落，她根本聽不到他在割紗窗，然後遠遠從走廊的另一端爬進來。」

「門呢？那丈夫進來時是鎖上的嗎？」

「他說是。」

「那麼凶手是由同一個地方進出的。」我下了結論。

「很可能。好個身手乾淨的鼠輩，你說呢？」他緊緊站在門緣，身體往前傾但沒有踏進去。「這裡看不出什麼究竟，可能他擦過了，所以沒有在馬桶或地板上留下任何痕跡。雨已經下了一整天。」他停在我身上的眼睛死板板的看不出任何訊息。「他的腳應該是濕的，而且可能沾了泥巴。」

我不知道馬里諾是怎麼想的。他是個很難懂的人，我一直無法斷定他到底是絕佳的撲克牌高手，或者只是遲緩罷了。如果我有選擇的話，他正是我想要避開的那種警探……一個自以爲是的老大，絕無溝通的可能。他快五十了，滿臉風霜，長而稀薄的頭髮從腦殼較低的一邊分線，然後梳過去遮蓋禿光的部分。他至少有六呎高，多年灌下的波本威士忌或啤酒造就了他的啤酒肚。他脖子上那條不合潮流的紅藍條紋寬領帶，經過好些年夏天的汗水浸潤，已經油膩不堪。馬里諾是電影裡的那種硬漢……一個庸俗、粗魯的警探，家裡可能養隻髒嘴的鸚鵡作寵物，更別提那一桌的《人物》雜誌。

我來到走廊盡頭，然後停在主臥室的外邊。突然間，我的內心深處像被掏空挖盡似的。一個採指紋的警官正忙著把所有的表面撒上一層黑粉，另一個警官則在鉅細靡遺的錄影。

蘿瑞·彼德森躺在床上，藍白相間的毯子從床腳垂落。上面那層被單被踢開攏在她的腳下，壓在她身體下的床單上角則被拉鬆，露出下面的床墊，枕頭則擠在她頭的右邊。在這擺著光滑橡木家具的中產階級臥室裡，散發出一股不受干擾的文明氣息，然而就在這種氣息的環繞下，那張床彷彿處在暴風雨的漩渦中。

她身上一絲不掛。床右邊的彩塊地毯上有她淡黃色的棉布睡袍，從衣領到下襬被一刀割開，這跟前面發生過的三個案子符合。靠近門的床邊小桌上有具電話，電話線已被硬生生從牆上扯下。床頭兩側的兩盞燈都不亮，電線已遭割斷。她的手腕被一條電線綁在背後，另一條也如同前三個案子般結成殘忍但很有創意的圖案。有一圈繞住她的脖子，穿過她背後那條綁住她手腕的電線，最後緊緊的纏住她的腳踝。只要她的膝蓋一直彎著，繞著她脖子的那一圈就不收緊。一旦她的腿伸直，不論是因痛苦的自然反應，或是由於殺手壓在她身上的重量，那條繞在她脖子上的電線就會收緊成為勒死人的索套。

窒息而死只需要幾分鐘的時間。但當你身體的每一個細胞都狂喊著要空氣時，那可是非常長的幾分鐘。

「你可以進來了，大夫，」拿著錄影機的那個警官說，「我都已經照好了。」

我看著地面，小心的走近床邊，把我的醫事包放在地上，取出外科手套。接下來我拿出相機，就屍體的現狀照了幾張相。她的臉扭曲變形，腫得不能辨識，由於她脖上的索套，血漲了上來使她一臉紫黑，血水從鼻跟嘴冒出，沾汙了床單。她麥稈色的金髮也一團亂。她的個子算是高的，至少有五呎七，但比起走廊照片裡年輕時的她要胖了許多。

她的身體外觀很重要，因為這組案子的無固定模式變成了它的模式。四樁勒殺案被害人的外表似乎沒有相似的地方，就連她們的人種也不一樣。第三個被害人是一個很瘦的黑人女子；第一個則是紅髮，很胖；第二個卻是棕髮，很矮。她們的職業也不同，分別是：學校老師、自由作家以及接待員，現在這個則是醫生。她們又住在城裡不同的區域。

我從醫事包裡拿出一根很長的化學溫度計，我先量室溫，再量她的體溫。氣溫是攝氏二十二度，她的體溫為三十四點二度。死亡時間比一般人想像的更難確定。除非有目擊證人，或死者的手錶當下停擺，不然不可能準確推算死亡的時刻。但可以看出來，蘿瑞．彼德森的死亡時間不超過三小時。她的體溫每小時降低將近一度，而身上的小塊肌肉也開始變得僵硬。

我在尋找任何可能在去停屍間途中會遭破壞的物證。她皮膚上並沒有掉落的頭髮，但我發現好多種纖維，當然絕大多數是從被單上掉下來的。我用鑷子取了樣，其中有些細白，有些則像從某種深藍或黑色的東西上而來。我把它們都裝進放證據的小金屬盒子裡。最明顯的證據是那股麝香的味道，一塊類似乾掉膠液的透明殘餘物，黏在她雙腿的前面及背面。

這組案子裡全都檢驗出精液，但從血清學來看，這項證據並沒有多少價值。這個凶手跟百分之二十的人一樣，是所謂的非分泌者。這表示他的血型抗原不能在他的體液如口水、精液或汗水裡找到。換句話說，如果沒有他的血液樣本，就無法得知他的血型，他可能是A型、B型、AB型或任何血型。

只不過兩年前，凶手若具有這種非分泌的特質必定會對調查造成嚴重的打擊。但現在只要警察先抓到嫌犯，取得他的生物樣本，同時確認他沒有同卵雙胞胎，最新引進的DNA測試可以排除所有其他的人，指出凶手。

馬里諾走進臥室，緊站在我的身後。

「那浴室的窗子，」他說，一面看著屍體，「嗯，據那丈夫說，」他一彎拇指朝廚房指去，「沒關的理由是他上個星期把窗子打開了。」

我只是靜靜的聽著。

「他說他們很少用那間浴室，除非是有朋友來，看來他上週末在換紗窗，說他做完後可能忘記鎖上，那間浴室一整個星期都沒人用過。而她——」他再朝屍體望了一眼，「沒理由想去關，她以爲一定是鎖上了。」他停了一下。「怪的是，那凶手好像只試了那扇窗，那扇沒關的窗，其他紗窗都沒有被割開。」

「房子後面有幾扇窗？」我問。
「三扇。廚房一扇，那半間浴室，以及在這裡的浴室。」
「所有的窗都有滑動的窗框，最上面有栓。」
「沒錯。」
「這表示，如果你在外面拿手電筒照窗栓，或許可以看到上鎖了沒有，是不是？」
「說不定。」那對平板、毫不友善的眼睛又出現了。「但你得爬高去看，從地面上看不到。」
「你提到有張野餐桌凳。」我提醒他。
「問題是後院天殺般的軟爛，如果那傢伙拿了椅子到其他窗戶下，然後站在椅子上看的話，椅子腿應該會在草地上留下痕跡才對。我派了幾個人在外面查看，另外兩扇窗下一點痕跡也沒有，看起來凶手壓根沒有走近過，他應該是直接就到走廊盡頭的那扇窗。」
「那扇窗會不會留了一道縫，所以凶手就一路走了過去？」
馬里諾讓了我一招。「嗳，都有可能。不過如果有道縫，說不定上週她也會注意到。」
可能有也可能沒有，後見之明很容易。但大多數人並不會費心留意家裡各種瑣碎細節，特別是那種很少用到的房間。
在那扇可以望到街頭且掛了窗簾的窗戶下，有些讓人震驚的東西擺在桌上，那些東西在在提醒我蘿瑞·彼德森跟我是同行。《外科原理》、《Dorland's醫學手冊》及數本醫學期刊散放在記事簿上。鵝頸狀的銅燈下有兩片電腦磁片，標籤上用簽字筆簡明的寫著日期：6/1，又註明之一與之二。磁片則是最常見，可以用在IBM相容電腦上的那一種。磁片上可能有蘿瑞在維吉尼亞醫學院工作的資料，醫學院裡有許多電腦可供學生及醫生使用，但他們家裡似乎沒有個人電腦。

屋角的衣櫃與窗子間有一把椅子，上面堆了一疊整整齊齊的衣服、一條白色棉褲、紅白相間的短袖上衣及內衣。這些衣服微微起縐，看來像是穿了一天後隨手擱在椅子上。有時候當我太累時，也會懶得把衣服掛起來。

我迅速檢視衣櫥間與浴室。大致說來，主臥室還算整潔，一點也沒有被攪亂。所有的跡象顯示，攪毀這間房間或下手搶劫並不在凶手的計畫中。

馬里諾注視著在做鑑定的警官，他們正打開衣櫃的抽屜。

「你對她丈夫還知道些什麼？」我問。

「他是維吉尼亞大學的研究生，週一到週五住在夏洛斯維爾，星期五回家，週末留在這裡，星期天晚上再回到夏洛斯維爾。」

「他念什麼？」

「他說是文學，」馬里諾回答，眼睛四處張望，只是不看我，「他在攻讀博士學位。」

「哪一科？」

「文學。」他再說一遍，慢慢咀嚼每個字母。

「哪種文學？」

他棕色的眼睛終於毫不留情的停在我的身上。

「他說是美國文學，不過我的印象是，他眞正的興趣是戲劇。看來他現在就有參加演出。我想他說的是莎士比亞的《哈姆雷特》。他演過不少戲，有電影在附近開拍時也會在裡面軋個小角色。他還拍過電視廣告。」

做鑑定的警官們停了下來。其中有一個轉過身，手上的刷子停在半空中。

馬里諾指著桌上的電腦磁片大聲宣布，聲音洪亮，保證每個人都聽得到，「看來我們最好檢查那裡面有什麼，說不定是他正在寫的劇本，嗯？」

「我們可以在我辦公室看，我們有幾台ＩＢＭ相容的個人電腦。」我建議。

「個人電腦，」他慢呑呑的說，「哼，可打敗了我的打字機。皇家牌、標準型、黑盒子般的塊頭，黏呼呼的鍵盤，拉里拉雜的一堆。」

有個做鑑定的警官從衣櫃最下層抽屜裡的一疊毛衣下抽出一樣東西來……一把長刃的野外求生刀，刀把上配有羅盤，刀鞘上有個小袋子裝著小磨刀石。他小心的盡量不多碰觸，把它裝到一個放證物的塑膠袋裡。

在同一個抽屜裡找出了一盒保險套。我向馬里諾指出這點不尋常，因爲就我在臥室所見，蘿瑞是用口服避孕藥。

馬里諾跟其他的警官果然開始往壞處想。

我脫了手套塞進我的醫事包裡。「你們可以動她了。」我說。

這些男人不約而同的轉過身來，好像忽然記起來在攪亂翻倒的床中央有個被凶殺的女人。她的嘴被往後扯，痛苦似乎從她的牙齒傳出，她的眼睛腫得只剩下一條細縫，茫然的往上瞪視。

有人用無線電通知救護車，幾分鐘後有兩個身著藍色連身衣的醫護人員抬著擔架前來，他們在上面鋪了乾淨的白布，擔架緊緊頂住床。

蘿瑞．彼德森在我的指示下被搬上擔架，他們用床單將她包好，那幾雙戴了手套的手都沒有碰到她的皮膚。她被輕輕的放上擔架，床單也用針別了起來，以確保沒有失落或增加任何細微的證據。當魔術貼被人扯開再貼緊那個白色的蟬繭時，發出像撕裂般的響聲。

馬里諾跟著我走出臥室。當他說要陪我走到我的車子時，我不免感到驚訝。

我們走下樓時，麥特．彼德森站在那裡。他的形容憔悴，目光呆滯絕望的瞪著我，向我索求只有我可以給他的東西……希望和安慰，對他保證他的妻子立即死了，沒受什麼罪。她是死後才被綁起來強姦的。我對他無話可說。馬里諾帶著我穿過客廳走出了門。

房子前院在紅藍燈光閃爍的背景下，被電視台的攝影燈照得通明。那些魂不守舍的任務分派員斷斷續續的對話聲正努力對抗轟隆隆的引擎聲，雨絲開始悄悄的透過薄霧灑了下來。

帶著筆記本及錄音機的記者無所不在，不耐的等著屍體從前階被抬下來，然後滑進救護車車廂。一組電視人員站在街上，一個身段俐落、穿著風衣的女子正對著麥克風說話。她繃著一張臉，嚴肅的對著一架磨人的攝影機，爲星期六晚間新聞錄下她的犯罪現場實況報導。

比爾．鮑士，維吉尼亞州政府檢察官，剛好開車到來，正準備下車。他看來有些茫然，還沒睡醒，一心想要逃開那些記者。他還不清楚狀況所以也就無話可說。我不知道是誰去通知他的，可能就是馬里諾。這時警察到處巡視，好幾個人拿著強力手電筒對著草地沒頭沒腦的亂照，還有些人靠著他們白色的巡邏車聚在那裡說話。鮑士拉起他防風夾克的拉鍊，當他看到我時對我微微一點頭，匆匆上了走道。

警察局長跟一名警官坐在一輛沒有標幟的淺灰褐色車子裡。車內亮著燈，他們的臉色慘白，一面點頭對記者艾比·敦布爾發表談話。她從搖下的車窗外問他們問題，一等我們走上街，她就尾隨而至。

馬里諾一翻手把她打發了，「嘿，無可置評。」他用那種滾你媽的聲調說。他的回答讓人精神一振，幾乎有種安慰的作用。

「這可不是個汙坑？」馬里諾一臉憎厭的說，一面摸索身上找他的香菸。「老天，簡直就像定期上演的戲碼。」

馬里諾替我打開旅行車的車門，輕涼的雨絲落在我的臉上。當我發動車子時，他皮笑肉不笑的說，「小心開車，大夫。」

2

襯著黑暗的夜空，那白色的鐘面如同滿月般浮動，高高的懸掛在老火車站的圓頂上，在鐵軌及九十五號州際公路的天橋上。多年以前最後一班載客的火車停駛後，那大鐘上金屬細絲製成的指針也跟著停擺，上面指著十二點十七分。衛生與社會服務署決定在城內這個低窪區域上蓋棟爲死人服務的醫院，時間在這裡彷彿永遠停在十二點十七分。

建築物矗立起來又傾倒。汽車、貨車不間歇的轟隆隆吼聲，像是遠方滿懷抑鬱的海洋。腳下的地則是布滿垃圾、東一塊西一塊雜草的乾土，又像是滲透了毒液的海岸。沒有任何東西可以在上面生長，入夜之後又沒有任何燈光。除了卡車司機、旅客及火車沿著鋼筋水泥的車道疾駛而過之外，沒有任何生物在這裡移動。

我開車經過這片黑暗，那白色的鐘面看著我，宛如夢裡那張白臉般看著我。

我的旅行車從鐵絲網護欄的開口駛進，停在我過去兩年內幾乎每天都去報到的灰泥大樓後面。除了我的車外，唯一的公家車是指紋鑑定專家尼爾斯．范德的。馬里諾通知我之後，我就立即打電話給他。自從第二樁勒殺案發生後，我就開始執行新政策：萬一有新案發生，范德就立刻到停屍間來與我會合。現在他已經坐在X光間，準備做雷射檢驗。

門外有光灑在柏油路上，兩名醫護人員正從一輛救護車的後門拉出一個放著黑色屍袋的擔架。整個晚上都有屍體送來。在維吉尼亞州中部任何人死於非命，出人意料或死因可疑都會被送到這裡來，不分晝夜，不分時刻。

那兩個身穿藍色連身衣的年輕人看到我打開門進去時，好像有點訝異。

「你今天來得早，大夫。」

「在梅克倫堡發生的一起自殺案，」另一個人自動的說，「奔到火車前面一頭撞死，鐵軌五十呎內都有他。」

「喝，一塊塊的——」

擔架跌跌撞撞的穿門進入貼了白色瓷磚的走道。那個屍袋不是有問題就是被撕破了，鮮血從擔架下面漏了出來，留下一道斑駁的血跡。

停屍間有股特殊的味道，死亡腐敗的臭味是再多除臭劑也掩蓋不了的。就算我的眼睛蒙起來，我也會知道這是什麼地方。在清晨的此刻，那股味道更爲顯著，比平時更難聞。擔架喧譁的穿過空洞靜寂的走道，醫護人員把那自殺身亡的人推進了不鏽鋼冰箱中。

我右轉進入辦公室。警衛弗瑞德有一搭沒一搭的喝著咖啡，一邊等那兩個救護車上的醫護人員簽發屍體離去。他坐在桌子的邊緣避開不看。就算有槍指著他的頭，也無法迫使他護送任何人進入冰箱。從被單下露出懸了名牌的冰冷腳趾對他有種特別的效應。

他斜斜瞄了牆上的鐘一眼。他十小時的班即將結束。

「我們有另一具勒殺案的屍體要來。」我直接了當的對他說。

「主啊、主啊，實在太不幸了。」他搖著頭。「我告訴你，眞難想像有人會做出這種事來。那些可憐的女孩。」他還在搖著頭。

「立刻就要到了，我希望你關好大門，屍體進來後也要一直關緊，弗瑞德。好多記者都會來。我不希望任何人走近這大樓五十呎之內。我說明白了嗎？」我知道這些話聽起來嚴厲又尖銳，但我的神經像是吱吱作響的電線。

「是、是。」他奮力點頭。「我會注意的，一定會。」

我點燃一根菸拿起電話，戳出我家的電話號碼。

電話響第二聲柏莎就接起來了，她粗啞的回答，「哈囉。」聲音像是沒睡醒似的。

「只是問一下。」

「我在這裡。露西一點也沒被吵到，凱醫生。睡得像塊木頭，壓根沒聽到我進來。」

「謝謝你，柏莎，感激不盡。我不知道我什麼時候才能回家。」

「我會在這裡等你回來，凱醫生。」

這些天來柏莎跟我一樣都得隨傳隨到。如果我在半夜接到召喚，她也一樣。我給了她大門鑰匙，以及如何使用警報系統的說明。大概我一出門去現場，不久後她就到了。我遲鈍的想到，幾個小時後露西起床時，她會發現在廚房的不是她的凱阿姨，而是柏莎。

我原本答應今天要帶露西去蒙第塞羅的。

不遠處放手術用具的推車上擺著一台藍色的電器，比微波爐小一點，前面有一排明亮的綠燈，在漆黑的X光室，它像是浮在虛無空間的衛星，它的一條電線連接到一根裝滿海水、鉛筆大小的棒子。

我們去年冬天購買的雷射裝備其實滿簡單的。在一般的光源下，原子與分子在不同的波長各自發光，但當一個原子受到熱刺激，再被某種波長的光照在上面，原子可因此發出光來。

「再給我一點時間。」尼爾斯．范德在試各種不同的按鈕開關。他背對著我，「今早機器的預熱很慢——」他有氣沒力的嘟囔，「跟我一樣。」

我站在X光桌的另一頭，從暗黃的護目鏡後注視他的影子。在我正下方那個黝暗的一塊，是蘿瑞．彼德森的屍體。從她床上拖下的床單雖然已經打開，但仍在她的身下。我似乎在黑暗中等待了非常久，專心一致，雙手靜止且心無雜念。她的身體溫熱，才剛結束的生命像是股味道似的還停留在她身上。

范德宣布，「可以開始了。」他開啓了一道開關。

在此同時，雷射棒立刻射出明亮的光線，宛如液態的金綠寶石。它並非驅除黑暗，反而像是吸收了黑暗；它不發光，看來就像浮動在一小塊表面上。他走過桌子，身形彷彿是一件飄動的實驗袍，接著他開始拿著棒子指向她的頭。

我們一吋接一吋探索那腫脹的肉體。微小的纖維像熱絲般發亮，我開始用鑷子將它們夾起來。當我的手從她在X光桌上的身體移到放在推車上收集證據的各種封袋時，我簡短的動作造成一種慢動作的幻覺，來來去去，彼此毫不相干。雷射光像轟炸似的照亮了她的嘴角，頰骨內出血的血尖、鼻翼，每一吋都分隔了出來。我戴著手套抓著鑷子的手指好像不是自己的，而是屬於另一個陌生人的。

房間裡一會兒漆黑，一會兒又耀眼明亮，忽明忽亮令人暈眩。唯一讓我保持平衡的辦法是把我的心思集中在一件事上，好像我也是那一段一段的雷射光。我跟我在做的事配合一致，全副精神融合成一道光波。

「把她運進來的一個傢伙，」范德說，「告訴我她是維吉尼亞醫學院的外科住院醫生。」

我沒做什麼反應。

「你認得她嗎？」

我對他的問題吃了一驚，心裡某處像握拳似的縮緊。我也在維吉尼亞醫學院教書，那裡有成百的醫學院學生及住院醫生。我沒理由一定會認識她。

我除了繼續指示他外並沒有作答。我告訴他「往右一點」或「在那裡停一會」，范德慢慢的、很小心緊張的做，我也一樣。我們都逐漸感到無望及挫折。到目前爲止，雷射不過像胡佛牌吸塵器，吸了一堆無關緊要的垃圾。

我們大概在二十個左右的案子上試用過雷射，只有幾次發生了效用。雷射除了可以用來找出纖維及其他細小的證據外，在雷射的刺激下，汗水裡的多種成分也會像霓虹燈般發光。理論上來說，留在人體上的指印在雷射光下會發出亮光，而傳統的驗指紋粉及化學藥品在這點上就沒有任何用處。但我只知道一個個案，在南佛羅里達州有一個印在人體肌膚上的指紋被鑑識人員找了出來。當時有個女人在健康休憩中心遭到謀殺，凶手的手上有曬膚油。然而范德跟我都沒抱多大指望。

我們剛看到眼前的景象時，一時沒法會意過來。

雷射棒在探索蘿瑞．彼德森的右肩。當棒子指在她鎖骨上方時，忽然有三個不規則的印子跳了出來，好像它們是用磷畫出來的。我們兩個呆呆的站在那裡瞪眼，然後他咬著牙吹了聲口哨，而我只感到背脊發涼。

范德拿出一瓶粉末及一把刷子，小心翼翼的往隱藏在蘿瑞．彼德森皮膚上的那三枚指紋上撒粉。

我生出一線希望，「有用嗎？」

「我們有部分的指紋。」他一邊用拍立得照相，一邊不著力的回答。「脊骨上的細節很清楚，依我看好到可以分類。我立刻把這些寶貝貨送上電腦。」

「看起來像是同樣的殘餘物。」我邊想邊說。「他手上總是有那種東西。」這個魔鬼又再度簽名，而且好得不可置信。

「看起來像是一樣，但他手上該有更多這玩意才對。」

過去凶手從沒有留下指印，但那些發亮的殘餘物卻在我們的意料中。還不止這些。當范德開始探觸她的頸子時，細小的白色星群像在暗巷中被車燈掃亮的玻璃碎片。他把棒子對好，我伸手去拿消毒過的棉花片。

我們在前三個遭絞死的被害者身上都發現了同樣的亮點，第三個比第二個多，第一個最少。樣本已經送到檢驗室。到目前爲止，我們除了知道這種殘餘物不是有機物之外，無法鑑定出它的成分。

我們現在還是無解，不過我們倒是有張單子，列出不可能的物質。在過去的幾個星期，范德跟我做過好幾種實驗，我們在手臂上塗了各種東西，從人造奶油到潤膚油全用上了，看哪些會對雷射有反應、哪些不會。會發光的樣品比我們原來預期的少，但沒有一樣像那種不知名的殘餘物般發出那麼明亮的光來。

我輕輕的伸出一指，挑起環繞在蘿瑞·彼德森脖子周圍的電線，暴露出在她肉上一道憤怒的紅色深溝。邊緣並不清楚——絞死的過程比我原來設想的更緩慢。我看到被電線擦傷的痕跡出現在好些地方。索圈的鬆緊程度讓她勉強活了一會兒，然後，突然之間索圈抽緊了。電線上好幾處有亮光，其他就沒什麼線索了。

「試試她腳踝上的繩索。」我靜靜的說。

我們移到下面，又有同樣的白色亮光，但並沒有多少。在她的臉上、頭髮或腿上，都找不到一點那種殘餘物。她的手臂上有一點，好些在她的胸上及手臂上方。她的手腕被野蠻的綁在背後，而電線上有好些細小的白光，另外在她被割開的睡袍上也有。

我離開桌子，點根菸，開始重建可能發生的情況。

凶手的手上有某種物質，任何時候他一碰被害人，那種物質就沾了下來。蘿瑞．彼德森的睡袍被扯下來後，他可能去抓她的右肩，所以在她的鎖骨上留下指紋。很確定的一件事是：因爲這種物質在她的鎖骨上最多，所以他一定最先碰她那裡。

這就怪了。好像很合理，其實卻不然。

從一開始我就假設凶手立刻綁住被害人，她們很可能被迫先屈服在刀鋒下，然後凶手把她們綁起來，割開她們的衣服或幹下其他事。他碰的地方越多，他手上有的那種物質就越少。但爲什麼在她的鎖骨上會有這麼多？當他一開始攻擊時，是不是她這部分的肌膚已經暴露出來？我不認爲如此。她的睡袍是那種緊密的棉布，柔軟有伸縮性，看起來就像一件長袖的運動衫，上面沒有鈕釦或拉鍊。穿上它的唯一辦法是套頭穿進，她的頸子應該在衣服之下才是。如果她還穿著睡袍，凶手怎麼可能碰到她的鎖骨？而且這次的份量之多是以前從沒發生過的。

我走到外面的走廊，那裡有幾個穿著制服的警官靠著牆在聊天。我要其中一個用無線電通知馬里諾立刻打電話給我，我聽到馬里諾破鑼的嗓音在另一頭回答。我一邊在停屍間的硬磚地板上踱來踱去，周圍是發亮的不鏽鋼桌、水槽以及放滿外科手術用具的推車。有個水龍頭在漏水，消毒劑的味道總是甜得令人噁心，只有在還有更難聞的東西存在時，那股味道才會遜色些。桌上的電話像在嘲弄我似的保持寂靜，馬里諾知道我在電話旁等待，顯然他很高興有機會讓我等待。

從頭回想到底在哪一點上出了錯是件很無聊的事，但有時我還是禁不住會想。我們第一次見面時，我對馬里諾很客氣，很有禮貌的用力跟他握手，但他的眼睛像兩枚骯髒的銅板般平板無神。

二十分鐘後，電話鈴終於響起。

馬里諾還在彼德森的家裡詢問那個丈夫，套句警探的老話，那個丈夫像毛坑裡的耗子般不上道。

我告訴他那些會發光的殘餘物。我重複以前對他做過的解釋，那種殘餘物可能只是一般的家庭用品。那個神經凶手不知怎的把它加進他殺人的儀式之中……嬰兒爽膚粉、油膏、化妝品、清潔劑等都有可能。

到目前爲止，我們已經排除了多種可能性，我們的目的就是要先刪除各種可能的物品。如果這種物質並不是他殺人儀式的一部分——老實說，我也不認爲這會是他殺人儀式的一部分，那麼可能只是剛好他身上有，也許連他自己都不知道，但這個線索有一天說不定會帶我們到他工作或居住的地方。

「嗯，」馬里諾的聲音從另一端傳來，「好吧，我會到櫃子之類的地方找找看，不過我有我自己的看法。」

「是什麼？」

「那丈夫在演戲，對不對？每週五他都得排戲，所以回來得這麼晚。告訴我，我說的對不對，演員臉上會塗很濃的油彩。」

「只有彩排或正式演戲時才塗。」

「呀，」他拖長了聲音說，「據他說，他回來前正好有彩排，然後他就發現他太太死了。我的腦袋裡有個小聲音對我說——」

我打斷他，「你有沒有他的指紋？」

「嗯，有。」

「把他的指紋放在塑膠袋裡，你回來後直接交給我。」

他不明白我在說什麼，我也沒心情詳加解釋。

在掛電話前，馬里諾告訴我，「我不知道什麼時候才會回去。我有種感覺我會在這裡待上好一陣子。我可不是跟你開玩笑。」

看來不到星期一我是看不到他或那指紋卡了。馬里諾找到了他的嫌疑犯。他跟其他警察一樣常做這樣的推論。即使一個丈夫像聖人般的無瑕，當他的太太人死在西雅圖而他本人卻遠在英格蘭，但警察第一個懷疑的永遠是他。

槍殺、毒殺、毒打、刀殺是一回事，但這樣殘酷的謀殺又是另一回事。很少作丈夫的會有這種胃口把自己的太太綁起來強姦勒死。

我想我太疲倦了，所以才會覺得這麼挫敗。

從半夜兩點三十三分起來後，現在已是晚上六點。那些來停屍間的警察早就走了。范德在午飯時刻回家，我的一個驗屍技師文葛接著也離開了。除了我之外，整座大樓沒有另一個人影。

平時渴望的安靜現在卻讓我神經緊張。我一直在發冷，雙手僵硬，指尖幾乎發藍。每次前面的辦公室電話鈴響，我就嚇了一跳。

除了我之外，沒有人擔心我的辦公室不夠安全。我要求增加必要安全措施的預算一再遭拒。署長只想到降低支出，照他想來，就算我們一天二十四小時門戶大開歡迎光顧，也不會有賊要來，屍體比警犬靈光多了。

我從來不怕死人，讓我害怕的是活人。

幾個月前，一名瘋狂的殺手走進附近一間診所，對著候診室的滿屋子病人一陣掃射。這個事件發生過後，我就去五金行買了鏈條及掛鎖。辦公室關門後及週末時，可以用來保衛前面的兩扇玻璃大門。

正當我埋首辦公時，突然聽見有人劇烈的搖晃前門。我勉強逼迫自己走過走廊去查看。門上的鏈子被震得還在搖來搖去，但並沒有人在那裡。外面的流浪漢有時會試著進來用廁所，不過我望出去時，沒有看到任何人影。

我回到辦公室後心還在怦怦的跳。這時對面的電梯門霍然打開，我立刻拿起一把大剪刀準備迎戰，不過出現的只是輪值的警衛。

「剛才你有沒有想從前面的門進來？」我問。

他好奇的掃了我手上的利剪一眼，說聲沒有。我知道這話問得很沒道理。他明知道前門用鏈子鎖了起來，而且他也有大樓其他扇門的鑰匙，沒有理由要走前門。

我重新回到桌前去口錄蘿瑞．彼德森的驗屍報告。不安的沉寂浮在半空中。不知什麼緣故，我一句話也說不出來，我就是不能忍受聽到那些字眼大聲的說出來。我開始認爲這些話不該讓任何人聽到，即使是我的祕書蘿絲也不該受這種罪。沒有人該聽到那些發亮的殘餘物、精液，以及在她脖子上的傷痕。最可怕的是她曾被殘酷折磨的證據，凶手越來越殘忍凶暴了。

強暴與謀殺對他來說已經不再夠味。直到我解開蘿瑞．彼德森身上的繩索，割開她皮膚發紅的部分，並找尋她骨頭折斷的地方時，我才了解她死前的遭遇。

那些挫傷才發生不久，從皮膚的表面幾乎看不出來。但割開她的皮膚後，就可以看到她皮膚下破裂的血管，看得出她曾被笨重的物件打過，可能是被膝蓋或腳踢到。左邊有三根肋骨斷了，四根手指也遭折斷。她的嘴裡有纖維，大部分是在舌頭上，這顯示凶手可能將她的嘴塞起來，讓她沒辦法尖叫出聲。

我的腦中浮現客廳樂架上的小提琴，以及臥室桌上的外科期刊和書籍。她的雙手是她最珍貴的工具，用來治療病人與彈奏音樂。他一定是在把她綁起來後，蓄意的一根根折斷她的手指。

錄音機不斷的流轉記錄下一片沉寂。我關了機，坐在旋轉椅上滑到電腦前面。螢幕從黑色轉化成文書處理軟體的天藍背景，我開始打起驗屍報告，黑色的字體一個接一個躍上螢幕。

我並沒有去查驗屍時隨手寫下的筆記。我對她的一切知道得一清二楚，就在我的腦海裡。「一切正常」這個字眼不斷的出現。她一點病也沒有。她的心肺肝一切都正常，死亡時非常健康。我不斷的打字。一頁又一頁的報告不停的在螢幕上出現，直到我猛一抬頭，警衛弗瑞德就站在我的門口。

我沒注意到我工作了多久。八點鐘該他輪班，從我上次看到他到現在，所有發生的事像渙散出來的夢……一個惡夢。

「你還在這裡？」他遲疑了一下，「嗯，樓下有個葬儀社的人等著領屍，我不知道那具屍體在哪裡。他們大老遠從梅克倫堡來的。你知道文葛在哪兒嗎？」

「文葛幾個小時前就回家了。」我說，「什麼屍體？」

「名字叫羅勃，被火車撞死的。」

我想了一想。包括蘿瑞．彼德森在內，今天一共有六具。我依稀記得是有這麼回事。我摘下眼鏡揉揉眼。「你檢查過沒？」

他露出一副很不好意思的樣子，退後幾步搖搖頭。「你知道的，史卡佩塔醫生，我不碰那些裝屍體的盒子。噢，從不。」

3

我將車開進家裡的車道。柏莎那輛船也似的龐帝克轎車還泊在那裡。我鬆了口氣，我還沒來得及找到鑰匙門就開了。

「天氣怎麼樣？」我立刻開口問。

柏莎與我面對面站在寬敞的前廳。她明白我的意思。每當露西來住這兒，一到晚上我們必然有這番對話。

「糟得很，凱醫生。那小孩整天都在你的房間裡打電腦。我說給你聽，我不過踏進一腳要給她個三明治，稍微問她一聲，她就大喊大叫鬧個不休。不過我知道，」她的眼睛柔和下來，「她只是氣你得去工作。」

罪惡感滲透了我麻木的心靈。

「我看了晚報，凱醫生，天可憐見的。」她一邊伸手套進了她的雨衣。「我知道你為什麼花了一整天的時間忙這件事。主啊、主啊，我希望警察會抓到他。好狠啊，眞是凶殘。」

柏莎知道我工作的性質，但她從沒問過任何問題。就算我辦的案子牽涉到她的鄰居，她也從不過問。

「晚報在那裡。」她指指客廳，從門旁的桌上拿了皮包。「我藏在沙發的椅墊下，讓她找不到。我不曉得你准不准她看，凱醫生。」她出門前拍拍我的肩。

我看著她走到車邊，然後慢慢倒車走了。上帝保佑她！我不再替我的家人向她道歉。我的母親、妹妹、外甥女不是面對面，就是在電話裡侮辱過她，或是對她很不禮貌。但她了解，她既不表同情也不加批評，不過有時我懷疑她替我感到難過，然而這只會讓我更難受。我關起前門，走進廚房。

廚房是我最喜歡的房間。天花板很高，廚具不多但很現代。我喜歡自己動手做吃的，像是做麵、擀麵，所以廚房中央有一塊松木板，高度正好配合穿了絲襪後五呎三吋的我。擺著早餐桌的區域正對著一扇大窗，望出去可以看到後院的林子以及餵鳥的食盒。在全套淡原木色調的櫥櫃與料理檯之間，疏落插著從我悉心照料的花園裡摘下的黃色和紅色玫瑰花。

露西不在那裡。她的晚餐盤擱在瀝水架上。我想她又在我的書房裡了。

我打開冰箱倒了杯酒，靠著料理檯，閉起眼睛淺酌。我不知道該怎樣處理露西。

自從我離開戴德郡的法醫辦公室，搬離那個我成長及離婚後重返的城市以來，去年夏天是她第一次來我這裡。露西是我唯一的外甥女。她十歲的時候就已經會做高中程度的數理。她是個天才兒童，一個極度難纏、流著謎樣般拉丁血統的小孩。小時候她父親就過世了，除了我唯一的妹妹桃樂絲外，她無所依靠。而桃樂絲忙於撰寫兒童書籍，忙到沒時間去照顧她的親生骨肉。露西對我的崇拜可說是到了無可理喻的地步，可是現在我並沒有精神來回報她的依戀。開車回來時，我甚至考慮要不要更改她的機票回程日期，早點送她回邁阿密，但我又狠不下心來這樣做。

她一定會很失望。她不會了解爲什麼在她短短的一生中處處遭拒。這將會是最後的一擊，再次提醒她，她是多大的麻煩，沒有人要她。整整一年，她都企盼著來這裡，而我也有相同的期望。

我再啜了一口酒，我等待著那種完全的靜止來鬆弛我緊繃的神經，安撫我的焦慮。

我的房子在城市西邊的一個新社區。一棟棟大房子坐落在花木扶疏、一畝大的地上。街上來回的車輛大多是大型旅行車或是家用轎車。這裡的環境非常安靜，破門搶劫或搗毀住家的案子極少，我甚至不記得上次警車巡邏的時間。這種寧靜和安全感是不論花多少錢都值得的，而且對我來說，這是必需品。所以清晨當我臨窗吃早餐時，我知道窗外唯一可能發生的暴力事件是一隻松鼠與一隻藍鳥在爭食。這樣的環境安撫了我紛亂的心神。

我深吸一口氣，再啜了口酒。我開始害怕上床，害怕睡前在黑暗中的時刻，當我讓自己靜下心放鬆警戒時的那種感覺。蘿瑞．彼德森的模樣無時無刻在我眼前浮動，就像水庫門大開，想像力奔洩不盡，一幕幕的景象越變越恐怖。

我看到他跟她在臥室裡。我幾乎可以看到他的臉，但他的臉上並沒有五官，只有一團像臉的肉一閃而過。她可能是被冰冷的刀刃頂在脖子上而驚醒，也可能是她聽到了他讓人寒顫的聲音，她先試著跟他講理，想盡辦法說服他不要動手。天知道她說了有多久，但他割斷了桌燈的電線，開始動手綁她。她是哈佛畢業，一個外科醫生，她會試著用她的心智去對付這樣無可理喻的行動。

然後我心裡的景象變得狂亂，就像快速播放的影片。我看到她臨死前的掙扎轉爲不可言喻的恐怖。我不能看，再也受不了。我一定要控制我的思潮。

書房的外面是後院的林子，我通常把百葉窗拉下來，因爲只要我一看到外面的景色，就很難專心一致。我在門口停住，靜靜的改變我的注意力。露西背對著我，正在用力敲打那具放在堅實橡木桌上的電腦鍵盤。我有好幾個星期都沒有清理這房間了，裡面一塌糊塗、見不得人。書櫃裡的書東歪西倒，地上疊了好些本《法律記者》雜誌，其他的也都七零八落的。靠牆堆著我的畢業證書與執照……康乃爾、約翰霍普金斯、喬治城等等。我原來打算把它們掛在我城裡的辦公室，但總抽不出時間去做。在深藍色中國地毯的一角，歪歪斜斜堆了一堆等待收拾的雜誌。事業的成功讓我不再有時間把房子整得清清爽爽的，但看到這等雜亂，還是讓我心神煩躁，不能忍受。

「你幹嘛在那裡偷窺我？」露西沒有轉過身來，但兀自嘟嚷了一聲。

「我不是在偷窺你。」我微微一笑，親親她發亮的紅髮。

「哼，你是。」她手不停的敲打鍵盤。「我看到了，我從螢光幕上看到你的影子。你站在門口看我。」

我伸出手臂圍住她，我的下巴擱在她的頭上，直視面前一排排黃綠色的電腦指令。以前我從來不知道螢幕可以像一面鏡子，難怪我的程式分析師瑪格麗特就算背對著門，還是能一一叫出經過她辦公室的人。在螢幕上露西的臉顯得模糊，我至多可以看到她那副大人樣的龜紋框眼鏡。通常她會像隻小樹蛙般抱住我，但現在她顯然心情很惡劣。

「很抱歉我們今天沒法去蒙第塞羅，露西。」我試探著說。

她聳聳肩。

「我跟你一樣失望。」我說。

她再聳聳肩。「反正我想打電腦。」

她不是故意的，但她說的話像針刺一般。

「我有一大堆見鬼的事要幹，」她繼續說，一邊用力敲打鍵盤。「你的電腦資料庫早該好好清理了。我敢打賭你有一年都沒有初始化。」她坐在我的皮椅上轉來轉去。我走到一邊，兩臂交叉站在那裡。

「所以我就動手幹了。」

「什麼？你幹了什麼？」

不，露西不會這樣做的。初始化後硬碟上的資料就被清除了。在我的硬碟裡有半打的統計圖表，是我用來寫期刊論文的。我唯一有的存檔磁片還是幾個月前複製的。

露西的綠眼睛瞪著我，在厚重的鏡片下看起來就像貓頭鷹。她圓圓的像小精靈般的臉毫無表情的說，「我查書看該怎麼做。你只需要打IORI就成了。等它初始化後，你再打入Addall及Catalog兩個指令就好了。好簡單，任何蠢蛋都可以做。」

我沒說什麼。我沒有爲她說髒話而罵她。

我感到雙膝發軟。

我記得幾年前桃樂絲有一次打電話來，當時她完全處於一種歇斯底里的狀態。她告訴我在她出門買東西時，露西到她的書房，一舉把她所有的磁片全給做了，清除了上面全部的資料。其中有兩片存著桃樂絲正在寫的書，她還沒來得及把那幾章印出來或複製存檔，這活像是樁謀殺案。

「露西，你在開玩笑罷。」

「噢，別緊張。」她陰鬱的說，「我已經先把你的資料全部存檔，書上是這樣說的，然後再輸入。所有的東西都在那裡，只是清乾淨了。我的意思是，以節省空間而言清乾淨了。」

我拉了張矮椅子在她旁邊坐下來。直到此時我才注意到，在一大疊磁片下是今天的晚報。從報紙折疊的樣子看來，有人已經看過了。我抽出報紙翻到頭版，一眼看過去正是我最不想看到的那條新聞。

年輕外科醫生慘遭謀殺
勒殺案凶手四度出擊

一名三十歲左右的外科住院醫生於凌晨剛過時分，在柏克萊坡自家住宅裡慘遭謀殺。根據警方表示，這樁謀殺案與最近兩個月在里奇蒙發生的另三起婦女在家勒殺案有很大的關聯。

這次的被害人是蘿瑞·彼德森，哈佛醫學院畢業生，在維吉尼亞醫學院實習外科手術。她生前最後出現的地方是在昨天午夜過後，她離開維吉尼亞教學醫院急診室。據消息研判，她從醫院直接開車回家，大約在凌晨十二點半到兩點之間被殺。凶手割開一扇未上一行又一行的報導。上面有張黑白照片，醫護人員抬著她的屍體走下門前台階。還有一張較小的照片，可以認出裡面身著卡其色雨衣的人正是我自己。標題寫著……**首席法醫凱·史卡佩塔醫生到達謀殺案現場——**

露西睜大眼睛瞪著我。柏莎把報紙藏起來是有道理的，但露西很機靈，我不知道該說些什麼。一個十歲的小孩看到這樣的報導會想到什麼？特別是上面附了張她凱阿姨的照片？

我從來沒有對露西詳細解釋我的職業。我避免跟她討論我們居住的野蠻世界。我不希望她跟我一樣被盲目和殘酷的血水所洗禮，失去了天眞跟理想，再也不存一絲信任。

「這跟前鋒報一樣。」她的話讓我吃了一驚。「前鋒報老是登些謀殺新聞。上星期他們在運河裡找到了一具無頭屍體。他一定是個壞人，所以才會有人把他的頭割掉。」

「說不定是，露西。但就算他是壞人，還是不該被人砍下頭。而且不是每個被謀殺的人都是壞人。」

「媽媽說他們都是壞人，好人不會被謀殺的。只有妓女、毒犯或強盜才會。」

桃樂絲是會說出這種話來的。但更糟的是，露西眞正相信她說的話。一股囤積已久的憤怒從我的心底冒了上來。

「但那個女生是被勒殺的。」露西的想法動搖了。她的眼睛睜得好大，像可以把我吞了下去。「她是個醫生，凱阿姨，她怎麼會是壞人呢？你也是醫生，她就像你一樣。」

我忽然警覺到時間不早，現在已經很晚了。我關掉電腦，握住露西的手走出書房，進到廚房。當我轉頭問她要不要在上床前吃點心時，很狼狽的發現她正咬住下唇，眼裡充滿淚水。

「露西，怎麼哭了呢？」

她緊緊抱住我，一邊抽泣，一邊拚命抓住我不放。她哭叫道，「我不要你死、我不要你死。」

「露西！」我驚住了，不知如何是好。她鬧脾氣、傲慢或發火是一回事，但這是怎麼的？我可以感覺到她的淚水沾濕了我的襯衫，我可以感覺到那緊貼住我的小身體發熱緊張。

「別怕，露西。」我想不出別的話說，只有把她拉得更緊。

「我不要你死，凱阿姨。」

「我沒有要死，露西。」

「爸爸就死了。」

「不會有壞事發生在我身上的，露西。」

我的話並不足以安慰她。報上的新聞像是對她下了毒。雖然她有成人的智慧，但她又未脫離兒童的想像力。何況她原本就有很深的不安全感，以及失去父親的經驗。

老天，我想不出要如何回應才好。我母親對我的非難開始在我的心頭深處浮沉。我沒有小孩，我大概會是個糟糕的母親。「你該是個男人。」我跟母親最近一次的接觸戰中她如是說。「你把全副精神放在工作及完成你的野心上，一點也不像個女人。凱，你會變成個蟲乾。」

當我在心靈最空虛、最痛恨我自己的時刻，天殺的，我童年家裡草坪上那些蟲子的軀殼就會浮現在我的眼前。半透明、硬脆乾扁、死透的蟲。

平時我是不會這麼做的……給一個十歲大的小孩倒上一杯酒。

我帶她到她的房間去，然後我們坐在床上喝。她問我的問題卻不是我能回答的。她問「爲什麼有人要傷害別人？」及「這樣做是玩遊戲嗎？我的意思是，他覺得好玩才這樣做的嗎？像MTV上的節目，他們在MTV上也做那樣的事，但那是假裝的，沒有人眞的受傷。說不定他不是故意傷害他們的，凱阿姨。」

「有人就像惡魔一樣。」我靜靜的回答。「就像狗，露西，有些狗無緣無故就咬人。他們有問題。他們很壞，而且一直都很壞。」

「因爲別人先對他們很不好，所以他們變成壞人了。」

「有時候是這樣的，」我告訴她，「但並不是絕對如此。有時候一點理由也沒有。從另一方面來說，有沒有都不重要。每個人都可以做選擇。有些人寧願作壞人，他們就是對人很殘酷。這是人生醜惡不幸的地方。」

「就像希特勒一樣。」她低聲說，又喝了一口酒。

我開始用手指梳理她的頭髮。

她繼續嘟嘟咕咕，但她的聲音裡充滿了睡意。「傑米．古墨也是。他住在我們街上，老喜歡用BB槍打鳥。而且他喜歡把鳥蛋從鳥巢裡偷走，然後把它們摔在地上，看那些鳥寶寶掙扎。我恨他，我恨傑米．古墨。有次他騎腳踏車經過，我就對他丟石頭。我丟中了，但他不知道是我，我躲在樹叢後面。」

我啜著酒，一面梳理她的頭髮。

「上帝不會容許壞事發生在你身上的，對不對？」她問。

「不會有壞事發生在我身上的，我保證。」

「如果你禱告上帝照顧你，祂就會照顧你，對不對？」

「祂會照顧我們的。」我不確定我自己是不是相信這一點。

她皺起眉。我也不確定她相信。「你從來沒有感到害怕嗎？」

我禁不住微笑。「所有的人都有害怕的時候。但我百分之百的安全。沒有任何壞事會發生在我的身上。」

她睡著前的最後一句話是，「我希望永遠待在這裡，凱阿姨，我想要和你一樣。」

兩小時後，我了無睡意的坐在樓上，眼睜睜瞪著一頁書，但卻一個字也沒看進去。忽然之間，電話鈴響了。

我好像已經有了制式反應，一瞬間驚跳起來，一把抓起聽筒。我的心怦怦的跳，我想最有可能是馬里諾，我怕昨晚會重新來過。

「哈囉！」

沒有人回答。

「哈囉？」

電話那頭依稀傳來鬼氣森森的音樂，讓我想起那種在清晨放映的外國電影或恐怖電影，或是那種老式唱機磨沙般的聲音，然後電話就切斷了。

「咖啡？」

「嗯。」我應了一聲。

這句話足以代替說早安。

不論我什麼時候走進尼爾斯．范德的檢驗室，他的第一句話永遠是「咖啡？」。我也永遠要上一杯。咖啡因與酒精乃是我的兩大弱點。

當我在買車時，不像裝甲車一樣堅固的我絕不考慮，不繫上安全帶我就絕不開車。我的房子裡到處裝了防火的警鈴，再加上一套昂貴的防盜系統，只要有可能，我就避免坐飛機，我寧可坐了火車慢慢去。

咖啡因、酒精、膽固醇這三種人人視為大敵的東西，我發誓絕不放棄。我參加過一場全國性的會議，與三百多個病理學家同桌飲宴。這些人是全世界對疾病與死亡鑽研最深的專家學者，但四分之三的人既不慢跑，也不做有氧運動。只要有車坐，絕不用腳走；有位子坐時，絕不白站著。除非是下樓或下山，比較不費氣力，不然一見樓梯山坡，避之唯恐不及。三分之一的人抽菸，幾乎每個人都喝酒，而所有的人無不開懷痛吃，好像人人沒有明天。

壓力、沮喪，再加上可能因爲我們天天目擊慘劇，我們比其他人更需要歡娛。人生能講理嗎？我一個愛嘲諷世事的芝加哥法醫朋友就喜歡說，「什麼了不得的，你會死，人人都會死，就算你死的時候還很健康，那又怎麼樣？」

范德走到他桌後檯面的咖啡機前，倒了兩杯咖啡。他爲我倒咖啡也不知倒了多少次了，但他從來不記得我是喝黑咖啡的。

我的前夫也永遠記不得。我跟東尼住了六年，但他從來不記得我喝黑咖啡、吃五分熟的牛排，牛排的顏色不需要像聖誕節的色彩，只要帶一點粉紅色就行。更別提衣服的尺寸了。我穿八號，我的身材幾乎穿什麼都行，但我受不了任何繁複的花樣。而他呢？他老是送我六號的衣服，而且是帶著花邊又半透明的，只適合上床穿。他母親最喜歡的顏色是春綠，她的尺寸是十四號，一堆花邊是她的最愛。她討厭套頭裝，喜歡有拉鍊的。她對羊毛敏感，懶得穿任何需要乾洗、熨燙的衣服，憎恨任何帶紫的顏色，視白色或米色不切實際，絕不穿橫條或捲花，但對那種超軟皮衣則毫不在意。她相信她的身材與褶子絕對無法配合，但她偏好口袋，而且越多越好。當東尼替他母親買東西時就絕不會出差錯。

范德分別在我們兩人的杯子裡，丟下差不多份量、整整一大匙的奶精與砂糖。

他還是一貫的不修邊幅。又細又疏的灰髮活像是叢生的野草，寬大的罩袍上抹著一道道黑色驗指紋的粉末，胸前被墨水沾汙的口袋裡鼓脹出一大蓬原子筆跟簽字筆。他的個子很高，四肢瘦長見骨，偏有個不成比例的大肚子。他的頭形則活像個燈泡，眼睛則是那種洗得透徹的藍色，裡面永遠爲思潮所瀰漫。

我在這裡的第一個冬天，有天傍晚他到我的辦公室來宣布下雪了。他的脖子上纏著一條紅色的長圍巾，套在耳朵上的則是一頂飛行皮帽，很可能是從郵購目錄買來的。這是我見過最可笑的一頂冬帽。我想他如果坐在一架一次大戰的戰鬥機裡，一定如魚得水。在辦公室，我們就叫他飛行的荷蘭人。他老是忙忙碌碌的，樓上樓下奔來跑去，檢驗室罩袍在他的腿際揮過來掃過去。

「你看報了沒？」他問，一邊向咖啡吹氣。

「全世界誰沒看到。」我沒好氣的回答。

星期天的頭版新聞比星期六晚上的更糟。巨大的橫幅標題占據了整份報紙的上半頁，每個字母總有一吋高。邊上有對蘿瑞．彼德森的專題報導，一張看起來很像是從畢業紀念冊翻拍下來的相片。艾比．敦布爾的手段雖然不很過分，但也夠緊迫盯人的了。她試過訪問蘿瑞．彼德森住在費城的家人。據她聲稱，他們悲痛過度，無法置評。

「這種報導對我們沒有一點好處。」范德說。誰不知道呢。「我想知道是什麼人漏的嘴，好將他們的手指吊起來。」

「那些警察從沒學到閉嘴之道。」我告訴他。「如果他們學會閉上嘴，他們再也不能抱怨有人走漏消息了。」

「說不定確實是警察走漏的消息，但不管是誰，這種新聞快把我太太給逼瘋了。如果我們住在城裡，她一定要我們今天就搬走。」

他走到他的桌子前，上面堆滿了電腦印出來的資料、照片及電話留言，還有個一夸脫的啤酒瓶，以及一塊沾有乾血的地板瓷磚，兩樣都放在有「證物」標籤的塑膠袋裡。約十小瓶的福馬林擱置在四處，每一瓶裡都有一段從第二指節處被剪下來的指尖，上面都有被燒過的痕跡。對未經指認但被嚴重燒傷或已相當腐敗的屍體，用平常的辦法常常無法採到指紋。在這麼一大堆讓人感到驚悚的證物之中，有一瓶凡士林強化保養乳液頗不調和的豎立在那裡。

范德在他手上抹了一些乳液，戴上一副白色棉布手套。丙酮、二甲苯及不斷的洗手是他工作的一部分，這些東西對皮膚的殺傷力很大。如果他沒戴手套就使用一種顯現隱性指紋的化學藥劑寧海德林，我一眼就知道了，因為他整個星期都會全副紫手指的走來走去。他這套清早必行的儀式完成後，就指頭一指，要我跟他到四樓的走廊。

幾個房間過後是電腦室，裡面乾乾淨淨像消過毒似的，其中擺滿了淡銀色的各式盒狀機器，看起來活像是太空時代的洗衣房。那具光滑直豎、外型類似一套洗衣機與烘乾機的是比對指紋的機器。它的作用是將不知名的指紋，與儲存在指紋資料庫裡的幾百萬個指紋比較，看看有沒有人會中獎。它又簡稱FMP，經過先進的平行處理，這部機器一秒鐘能比對八百個指紋。范德不喜歡枯坐在那裡等結果，通常他把指紋擱在那裡過夜，所以第二天一早他來上班時就有結果可看。

范德在星期六已經做好了整個過程中最費時的部分，就是把指紋準備好輸入機器。他得先將隱性的指紋照相，然後放大五倍，在每張相片上放一張描圖紙，然後用細簽字筆描出最顯著的痕跡，之後再把畫過的指紋圖縮小，使它跟實際採得的指紋大小完全一致。最後他把相片黏在輸出隱性指紋的紙片上，送進電腦分析，現在就等結果出來了。

范德坐在那裡，好像鋼琴獨奏家在等著演奏。我幾乎期待著他掀起白袍的下襬，伸直手指做準備。他的史坦威鋼琴是一座遙控輸入器，有鍵盤、螢幕、影像掃描機、指紋影像器，以及其他各類的機器。影像掃描機可以同時輸入指紋卡及隱性的指紋，指紋影像處理器則可以自動檢驗指紋的特性。

我看著他輸入若干指令，然後按印表機按鈕。一長串嫌犯名單快速顯現在綠色條文的印表紙上。

在范德撕下印表紙的同時，我拉過一張椅子坐下來。根據不同的案子，他將資料分成了十個部分。

我們的注意力集中在編號八八〇一六五一上。這個號碼代表在蘿瑞·彼德森身上發現的隱性指紋。電腦比對的過程很像是參加選舉。可能相符的指紋稱作候選人，再根據它們的分數排名。分數越高，表示候選人與輸入的無名指紋越相像。以八八〇一六五一爲例，有一個候選人的分數就比其他的都要高，而且高出一千點之多，這只有一個可能。

它是我們要找的對象。

或像范德語出痛快的說，「這玩意兒熱得發燒。」

中獎的候選人依程序被編爲NIC112。

我眞的沒有預料到會有這樣的結果。

「這麼看來，在她身上留有指紋的人在資料庫有檔案。」我問。

「不錯。」

「意思是他可能有前科。」

「很可能，但不絕對是。」范德站起來，走到有指證結果的終端機前。他輕敲鍵盤，一面瞪著螢幕。

他繼續說，「也可能是其他的理由，比如說他是警察，或曾經申請過開計程車的執照。」

他開始從影像機裡搜尋出那些指紋卡。一瞬之間，那些放大了的藍綠色圈圈漩渦，蓋印在嫌犯的指紋上，右邊一行則列出嫌犯的性別、種族、生日與其他的相關資料。范德印出來後交在我的手裡。

我仔細研讀結果，一遍又一遍的檢查NIC112的身分。

馬里諾一定會興奮個半死。

根據電腦結果顯示，無可置疑的，雷射在蘿瑞．彼德森肩膀上找到的隱性指紋，是麥特．彼德森留下來的，也就是她的丈夫。

4

我對麥特·彼德森碰過她的身體並沒有感到特別驚訝。當你看到有人好像死了，過去碰碰看是自然的反應。很多人都會前去摸脈搏，或輕輕的抓肩膀想搖醒那個可能死掉了的人。但有兩件事讓我不安：第一，這些隱性指紋之所以會被察覺，是因爲留下指紋的人手指上有那種會發光的神祕物質——在其他的勒殺案也留有相同的證據。第二，麥特·彼德森的指紋卡還沒被送入檢驗室，換句話說，電腦之所以會找出他，是因爲他已經有了紀錄。

我告訴范德我們需要查明彼德森留下紀錄的理由，看他是否有犯罪前科。就在這時候，馬里諾走了進來。

「你的祕書告訴我你在這裡。」他大聲宣布，以此代替了招呼。

他正在吃甜甜圈。我認出來是他從樓下咖啡機旁的盒子裡拿的。蘿絲常在星期一早上帶甜甜圈來。他環視四周的機器，隨手把一個信封遞到我的面前。「對不起，尼爾斯。」他嘟囔一聲。「不過這個醫生說，她要第一個看。」

范德好奇的看我打開信封，裡面是一個裝著彼德森指紋卡的塑膠袋。馬里諾故意要讓我好看。我一肚子不悅。照一般的程序，指紋卡應該直接交到指紋檢驗室，而不是交給我。這種事最容易引起同事之間的不滿，他們假設你侵犯他們的領域，想要越過他們的頭上去，事實上你可能壓根沒有這種心思。

我向范德解釋，「我不希望這些指紋卡大剌剌的擱在你的桌上，讓別人有機會碰到它。麥特．彼德森說他回家前曾用過油彩，如果他手上還有痕跡，那些指紋卡上也可能有。」

范德張大眼睛，他對此一可能大感興趣。「當然，我們可以再用雷射來檢查。」

馬里諾陰沉的瞪著我。

我問他，「那把野外求生刀怎麼樣了？」

他從手臂中那一大疊裡抽出另一個信封。「我正要送到法蘭克那裡。」

范德建議我們先用雷射檢查一下。然後他又印出一份NIC112的指紋，也就是麥特．彼德森在他太太身上留下的隱性指紋，一手交給了馬里諾。

馬里諾看了一眼，悶哼一聲。「狗屎。」他抬頭直視我。

他的眼睛裡充滿了勝利的笑意。我對他這副德性已經很熟悉了，此乃意料中的事。他的意思再明白不過。「你看吧，法醫大人，說不定你讀過幾本書，不過是我知道人間煙火。」

我可以感覺到那個丈夫將會受到越來越緊迫的偵查。不過我仍然相信殺他太太的凶手是個我們都不認識的人。

一刻鐘後，范德、馬里諾與我一起進入指紋檢驗室旁一個相當於暗房的房間。一個大洗手池旁的檯面上陳列著指紋卡及野外求生刀。房間內一片漆黑。馬里諾的肥大肚子好不煩人的碰撞著我的左手彎。在雷射之下，墨黑的指紋卡發出一陣陣耀眼的閃光，刀把上也有。刀把是硬塑膠製成的，表面太粗糙，採不到指紋。

在那把閃亮的寬刀刃上，有些肉眼看不到的殘餘物，以及幾個范德撒了顯指紋粉後摘下來的部分指紋。他彎向指紋卡，用他那副如鷹眼般銳利的專家眼睛迅速比較一回後宣布，「根據初步的比較，這是他的，刀把上的指紋是彼德森的。」

雷射光關掉後，我們置身漆黑之中。忽然間頭頂上強光直照，迫使我們回到令人喪氣的水泥房間及白色塑膠桌面之中。

我把護目鏡推到頭上，開始客觀的細數一件件證據。范德還在搞雷射，馬里諾則點起一根菸。

「刀上的指紋不見得有什麼意義。這把刀是彼德森的，當然會有他的指紋。至於那些發光的殘餘物呢？不錯，很明顯的，當他去碰他太太及按下指紋時，他手上是有某種會發光的物質，但我們不能確定這種物質跟我們在其他地方找到的是否一樣，特別是不是跟前三件勒殺案裡找到的一樣。我們可以試試用電子顯微鏡來掃描。如果運氣亨通，電子顯微鏡能幫我們鑑定這些殘餘物的基本成分，或檢驗其紅外線光譜，查明這種殘餘物跟我們在她身上以及在之前案子找到的殘餘物是否相同。」

「你在說什麼？」馬里諾不可置信的問。「你的意思是，麥特手上有種物質，凶手手上也有一種，在雷射光下看起來一樣，但其實並不同？」

「幾乎所有對雷射有強烈反應的物質看起來都很像。」我慢慢的、很小心的回答。「它們像白色的霓虹燈般發亮。」

「沒錯，但大多數人手上並沒有任何會發出白色霓虹光的東西，至少據我所知是這樣的。」我不得不同意。「大多數人是沒有。」

「這好像是種古怪的小巧合。麥特剛好手上有那種玩意，不論那到底是什麼。」

「你說過他回來前在彩排。」我提醒他。

「他是這樣說。」

「說不定我們該去收集他在星期五晚上用過的化妝品，然後拿回來檢驗。」

馬里諾一臉不以為然的瞪著我。

二樓只有幾台個人電腦，我的辦公室裡就占了一台，它與二樓另一邊的主機連線，不過就算主機出了問題，我至少可以用它來處理文書。

馬里諾交給我在彼德森家臥室桌上找到的兩張磁片。我把它們放進磁碟機，看它們個別的資料。

螢幕上列出一個個檔案或章節的目錄，很顯然的，這是麥特．彼德森的論文，主題是美國作家田納西．威廉斯。「他最成功的劇本中顯露出在羅曼蒂克的儒雅表面下，一個充滿了性與暴力的挫折世界。」引言的第一段如是開頭。

馬里諾站在我身後邊看邊搖頭。

「天，」他哼一聲，「越來越妙了。難怪那傢伙聽說我們要他的磁片就嚇個半死，你看看這玩意。」

我繼續往下看。

從我們眼前閃過的，是威廉斯如何處理像同性戀與食人肉等引人爭論的主題。裡面提到粗暴的史坦利．科瓦斯基，以及在《青春的甜蜜之鳥》裡被閹割的男妓。我不需要有任何透視力就能讀出馬里諾的想法，他的想法跟那種八卦雜誌的封面一樣的陳腐。對他來說，這明明是色情文字，替精神病患充滿性與暴力的反常幻想火上加油。如果馬里諾被迫去上戲劇學入門，他絕不能分辨現實與舞台的差別。

像威廉斯這樣的人，甚或是麥特，創造這類劇本的人本身鮮少會有類似的經驗。

我平視馬里諾。「你覺得怎麼樣？彼德森是個研究舊約的學者？」

他聳聳肩，眼光再度轉回螢幕。「嘿，你不能說主日學會教這個。」

「聖經也不教強姦、用石頭砸死人、砍人頭或嫖妓。在真實人生，寫《冷血》的楚門．卡波提也不是個連續殺人犯，警官。」

他從電腦旁邊走開坐到張椅子上。我的轉椅一轉，隔著寬闊的桌面面對他。通常當他來我的辦公室時，他喜歡站在那裡，像塔一般對我當頭罩下。但這次他坐在那裡，我們眼對眼相看。我知道他要在這裡待一陣子。

「把這玩意印出來如何？看來很適合當睡前讀物。」他假惺惺的微笑。「誰知道？說不定這個美國文學畸種也套用那個性虐待狂薩德的話。」

「薩德是法國人。」

「管他的。」

我勉強壓抑自己的怒氣。我在想，如果有個法醫的太太被謀殺的話會怎麼樣。馬里諾往他們的書房一看，發現一本接一本有關異常謀殺的案子，會不會覺得他挖到了寶？

他瞇起眼點了另一根菸，然後深吸一口。他等著吐出一線細煙後才說，「看來你對彼德森的印象好得很。爲什麼呢？因爲他是藝術家，還是因爲他是個炙手可熱的大學生？」

「我對他談不上什麼印象。」我回答。「我對他一點也不清楚，但他不符合勒殺這些女人的嫌犯素描。」

他想了一想。「嗯，我倒是清楚他。醫生，你看，我跟他談了幾個小時。」他從他條紋外套的口袋裡掏出兩捲錄音帶，丟在桌面的記事簿上，就在我伸手可及的地方。我掏出香菸，也點上了一根。

「讓我告訴你我覺得怎麼樣。當時我、貝克和他全在廚房裡，嗯？醫護人員才剛把屍體搬走，突然之間，彼德森整個人完全變了樣。他在椅子上坐直了一點，他腦筋清楚，而手開始揮來揮去，好像他在作戲似的，簡直不可思議。有時候他的眼裡滿是淚水，聲音沙啞，臉色一陣紅一陣白。我心裡在想，他不是在回答問題，他是在演戲。」

他往椅背一靠，解開領帶。「我在想，以前我在哪裡看過這等場面。在紐約時我遇過像強尼·安瑞德那種人。他一身絲質西裝，帶著進口香菸，連他的耳朵裡也冒得出迷死人的氣息。他的圓滑讓你開始對他特別的禮遇，忘記了一個好像不大緊要的細節，那就是在他一生之中幹掉了不止二十個人。還有那個龜公費爾，他用衣架打他手下的女孩，死了兩個。但他在那間用來掩飾妓院的餐館裡，卻一把鼻涕一把眼淚的對他死去的妓女悲傷不已。他隔著桌子靠近我說，『拜託你找出是誰幹的，彼德，這個人一定是頭野獸。噢，試試這種酒，彼德，還頂不錯的。』我的意思是，我看多了。而彼德森就像安瑞德或費爾那些龜兒子一樣令人起疑。他在那裡對著我表演。我坐在那裡問我自己，這個哈佛寶寶的腦子裡到底在想什麼？難道他以爲我是個騷娘們還是什麼的嗎？」

我把錄音帶裝進去，但沒說什麼。

馬里諾向我點點頭，要我按鍵開始。「第一場。」他開玩笑似的宣布。「場景，彼德森家的廚房。主角：麥特。角色：悲劇。他面色蒼白，眼露悲傷。嗯？他在瞪著牆壁，而我嘛，在我腦子裡看場電影。我從沒去過波士頓，對哈佛也不了解，不過在我腦海裡，我看到了老磚牆及長春藤。」

錄音帶突然開始，彼德森一個句子說到一半，馬里諾就此閉口。彼德森正在講哈佛，回答他什麼時候遇到蘿瑞的問題。多年來我聽過不少警察的詢問，但這問題問得奇怪。這有什麼重要的？彼德森在大學時代怎麼追蘿瑞與她被殺有什麼關係？但同時我也不是完全不了解。

馬里諾在刺探，想找出彼德森隱藏的一面。馬里諾在尋找線索，任何可能顯示彼德森有執迷不悟、扭曲現實，或者有心理變態行爲的線索。

我起身關上門，不讓別人來打擾，而那錄音機裡的聲音靜靜的繼續。

「我以前就見過她。在校園裡這個金髮女孩抱著一疊書，完全沒有注意到外面的世界，好像她在趕時間，有好多的事情在她的心頭。」

馬里諾：「她有什麼特別的地方讓你注意到她，麥特？」

「很難說，雖然只是遠遠的看著，但我就是對她感到興趣。我不知道爲什麼。但部分原因可能是她通常都單獨一人，來去匆匆。她是，噢，很自信，好像很有目標。她讓我感到好奇。」

馬里諾：「這種情形常常發生嗎？你看到一個很有吸引力的女人，她讓你在遠處就感到好奇，你知道我的意思？」

「噢，我想不是的。我的意思是，我跟別人一樣也會注意到其他人，但對她，對蘿瑞，這是完全不同的。」

馬里諾：「再說下去吧。所以你終於認識她。在哪裡？」

「在一場派對上。春天，五月初。派對是在校外我室友朋友的公寓裡舉行，那個人剛巧是蘿瑞實驗室的同伴，所以她就去了。她走進來時大概九點左右，我原來已經打算要走了。她的實驗室同伴，我想他的名字叫提姆，給她開了瓶啤酒，他們就開始講話。我以前從來沒有聽過她的聲音。女低音，聽起來好舒服、非常好聽，那種會讓你四處去找誰在說話的聲音。她在說某個教授的小故事，四周的人聽了都在笑。蘿瑞有辦法不費吹灰之力就得到每個人的注意。」

馬里諾：「換句話說，你沒有離開。你看到她就決定留下來。」

「是的。」

「那時候她長什麼樣子？」
「她的頭髮比較長，她把頭髮紮高，就像芭蕾舞者一樣。她很纖細，很迷人。」
「你喜歡纖細的金髮女孩囉？你覺得這樣的女人很吸引人。」
「我只覺得她很吸引人，如此而已。而且不只是她的相貌，還有她的聰慧，是她的聰慧讓她這樣的特別。」
馬里諾：「還有別的嗎？」
「我不明白，你是什麼意思？」
馬里諾：「我只是好奇你爲什麼會被她迷住。」他停了一下。「我感到興趣。」
「我不能眞正回答這個問題。爲什麼會著迷是件奧祕的事。爲什麼你會遇見一個人，然後深深的意識到那種吸引力？好像在你的內心深處有什麼東西清醒了過來。我不知道爲什麼，主啊，我眞的不知道。」
又停頓了下來，這次比上次更久。
馬里諾：「她是那種引人注意的女人。」
「絕對是，一向如此。不論何時何地，或是有我的朋友在場，她總是比我出鋒頭。我一點也不在意，老實說，我喜歡這樣。我喜歡坐在後面看這種情況發生。我會去分析，想要了解爲什麼很多人會受她吸引。那種吸引力你要不就有，要不就沒有，你無法刻意製造。她沒有試，天生就有。」

馬里諾：「你說以前你在校園看到她時，她像不太理人的樣子。其他時候呢？我想知道的是，她對陌生人是不是常常很友善。你知道，比如她在店裡或在加油站時，她跟不認識的人談話嗎？或有人來敲門，像是送貨的，她是那種會請人進來的那種人嗎？很友善的。」

「不，她很少跟陌生人說話，而且我知道她不會邀請陌生人進到屋子來。她從不這樣做，特別是我不在的時候。她以前住在波士頓，知道住在城裡的危險性。而且她在急診室做事，熟悉暴力事件，看過壞事發生。她不會邀請陌生人，我也不認為她在這方面會讓人有機可乘。事實上，當這裡開始發生謀殺案後，她感到很害怕。我週末回家時，她很不願意我離開——比以前更不願意。因為她不喜歡晚上一個人在家。近來情況更嚴重。」

馬里諾：「如果她因為這些謀殺案而感到不安的話，她應該小心的把所有窗子都鎖好才是。」

「我告訴過你，她可能以為已經鎖好了。」

「但你不小心留了一扇沒鎖。上週末你重裝紗窗時，你忘了鎖上浴室的窗。」

「我不確定。但那是我想到唯一的可能——」

貝克的聲音：「她有沒有提到有人來你們家，或是在別處遇到有人讓她緊張？任何這類的事？說不定她注意到附近有一輛陌生的車，或她疑心可能有人在跟蹤她或偷窺她？說不定她遇見什麼人，而那個人把她殺了。」

「她從來沒有提起過。」

貝克：「如果有那類事情發生，通常她會告訴你嗎？」

「當然。她每件事都會告訴我。一個星期或兩個星期前，她以為她聽到後院有聲音，於是她叫了警察。有巡邏車來過，結果只是一隻貓在翻攪垃圾桶。我的意思是，她告訴我每件事。」

馬里諾：「除了工作之外，她還做些什麼活動？」

「她有些朋友，其中有兩個也在醫院工作的女性朋友。有時候她們一起去吃飯購物，或去看電影。大概就如此了。她工作非常忙碌。一般說來，她不是工作就是在家。她看書，偶爾練習小提琴。週一到週五她工作，然後回家，睡覺。週末她留給了我，那是我們的時間。週末時我們在一起。」

馬里諾：「上個週末是你最後一次看到她？」

「星期天下午大約三點鐘，就在我開車回夏洛斯維爾之前。那天我們沒有出門，外面在下雨，天氣溼冷，我們留在家裡喝咖啡、聊天——」

馬里諾：「週一至週五期間，你多久跟她聯絡一次？」

「好些次，只要有機會我們就通話。」

馬里諾：「最後一次是昨晚，星期四晚上？」

「我打電話告訴她，排練後我就回家，我可能會比平常晚一點，因為這一次是穿了戲服的彩排。這週末她已經排好空檔。如果天氣好，我們想要開車去海邊。」

一片沉默。

彼德森在掙扎。我可以聽到他深深吸氣，試著鎮靜下來。

馬里諾：「你昨晚跟她說話時，她有沒有提到任何問題？比如有人到你們家來？有人在她工作的地方打擾她，或是接到奇怪的電話，任何像這類的事？」

還是沉默。

「沒有，她沒有提到任何這類的事。她的心情很好，一直在笑——期待著，噢，期待著這個週末。」

馬里諾：「再多告訴我們一些有關她的事，麥特。任何你覺得可能有用的小事。她的背景、她的人，對她重要的事。」

他機械化的說下去，「她在費城長大的。她的父親是個賣保險的推銷員，她有兩個弟弟。醫學對她來說是最重要的事，是她的使命。」

馬里諾：「她想要成爲哪一種醫生？」

「整型外科。」

貝克：「眞的嗎？爲什麼她會做這樣的選擇？」

「當她十、十一歲的時候，她的母親得了乳癌，做了兩次切除乳房的手術。她沒有死，但自尊心卻全毀了。我猜想她覺得自己變得殘缺、沒有價值，沒有人要碰她。蘿瑞有時會談及此事。我想她是要幫助那些遭遇這種困境的人。」

馬里諾：「她也拉小提琴。」

「是的。」

馬里諾：「她有沒有開過演奏會或參加交響樂團，任何這類公開的活動？」

「她應該有過機會，我想，但她沒有時間。」

馬里諾：「別的呢？比如說，你對演戲感到興趣，現在正在演舞台劇。她也對戲劇感到興趣嗎？」

「她非常感興趣。我們剛認識時，這一點是讓我對她著迷的理由之一。我們離開那場派對，就是第一次碰面的派對，我們在校園裡走了好幾個小時。當我告訴她我選修的一些課時，我發現她對戲劇的知識很豐富，我們開始談劇本及這類的事。那時我正沉浸於易卜生，所以我們就談他，談到現實與幻覺，在人與社會裡什麼是誠實、什麼是醜惡。他最擅長的主題之一是對家庭疏離的感覺。噢，與家分離。我們談到那些。

「而她令我驚奇。我永遠不會忘記，她笑起來說，『你們藝術家總以爲只有你們才能了解這類的事。我們很多人也有相似的感覺，相同的空虛感、相同的寂寞，只是我們沒有表白的工具，所以我們忍了下來不斷的掙扎。感覺就是感覺，我相信全世界的人都有差不多的感覺。』我們開始很友善的爭論。我不同意她的話。有些人比其他人更敏感，他們能感受到我們的感覺，這就是爲什麼會造成隔離，一種被隔離、與衆不同的感覺。」

馬里諾：「這是你的感覺嗎？」

「這是我能夠了解的。我不見得能感受到別人所有的感覺，但我能夠了解。沒有任何足以讓我驚奇的事。如果你研讀文學、戲劇，必然會接觸到人類的情緒、需求及衝動等各個層面，其中好壞都有。我很自然的進入另一個人的性格之中，去體會他們的感覺、去表現他們會做的事，但這並不表示我就是那樣的人。我想如果我有跟別人不同的地方，那就是我要有這類經驗的需求，我需要去分析，了解我剛才提到的人類各種不同的情緒。」

馬里諾：「你能了解那個對你太太做出這種事的人他的情緒嗎？」

沉默。

他的聲音低到幾不可聞，「天，不，我不了解。」

馬里諾：「你確定嗎？」

「不，我的意思是，不錯，我確定，我根本不想了解。」

馬里諾：「我知道要你去想很困難，麥特。但如果你能了解凶手的想法，將會對我們有很大的幫助。比如說，你在創造一個像這樣的凶手，他會像是什麼樣的人？」

「我不知道！那個狗娘養的！」他的聲音撕裂，爆發出怒火。「我不知道你幹嘛要問我。你們是警察！你們該去查清楚！」

他突然陷入沉默，好像唱針從唱片上被人提起。

有好長一段時間，除了馬里諾在清喉嚨及一把椅子被人往後拉的聲音之外，錄音帶上寂靜無聲。

然後馬里諾問貝克，「你車裡還有沒有多的錄音帶？」

是彼德森低聲回答，我想他在哭，「在我臥室裡有兩捲。」

「嗯，」馬里諾的聲音冷冷的、慢慢的說，「你太好了，麥特。」

二十分鐘之後，麥特·彼德森開始講到他如何發現他太太的屍體。只能聽聲音但卻看不見人實在糟糕。沒有別的事來讓你分心，我在他描述的景象與回憶裡沉浮。他的話把我帶入我不想進入的黑暗區域。

錄音帶繼續著。

「噢，我很確定這點，我沒有先打電話，從來不打。我只是離開然後回家，從不留下來閒談交際。就像我說過的，嗯，彩排一結束，場景和戲裝收好後，我就離開了夏洛斯維爾。我猜那時接近十二點半。我急著趕回家。一整個星期沒見到蘿瑞了。當我把車停在屋前時，已經接近凌晨兩點鐘，我第一個反應是，我注意到燈沒開，她一定已經上床睡覺了。她的日程表排得非常緊湊。一次工作十二個小時，再休息一天，這不符合人體的生理時鐘，完全不符。她星期五做一整天直到午夜，星期六，嗯，就是今天休息。明天她從午夜開始，做到星期一中午。星期二休息，星期三再從中午到午夜。一向是這樣排的。我開了前門，打開客廳的燈。每樣東西看起來都很正常。現在回想起來，可以說我沒有理由去注意不尋常之處。我倒是記得走廊的燈是關的。我之所以會注意，是因爲她通常都會爲我開著。我每次都直接走到臥室。如果她不是太累的話，不過這種情形幾乎不曾發生，我們會坐在床上喝點酒談天，唔，熬夜到很晚才去睡。我覺得很迷惑。嗯，有件事讓我不能了解，就是臥室。起先我看不到是因爲沒有燈，但很快的我就覺得不對勁。幾乎是我還沒看到就已經感覺到了，像是野獸能感覺到有事發生。而且我覺得我聞到一股味道，但我不能確定，這更增加了我的迷惑。」

馬里諾：「哪種味道？」

沉默。

「我在試著回憶。我只有模糊的意識到，但已經讓我覺得奇怪。那是一種很難聞的味道，好像很甜，但又腐敗了似的。很怪。」

馬里諾：「你的意思是一種人體發出來的味道？」

「很相像，但又不完全一樣。甜甜的，很難聞，很衝又有汗味。」

貝克：「你以前聞過嗎？」

他停了一下。「沒有，我從來沒聞過像這樣的味道。應該沒有。味道很淡，但可能因爲我一進臥室，看不到任何東西，或聽到任何聲音，所以我才會注意到。第一樣讓我感覺到的就是那股奇怪的味道，那股味道在我心上掠過，很怪的——說不定蘿瑞在床上吃東西，我不知道。像是，嗯——像是鬆餅，上面澆了糖漿。我想她可能生病了，可能亂吃吃壞身體了。呃，有時候她會拚命吃。當她壓力太大、太焦慮時，會吃一大堆高油脂的食物。自從我開始往返夏洛斯維爾後，她胖了很多——」

他的聲音現在顫抖得很厲害了。

「噢，那股味道像是有病，很不健康，彷彿她生病在床上待了一天。難怪所有的燈都關了，沒等我回來。」

沉默。

馬里諾：「然後呢，麥特？」

「然後我的眼睛開始適應黑暗，但我不能理解我所看到的景象。昏暗之中，我辨識出床來，但我不明白床套爲什麼會吊在那裡。而她，用這麼奇怪的姿勢朝天躺著，而且身上還一絲不掛。我還沒明白，但我的心已經跳了出來。當我開了燈，我看到她——我在尖叫，但我聽不到我的聲音，好像我在腦子裡尖叫，又像我的腦子從頭顱裡飛了出來。我看到床單上的汙跡，那紅色——從她口鼻冒出來的血。她的臉。我認不出來那是她。那不是她，不像她。一定是別人，有人在開玩笑，一個恐怖的幻覺。那不會是她。」

馬里諾：「你接下來做了什麼，麥特？你有沒有碰她，或是弄亂臥室的東西？」

他停了好一會，只有彼德森淺而急促的呼氣聲。「不，我的意思是，是的，我有碰她。她的肩膀，手臂，我記不得了。她還是溫熱的，但當我去摸她的脈搏時，卻找不到她的手腕，因爲她躺在上面，手卻在她的背後，被綁了起來。然後我開始碰她的脖子，看到陷入她皮膚裡的電線。我想我試過去感覺她的心跳，或試著去聽，但我不記得了。我知道她死了。她的那副樣子一定是死了。我跑進廚房。我不記得自己說了些什麼，或甚至是撥過電話號碼。但我知道我有報警，然後我走來走去，只是走來走去。我從臥室走進來走出去，我靠牆大哭，又跟她說話。我一直跟她說話，直到警察來了。我告訴她這不會是眞的。我不斷向她走過去又退回來，求她不要讓這變成眞的。我在聽是不是有人到了。我等了又等，時間像是永無止境——」

馬里諾：「那條電線，她被綁的樣子。你有沒有動任何東西，動那條電線之類的？你記得嗎？」

「不，我的意思是，就算我動過我也記不得。噢，但我想我沒動過。不知道是什麼阻止了我。我本來想把她蓋起來，但我停住了，有種感覺告訴我不要去碰。」

馬里諾：「你有沒有刀？」

沉默。

馬里諾：「刀子，麥特。我們發現一把刀，野外求生刀，刀鞘上有磨石，刀柄上有羅盤。」

他好像很迷惑。「噢，嗯，我幾年前買的。只要五塊九毛五就可以在郵購目錄上買的那種。噢，以前我去健行時常帶著。刀把裡有釣魚線、火柴。」

馬里諾：「你最後一次看到它是在什麼時候？」

「在桌上，它一直都放在桌上。我想蘿瑞用它來拆信，我不知道。它在桌上有幾個月了。或許她覺得放在外面比較安心。晚上家裡只有她一人，又有這些事發生。我告訴她我們可以養條狗，但她對狗毛過敏。」

馬里諾：「如果我沒聽錯，麥特，你告訴我你最後一次看到那把刀時，它放在桌上。那會是什麼時候？上星期六、星期天，你在家的時候，就是你換浴室紗窗的那個週末？」

沒有任何反應。

馬里諾：「你知道你太太爲什麼會移走那把刀子，像是把它塞進抽屜？她以前有沒有這樣做過？」

「我想沒有。它一直在桌上，幾個月來都在燈的旁邊。」

馬里諾：「那你能不能解釋給我們聽，爲什麼我們會在衣櫃最下一層的抽屜裡，在毛衣及一盒保險套之下找到這把刀？我猜那是你的衣櫃抽屜。」

沉默。

「不，我無法解釋。那是你找到它的地方？」

馬里諾：「不錯。」

「那些保險套。已經放在那裡很久了。」那空洞的笑聲聽起來就像在喘氣。「在蘿瑞改服避孕藥前買的。」

馬里諾：「你確定嗎？關於保險套的部分？」

「我當然確定。我們結婚三個月左右後她開始吃藥。我們在搬到這裡不久前結婚的，兩年不到。」

馬里諾：「聽好，麥特，我要問你幾個私人的問題，而我要你了解我不是找你麻煩，或要你好看。我是有理由的。有些事我們一定得知道，這是爲了你好，知道嗎？」

沉默。

我可以聽出馬里諾點起一根菸。「那我就問了。那些保險套。除了你太太之外，你跟其他人有過性關係嗎？」

「絕對沒有。」
馬里諾：「你週一到週五不住在這裡，如果是我的話，我可能會禁不住……」
「但我不是你。蘿瑞是我的一切。我沒有跟別人有任何關係。」
馬里諾：「說不定跟你一起演戲的？」
「沒有。」
馬里諾：「我的意思是，我們會做這種事，這是人類本性嘛。像你這樣的帥哥，嘿，女人可能自己送上門來。誰會怪你呢？如果你另外有情人，我們必須要知道。可能會相關。」
他的聲音低到幾乎聽不見，「不，我告訴過你，沒有。除非你要控告我，不然怎麼會相關？」
貝克：「沒有人要指控你，麥特。」
有東西滑過桌面的聲音，可能是菸灰缸。
然後馬里諾問，「你跟你太太最後一次做愛在什麼時候？」
沉默。
彼德森的聲音在發抖。「天啊。」
馬里諾：「我知道這是你的私事，但你必須告訴我們。我們有理由要知道。」
「星期天上午，上星期天。」
馬里諾：「你知道我們會做檢查，麥特。檢驗室的專家會檢查所有的東西，所以我們會知道血型，會做比較。我們需要你的血液樣本，就像我們需要你的指紋。這樣我們才知道什麼是你的，什麼是她的，以及什麼可能是從凶手來的——」

錄音帶突然中斷了。我眨眨眼，這幾個小時以來，我的眼神似乎第一次集中。

馬里諾伸手去拿錄音機，取出錄音帶。

他做了結語，「之後我們帶他去里奇蒙醫院，讓他做測驗嫌犯的那一套檢測。貝蒂現在正在驗他的血，看比較的結果。」

我點點頭，看了牆上的鐘一眼。現在是中午，我覺得好像要生病了。

「是很怪，嗯？」馬里諾忍住不打呵欠。「你也看出來了，對不對？我告訴你，這個傢伙有問題。我的意思是，任何人發現他太太那個樣子，之後居然能夠坐在那裡以那種態度說話的人都有問題。大部分的人都會說不出什麼話來。如果我讓他說下去，他可以不斷的說到聖誕節，一大堆美麗的詞句，詩情畫意的。他這人很滑溜，照我看來，就是他沒錯。他滑溜到讓我毛骨悚然。」

我摘下眼鏡，揉揉太陽穴。我的腦子發燒，脖子的肌肉在起火。我檢驗罩袍下的絲質襯衫全濕了。我好像充電過度，唯一想做的事是把頭放在手臂上，就此沉沉睡去。

「他的世界是文字，馬里諾。」我聽到我的聲音說。「一個畫家會爲你畫畫，麥特則用他的文字來畫畫。這是他生存的方式，也是他表達自己的方式。像他這樣的人，用語言來表現就等於在思考。」我重新戴上眼鏡去看馬里諾。他一臉的不解，肉團團、滿帶風霜的臉發紅。

「嗯，那把刀呢?上面有他的指紋，而他卻說是他太太用了幾個月。刀把上又有那種會發光的玩意。而且那把刀在他的衣櫃抽屜裡，像故意藏起來似的。難道這不會讓你起疑？」

「我想這把刀可能曾經在蘿瑞的桌子上，但她很少用，而且如果她只是偶爾用來拆信，她沒有理由去碰刀刃。」在我腦海裡的景象逼眞得像是眞有其事。「我想可能凶手也看到了這把刀。說不定他把刀抽出來，甚至用了它——」

「爲什麼？」

「爲什麼不？」我問。

他聳聳肩。

「他說不定用它來對付人。」我猜測。「變態，如果沒有其他更好的解釋。天曉得，我們並不知道到底發生了什麼事。他可能問起這把刀，用她的刀或她丈夫的刀來折磨她。如果她像我猜測的試著跟他講話，他可能由此得知這把刀是她丈夫的。他想，『我要用它，然後放在抽屜裡，警察一定會找到。』也可能他連想都沒想。說不定他只是覺得好用。換句話說，可能這把刀比他帶來的要大，他注意到這把刀，然後用了它，但並不想把它帶走，於是把刀子塞在抽屜裡，希望我們不會發現他用過——就這樣簡單。」

「或者就是麥特幹的。」馬里諾直截了當的說。

「麥特？你想想看。一個做丈夫的會去綑綁強姦他太太嗎？他會打斷她的肋骨及手指嗎？他能慢慢的絞死她嗎？這是他愛的人，或者曾經愛過的人。他跟她睡覺、吃飯、講話、生活。一個活生生的人，不是陌生人，不是一個可以用來發洩色慾與暴力的東西。你又怎麼把這個丈夫謀殺太太的案子與前三件勒殺案連起來？」

他顯然已經想過了。「前三件案子都在午夜後發生，在星期六清晨。差不多是麥特從夏洛斯維爾回家的時間。說不定他太太為某種理由對他起疑，而他決定殺了她。說不定他模仿另三個案子的手法去殺她，讓我們以為是那個連續謀殺犯幹的。說不定他本來就打算殺他太太，但他先殺了那三個，使他太太的慘死看起來像是同一個無名凶手幹的。」

「你的說法很像是阿嘉莎．克莉絲蒂的小說情節。」我把椅子推後，站了起來。「但你知道，在眞實人生中，謀殺案通常非常簡單。我相信這些案子其實並不曲折。沒有隱藏的故事，就是那種隨機的、不把人當人的謀殺案。凶手跟蹤被害人，熟悉到某種程度後，知道什麼時候是下手良機。」

馬里諾也站了起來。「呀，在現實人生中，史卡佩塔醫生，屍體上不會有那種恐怖的螢光小點，更巧的是那個發現屍體又到處留下指印的丈夫，手上就正好有一樣的小光點。在眞實人生裡，被害人也不會有帥哥演員作丈夫，那種寫得出性與暴力、食人與同性戀論文的畸種。」

我平靜的問他，「彼德森聞到的氣味，當你到達現場時是不是也聞到了？」

「沒有，完全沒聞到。如果他說的是眞話，他聞到的說不定是精液。」

「我想他應該知道精液的味道像什麼。」

「但他並沒想到會聞到。剛開始時他沒有理由想到。至於我，當我走進臥室時，我並沒有聞到像他描述的味道。」

「你記得在其他的案子有聞到奇怪的味道嗎？」

「沒有。這更增加我的疑心。這如果不是麥特的想像，就是他編的，想把我們牽離正道。」

我忽然想起。「在前三個案子，一直到第二天那些女人才被發現，那時她們已經死了不止十二個小時了。」

馬里諾在門口停住，他一臉不可置信的表情。「你的意思是麥特回家時，凶手剛離開，而且那凶手有股奇特的體味。」

「不是不可能。」

他的臉因憤怒而收緊。當他大步走開時，我聽到他低吼，「該死的女人——」

5

第六街的購物中心很像是水灣商場，只是不在水邊。它坐落在市中心銀行區的北面，是那種鋼管玻璃打造，開放又明亮的購物勝地。我很少出外吃午飯，今天下午更不能享受這等奢侈。一小時之內我還有約會，又要處理兩起突發死亡的案子及一樁自殺案，但我現在迫切需要放鬆。

我對馬里諾很感冒。他對我的態度讓我想起了醫學院。

在霍普金斯時，我的班上只有四個女生。剛開始時我太天眞了，所以沒有領會到我們的處境。每當教授叫我名字時，椅子砰砰作響，紙張劈啪翻過，原來並非巧合。考古題四處流傳，但總沒有我的份也不是偶然。當我有幾次錯過上課，必須借筆記時，那些藉口……「你認不出我寫的字」或「我借給別人了」一而再再而三的出現。在那個牢不可破的男人圈子裡，我像隻小昆蟲，只有被陷害的份，從來不是他們的一分子。

最殘酷的懲罰是隔離。我從來不認爲只因我不是男人，我就不是一個完整的人。我的一個女同學後來退學了，另一個弄到神經崩潰。生還是我的希望，成功是我對他們的報復。

我以爲那種日子已經不復存在，但馬里諾又把它們帶回來了。這次我比平常軟弱，因爲這幾個案子對我產生前所未有的影響。我不想要單獨對付，但馬里諾好像心意已定，不只是對麥特．彼德森如此，對我也是。

中午的散步很有紓緩作用，明亮的陽光在前車窗上眨眼。購物中心的兩扇玻璃大門一開，就吹進了春天的微風，而食品街正如預期的擁擠。我在等著買沙拉，一邊閒望路人，一對對年輕人靠著小桌談笑。我注意到有些滿懷心思的專業女子，身著昂貴的套裝，獨自一個人啜著低卡可樂，或是細嚼三明治。

可能就在像這樣的地方，他第一次注意到他的獵物，一個大的公共場合，那四個女人唯一相同的地方是，他在這類的速食攤收了她們點的菜單。

但有個很重要卻讓人不解的問題是，那四個被謀殺的女人並不在同一個區域工作或居住。她們不像會在同樣的地方出外進餐，或用同樣的銀行。里奇蒙的範圍很大，四邊分別有主要的商業區域和興盛的購物中心。住在北區的人照顧北區的生意，河南邊的人照顧南區的生意，東邊也是如此。像我一般都去西區的購物中心或餐館，只有上班時例外。

那個收下我希臘沙拉點菜單的女人停頓了一下，她的眼睛在我的臉上來回巡視，好像覺得我很面熟。我不悅的猜想她是否看過星期六晚報上的照片。再說每次維吉尼亞中部發生聳動的謀殺新聞時，本地的電視台立刻從他們的檔案裡找出我曾在電視露臉的影片或那種法庭素描，說不定她看過那些。

我一向希望不引人矚目，能夠完全隱藏在人群之中。但因爲幾個原因我並不能如願。全國只有少數幾個首席法醫是女性，所以記者對把照相機對準我，或從我嘴裡挖消息特別熱衷。我很容易被人認出來，因爲我「容貌出衆」、「金髮」、「端麗」，以及天曉得別的什麼形容詞。我的祖先是從北義大利來的，那裡有群人是藍眼淡膚色，與法國東南部薩瓦地區、瑞士、奧地利等地的人通婚。

史卡佩塔傳統上是個種族意識強烈的家族，在美國國內仍舊保持只在義大利人之間通婚，以保證血統的純正。我母親告訴我無數次了，她最大的失敗是沒有生兒子，而她的兩個女兒又不足以傳宗接代。桃樂絲的女兒露西有一半是拉丁血統，而以我的年紀與未婚的身分，眼看沒有多少指望。

我母親每次在悲悼她的家族到此走上絕路時，常常忍不住哭泣。「那麼優良的血統，」她嗚咽著，特別是節慶前夕，她本該有一大群可愛的孫兒圍繞。「多可惜，空有這麼優良的血統！我們的祖先！建築家、畫家！凱、凱，就這樣完了實在太可惜了，好像那些在葡萄藤上沒人摘的好葡萄。」

我們家可以追溯到維羅納，據我母親說，是羅密歐與茱麗葉的家鄉，出了不少文人藝術家，如但丁、皮薩諾、提香、貝里尼及那派羅．卡利亞里的地方。她堅信我們跟這些名人是親戚，但就我所知，貝里尼、皮薩諾及提香雖然對維羅納畫派有影響，但其實他們是威尼斯人，而詩人但丁則是佛羅倫斯人，在教廷之爭後遭到放逐。他從一座城市流浪到另一座城市，維羅納不過是他去瑞威那途中的歇腳站。老實說，我們直系的祖先是鐵路工人或農夫，兩代之前來到這個國家的卑微移民。

我手提一個白色的袋子，再度愉快的擁抱這溫暖的下午。人行道上滿是去吃午餐或吃飽的路人，我在街角等待綠燈，看到對街有兩人從一家中國餐館走出來，那眼熟的金髮使我自然的轉身過去。是比爾．鮑士，里奇蒙的檢察官。他戴著一副墨鏡，似乎正與公共安全處處長諾曼．泰勒專注的討論。一瞬之間，鮑士直瞪著我，但他並沒有回應我的揮手致意。也許他沒有看到我，而我也沒再揮手。之後這兩人就消失在擁擠的無名臉孔與趕路的腳陣中。

冗長的等待後綠燈亮起。我過街走到一家電腦軟體店時，立刻想到了露西。進店後我發現有個她一定會喜歡的禮物，不是電腦遊戲，而是一片歷史入門，上面介紹藝術音樂，還有問答。昨天我們在公園租了一條用腳踩的小船遊湖。她把船駛進了噴泉，讓我來個小小的淋浴，而我也像小孩一樣潑水過去。我們餵鵝吃麵包，又吸那種葡萄刨冰，吸得我們的舌頭都變成冰藍色。星期四早上她要飛回邁阿密家，下次見面得等到聖誕節，那是指如果今年我還有機會看到她的話。

我走進首席法醫辦公室的走廊時已經一點四十五分了。班頓．衛斯禮早來了十五分鐘。他坐在沙發上看《華爾街日報》。

「希望你袋子裡有好喝的。」他開玩笑的說，一面折好報紙，拿起他的公事包。

「紅酒醋，包你喜歡。」

「天殺的，我不在乎。有時候眞想來一杯，我還幻想門外冷飲機中裝的其實是琴酒。」

「聽起來像在浪費你的想像力。」

「那可不，只不過這是唯一我會在女士前公布的幻想。」

衛斯禮是聯邦調查局駐紮在里奇蒙做嫌犯人格分析的專家。他很少待在這裡，若不是四處奔波，就是在匡提科的國家學院教授謀殺偵查課程，以及投諸心力在誘導暴力罪犯逮捕計畫中殘酷的青少年。這個計畫最有創意的想法之一是建立區域小組，結合一個調查局的分析專家與一個經驗豐富的凶殺組警探。里奇蒙的警察局在第二樁勒殺案發生後就申請暴力罪犯逮捕計畫支援。馬里諾除了是里奇蒙的警探，又是衛斯禮在本區隊的同伴。

「我來早了。」衛斯禮向我道歉，跟著我走進走廊。「我從牙醫那裡直接來。如果我們一邊談，你一邊吃，我不會在意的。」

「嗯，我可會在意。」我說。

他好像突然想到，一無表情的臉出現了一抹不好意思的微笑。「我忘記了，你不是凱戈尼醫生。你知道，他常在驗屍間的桌上放了些起士餅乾，操刀到一半會停下來吃點心。簡直不可思議。」

我們進入一個極小的房間，裡面有冰箱、冷飲機及咖啡機。「算他走運，沒得到肝炎或愛滋病。」

「愛滋。」衛斯禮笑了起來。「那會是報應。」

像很多我認識的老式大男人，凱戈尼是出名的同性戀恐懼狂。「只是些該死的怪物。」當某種人被送去驗屍時，據說他常常這樣的嘟囔。

「愛滋——」我把沙拉塞進冰箱，衛斯禮還在那對這樣的想法感到好笑。「我真想知道他要怎麼解釋。」

我漸漸開始喜歡衛斯禮。我第一次見到他時心裡有幾分保留。乍看之下，他正符合一般人的刻板印象，從頭頂到腳上的弗羅生鞋是不折不扣的聯邦調查局幹員。他臉上的線條分明，一頭早白的銀髮好像在宣告主人的個性轉爲溫和，其實絕沒那麼一回事。他精瘦結實，一身做工精緻的卡其西裝，打了條藍絲印花領帶，看起來像是個出庭的律師。就我記憶所及，他從沒穿過未經漿燙的白襯衫。

他有心理學的碩士學位，在進入調查局前曾在達勒斯的一間高中當校長。他先從調查員做起，參加過掩護身分的地下活動，揭發黑手黨的人馬，但最後他又回到起點。人格分析家是學院派從事思考分析的學者，有時候我覺得他們又像是魔術師。

我們拿著咖啡出來，然後向左轉入會議室。馬里諾坐在長桌邊，正在看一份厚厚的卷宗。我有點驚奇，不知爲什麼我一直以爲他會晚到。

在我還來不及拉出一把椅子，便聽到他簡單的宣布，「我剛去血清檢驗那裡。我想你會對結果感到興趣。麥特．彼德森是A型，是個不分泌者。」

衛斯禮銳利的看了他一眼，「是那個你提到的丈夫？」

「嘿，一個不分泌者。跟搞死那些女人的傢伙一樣。」

「百分之二十的人是不分泌者。」我實事求是的說。

「呀，」馬里諾說，「十分之二。」

「像里奇蒙這樣大小的城市，有四萬四千個人都符合條件。如果算男人，那也有兩萬兩千個。」我再加一句。

馬里諾點起一根香菸，一面從那種丟棄型的打火機上斜眼看我。「你知道嗎？」他每說一個音，香菸就跟著抖動。「你越說越像是個該死的辯護律師。」

半小時後我坐在桌首，他們分別在我兩邊。我們面前是那四個凶死女人的照片。這是偵查過程中最困難且最花時間的部分……分析凶手、被害人，然後再次分析凶手。

衛斯禮在描述凶手，解讀案子的情緒層面。若這些案子顯現出來的情緒是冷酷的、算計好的憤怒，他往往異常的準確，而這也是他最擅長的地方。

「我打賭他是白種人。」他說。「但我不能以名譽擔保。塞西爾．泰勒是黑人，被害人有黑有白很不尋常，除非凶手尋求即速的心理補償。」他拿起一張塞西爾．泰勒的照片，深色皮膚，生前一定很可人，在北區的一家投資公司擔任接待員。像蘿瑞．彼德森一樣，她被綁起來絞死，赤裸的身體躺在床上。

「但這種人越來越多。趨勢如此。很多的性殘殺案中，凶手是黑人而死者是白人，但很少有相反的情況，像白種男人姦殺黑種女人。不過，如果女子是娼妓則是例外。」他一無表情的掃視排出來的照片。「這些女人顯然不是妓女。如果她們是的話，我們的工作就會簡單些。」

「呀，但她們不是。」馬里諾頂了一句。

衛斯禮沒有笑。「至少她們之間應該有所關聯，彼德。凶手的選擇，」他搖搖頭，「非常奇怪。」

「所以弗特西斯怎麼說？」馬里諾問，他指的是研讀這個案子的法庭心理學家。

「他沒說多少。」衛斯禮回答。「今天早上我才跟他談過一下。他不願意表示明確的意見。我想這次的醫生謀殺案讓他重新考慮了幾件事，但他仍舊覺得凶手是白人。」

我夢裡出現的那張臉又來騷擾我的心靈。那張沒有五官的白臉。

「他可能在二十五到三十五歲之間。」衛斯禮繼續檢視他的水晶球。「因爲這些凶殺案並沒有發生在一個特別的地區，他要有交通工具，汽車或摩托車，卡車或旅行車。我猜他先把車停在一個不受人注意的地方，然後再走過去。他的車會是較老的車型，可能是美國車，顏色很暗或不起眼，像黃白色或黑色。換句話說，他可能開一輛便衣警察會開的那種車。」

他不是在說笑。這類凶手通常醉心於警察的工作，甚至模仿警察。這種變態凶手犯案後典型的行爲是加入偵查。他想要幫助警方，提供深入的想法與建議，幫助援救隊去找尋被他丟棄在樹林裡的屍體。他會想也不想就去警察共濟會的休息室，跟下班的警察共飲啤酒。

有人推測全部人口中至少有百分之一的人是變態人格。由基因來看，這些人一無所懼，而且善於利用人、操縱人。如果他們沒有誤入歧途，或許能成爲一流的間諜、戰爭英雄、五星上將、大公司的億萬富翁及詹姆斯．龐德。不然他們就成爲大奸大惡。暴君尼祿、希特勒、理察．史派克、泰德．邦迪，雖然反社會但在病理學上又算是正常的人。他們犯下慘案卻毫無悔意，也不覺得應該負責。

「他是一個獨行者，」衛斯禮繼續說，「雖然一般熟識的人可能覺得跟他相處滿愉快，甚至認為他很迷人，但他無法與人建立親密的關係。他不會跟任何一個人接近。他是那種會上酒吧間釣女人、跟她做愛，事後覺得非常沮喪不滿的人。」

「難道我會不知道？」馬里諾打個呵欠說。

衛斯禮詳細解說。「他會從暴力的色情片、偵探雜誌、虐待與被虐上得到更多的滿足，而且遠在他開始做案前就沉迷在暴力的性幻想中。他開始從房子或公寓的窗子裡偷窺獨身女子，然後越陷越深。接著他強姦，強姦越變越暴力，最後終至謀殺。隨著被害人增加，殘暴的程度越來越高。強姦不再是他的動機，謀殺才是。謀殺再也不夠，必須要加以虐待。」

他伸開手臂，露出一段畢挺完美的白色袖口。他拿起蘿瑞·彼德森的照片，一張又一張慢慢的審視，臉上表情平靜。他輕輕把面前的照片推遠一點後，轉向我。「很顯然的，在彼德森醫生的案子，兇手開始折磨被害人。正確嗎？」

「沒錯。」我回答。

「是什麼？折斷她的手指？」馬里諾挑釁的問。「黑手黨會幹這種事，但性兇手通常不會。她拉小提琴，對不對？折斷她的手指彷彿是對她個人的人身攻擊，好像那傢伙認得她。」

我盡量保持平靜的說，「她桌上有外科參考書，還有那把小提琴。兇手不需是天才就能發現這些跟她相關的事。」

衛斯禮想了想。「還有一種可能是，她因為自衛的緣故，所以弄斷了手指與肋骨。」

「不可能。」我很確定。「我沒有發現任何線索指出她曾經抵抗。」

馬里諾平板中帶著敵意的眼睛轉向我。「眞的嗎？我很好奇。自衛的傷痕是什麼樣子？根據你的報告，她身上有很多傷痕。」

「典型的自衛性傷痕是，」我回瞪他，「指甲斷裂，如果被害人抵抗毆打，她的手或手臂上會有擦傷或受傷。但她並沒有這類的傷痕。」

衛斯禮下結論，「所以我們都同意這次他比過去更暴力。」

「暴力是重點，」馬里諾很快的說，好像這是他最想提出的論點。「這是我一直在說的。蘿瑞·彼德森的案子跟其他的不同。」

我壓下滿腔怒火。前三個被害人被綁起來強姦殺死，難道那還不夠暴力？非得把她們的骨頭都打斷了才算？

衛斯禮陰鬱的預測，「如果再發生一起，會有更多的折磨虐待。他非殺人不可，用殺人來滿足某種需求。他殺得越多，那種需要就越強烈，因而越感到挫折。他變得越來越不把人當人，也更不容易滿足。那種滿足是暫時性的。殺人後數天或數個星期，壓力逐漸增加，直到他發現下一個目標。他跟蹤她，然後再次犯案。每件謀殺案之間的間隔可能越來越短。他的壓力可能不斷升高，最後，他殺得不能住手，就像邦迪一樣。」

我在想時間順序。第一個女人在四月十九日被殺，第二個五月十日，第三個五月三十一日。蘿瑞·彼德森在一個星期後被殺，時間是六月七日。衛斯禮接下來說的話相當普通。

凶手出自問題家庭，可能曾被他母親施以身體上或心理上的虐待。當他折磨被害人時，他所發洩的憤怒與他的性慾糾纏不清。

他的智力在中等以上，有非去從事某種行爲不可的傾向，生活井井有條，一絲不苟。他可能對某些事物無理由的畏懼，或非要遵行某種儀式，像是保持極度的整潔，或是只吃某一類的食物。他做任何讓他覺得他能控制他環境的事。

他有職業，可能只是粗活……機械工、修理工人、蓋房子的工人，或其他這類的工作。

我注意到馬里諾的臉越變越紅。他不耐煩的環顧四周。

「對他來說，」衛斯禮道，「最引人入勝的是準備階段，他幻想中的計畫，激發他想像的環境因素。他是在什麼地方注意到被害人的？」

我們不知道。即使她還活著，也不見得會知道。他們的交會可能像她路過街旁一道細微、幾不可見的陰影。地點可能在購物中心，或者她在車裡等紅燈時。

「是什麼吸引他？」衛斯禮繼續。「爲什麼偏選上她？」

我們還是不知道。唯一確定的是每個女人都獨居，或是像蘿瑞·彼德森的例子，有人會以爲她是獨居，這使她們更容易遭攻擊。

「聽起來像在形容標準的美國男人。」馬里諾尖酸的評語讓我們立刻打住。

他一彈菸灰，氣勢逼人的向前。「嘿，說起來好聽，但我不吃這一套，好嗎？就說他是修水管的工人好了，但泰德·邦迪是法科學生，幾年前在華盛頓特區有個強姦慣犯是牙醫。天殺的，誰曉得那個在逃的綠谷勒殺手會不會是個大家都認識的男童軍？」

馬里諾兜了一圈轉入正題，我一直在等他開始。

「我的意思是，誰說他不會是學生？說不定是演員，那種想像力誤入歧途的文藝人士。除非那鼠輩愛上了喝人血，或炭烤人肉，不然這些性謀殺看起來都差不多。我們現在對付的這一個也不例外。如果你要問我的話，人就是人，不論他是醫生、律師或是印地安酋長，所有這類性謀殺的分析都大同小異。人類會想而且也眞的做了不少類似的事，我們甚至可以回溯到山頂洞人拖著女人的頭髮走。」

衛斯禮瞪著眼不去看他，然後緩緩的轉向馬里諾，靜靜的問，「你想說什麼，彼德？」

「我會告訴你我天殺的想法是什麼！」他下巴突出，脖子上的青筋暴露。

「誰分析的對，誰分析的不對，這一套全是狗屁倒灶，聽得我全身起雞皮疙瘩。現在我知道的這個傢伙正在寫操他的論文，裡面在講性、暴力、食人跟同性戀。他手上有那種發亮的物質，看來跟屍體上的沒兩樣，不僅他太太的身上有他的指印，藏在他抽屜裡的刀上也有，刀柄上更是有那種發亮的物質。每週末他回家的時間正好符合那些女人被殺的時間。但，不，他不可能是凶手，爲什麼？因爲他不是做工的，他不夠三流。」

衛斯禮再度移開視線。我的眼光落在面前那些整幅的彩色照片，那些女人做夢也沒想到她們會有這樣悽慘的遭遇。

「讓我把話挑明了講。」他長篇大論的還不打算結束。「我們的帥哥麥特並不像白雪般純潔。當我在樓上查血清時，我去范德的辦公室，看他有沒有新消息。彼德森的指印在檔案裡，對不對？你知道爲什麼嗎？」他冷冷的瞪著我。「我告訴你爲什麼。范德查過了，他用那一大套儀器查出，這個帥哥六年前在紐奧良被逮捕。那是他進大學前的夏天，在他遇見他的外科女士之前。她可能從來不知道。」

「知道些什麼？」衛斯禮問。

「知道她的演員愛人因爲強姦罪名被起訴，就是這個。」

有很長一段時間沒有人開口。

衛斯禮緩緩的在桌上旋轉他那枝名貴的筆，他的下巴僵硬不動。馬里諾沒有按牌理出牌，他沒有通知我們最新的消息。他出其不意的攻擊我們，彷彿我們是法庭上對立的雙方，而衛斯禮與我是他的對手。

我終於回道，「如果彼德森確實曾以強姦罪被起訴，他一定無罪開釋，要不然就是不再被起訴。」

他瞪著我的眼睛像兩把槍。「你就知道了，哼？我還沒有查過他的紀錄。」

「像哈佛這樣的大學，馬里諾警官，通常不收有犯罪紀錄的人。」

「如果他們知道的話。」

「沒錯，」我同意，「如果他們知道的話。但如果他確實被起訴定罪，很難想像他們會不知道。」

「我們最好現在就去查清楚。」這是衛斯禮對這件事唯一的回應。

他說完後，馬里諾突然抽身離開。

我假設他去洗手間了。

衛斯禮擺出一副對馬里諾發脾氣毫不見怪的樣子。他隨口問，「有沒有從紐約來的消息，凱？檢驗室的結果如何？」

「ＤＮＡ檢測需要點時間，」我空洞的回答，「第二件案子發生後我們才送東西過去，應該很快就會收到回音。至於第二次送去的，塞西爾．泰勒跟蘿瑞．彼德森的，最快下個月才會來。」

他還是表現出一切正常的樣子。「在這四個案子裡，凶手都是不分泌者，對不對？」

「不錯，就我們所知是這樣的。」

「我堅信是同一個凶手幹的。」

「我也是。」我同意。

有一陣子我們都沒開口。

我們僵硬的坐在那裡等待馬里諾回來。他憤怒的字眼仍在我們的耳朵裡迴蕩。我在流汗，甚至可以感覺到自己的心跳。

我想衛斯禮一定從我的表情看出來，我不想再跟馬里諾打交道，我把他歸入那種極難相處又不夠專業的人，最好能永遠擺脫他。

他說，「你必須去了解他，凱。」

「哼，我沒興趣。」

「他是個很好的警探。」

我沒有發言。

我們一言不發的坐著。

我的憤怒逐漸升高。我知道不該這樣做，但話還是像滾水一樣冒出來。「該死的，班頓！我們得爲這些女人付出最大的努力。如果辦不到，還有別的人會遭殃。我不希望他把事情搞砸了，他心裡有成見。」

「他不會的。」

「事實擺在眼前，」我放低聲音，「他在麥特．彼德森的脖子上套了繩索，不再注意其他的可能。」

謝天謝地，馬里諾好整以暇還沒出現。

衛斯禮下巴的肌肉抽動，他沒看我。「我也沒有排除彼德森涉案的可能，我還不能確定。我知道若說他殺死他太太，這跟其他三個案子不符合，但他的情形不比尋常。就拿蓋西來說吧，我們不知道他到底殺了多少人。三十三個小孩，其實可能有幾百個。對他來說，所有人都是陌生人。然後他殺了他母親，把她切成一塊塊塞進垃圾處理機——」

我簡直不能相信自己的耳朵。他對我來那套對年輕調查員的教誨，好像一個十六歲小孩第一次赴約，掌心冒汗，嘮叨不休。

「查布曼暗殺約翰．藍儂時帶著本《麥田捕手》，一個癡情於女明星的無聊男子射傷了雷根總統與布萊迪。我們試著預測作案模式，但並不是永遠成功。不可能每一次都預測得到。」

接著他開始報出統計數字。十二年以前，百分之九十五到九十六的凶殺案都偵破結案，但現在不過百分之七十四，而且還在下降中。越來越多案子是陌生人幹的，而不是熟人激憤下的結果。我幾乎沒聽進一個字。

「老實說，我覺得麥特．彼德森有問題，凱。」

這回我聽進去了。

「他是個藝術家。人格變態的凶手是凶手中的林布蘭。他是演員，我們不知道在他的幻想裡他扮演什麼樣的角色，他是否把幻想變爲眞實，或者他是否有作惡的天分，他太太的死也可能只是出於情況的需要。」

「情況的需要？」我睜大眼睛不可置信的瞪著他，瞪著蘿瑞．彼德森在現場的照片。她的臉是張充滿痛苦的面具，她的兩腿彎曲，電線像繃緊的琴弦綁在背後，扭轉上吊她的手臂，然後割入她的脖子。我看到所有這個魔鬼在她身上做的事。情況所需？我不相信這種話。

衛斯禮解釋，「情況所需的意思是，他可能非擺脫她不可，凱。比如說，發生了某件事，她懷疑是他殺了前三個女人，他可能恐慌了起來，因而決定必須殺死她。他要怎麼殺她才不會被抓到？他可以用殺其他人的辦法來殺她。」

「我已經聽過這種說法了，」我平靜的說。「從你的夥伴那裡聽來的。」

他的話像節拍器的拍子一樣緩慢有節奏。「凱，我們必須考慮所有的可能。」

「當然。只要馬里諾也考慮所有的可能，不要因爲他有定見，使他像戴了眼罩般看不見。」

衛斯禮掃視了開著的門一眼，用低到幾乎聽不見的聲音說，「彼德有他的偏見，我承認這一點。」

「我想你最好告訴我他的偏見是什麼。」

「這樣說罷，當調查局決定要選用他參加暴力罪犯逮捕計畫時，我們做過背景調查。我知道他在哪裡長大、怎麼長大的。有些事你永遠無法忘懷，它們永遠刺激你。這樣的事總會發生。」

他說的這些事我都想得到。馬里諾出身貧寒，家世不足與人道。他跟某類人在一起時永遠覺得舉止失措。那種啦啦隊隊員、校花等美女從不多看他一眼，因爲他上不了檯面，因爲他父親的指甲下有泥，因爲他太「平凡」。

以前我聽那些警察說這類故事總有一千遍了。他們唯一的優勢是個子大、白種人，藉由身上的槍與警徽，讓自己顯得更大、更白。

「我們不應該替自己找藉口，班頓。」我接口。「因爲我們不會因罪犯有破碎的童年就赦免他們的罪刑。我們當然也不能用交在我們身上的權力，去懲罰那些提醒我們破碎童年的人。」

我不是沒有同情心。我完全了解馬里諾的心情，對於他的憤怒我也很熟悉。上法庭面對被告時，我有太多這樣的經驗。不論收集的證據有多確鑿，如果被告人長相端正，穿著乾淨整齊，那麼在十二個陪審員的心裡就無法相信他有罪。

現在我什麼都可以相信，但必須有證據。馬里諾握有證據嗎？他眞的有在找嗎？

衛斯禮把他的椅子往後推，站起來伸展一下身軀。「彼德有他的本事，你會習慣的。我認識他多年了。」

他走出門口向走廊左右張望。「見鬼了，他到底去哪裡了？掉進馬桶裡不成？」

衛斯禮結束了與我們有關的喪氣公事，消失於午後艷陽高照的人世間。別的地方還有其他犯罪活動需要他的關注與時間。

我們決定不等馬里諾了。我不知道他去了哪裡，但顯然他的廁所之旅把他帶離了這棟大樓。我也沒時間可閒猜。就在我把卷宗鎖回桌子裡時，蘿絲抱著一疊卷宗從連接著我們辦公室的門口走進來。

她慎重其事的停下來，嘴角一派嚴肅，我一看就知道發生了我不想聽的事。

「史卡佩塔醫生，瑪格麗特在找你，她要我一看你開完會就告訴你。」

我的不耐煩想都不想就顯露了出來。樓下有屍體要驗，一堆電話要回，我要做的事足夠半打人忙碌了，我不想再加上一件。

蘿絲交給我一疊要簽的信，她像個威嚴的女校校長般從她的眼鏡下瞧著我，她加了一句，「她在她的辦公室，我想這件事很緊急。」

蘿絲不會直接告訴我。雖然我不能怪她，但我確實很惱怒。我想她知道整個州系統的芝麻大小事，但她的行事風格是，只指出消息來源，絕不直接奉告。換句話說，她盡量避免做一個傳達壞消息的信差。她在我的前任凱戈尼醫生的手下效力了大半輩子，她大概有很倒楣的經驗，讓她養成了這麼一套明哲保身的辦法。

瑪格麗特的辦公室在走廊中間，一個小房間，灰石牆上跟大樓其他部分一樣漆成那種無精打采的淡薄荷色。不論地掃得多勤快，那深綠的瓷磚地板永遠看起來灰撲撲的，在她桌上以及所有其他的桌櫃表面，都是印有資料的電腦報表紙。櫃子裡塞滿了各式手冊、印表機的電線、備用的帶子和一盒盒磁帶。完全看不出任何個人的特色，沒有照片、海報、裝飾品雜物，眞不知道瑪格麗特怎麼能跟這些毫無生氣的東西一起過活。但話說回來，我還沒看過有哪個電腦分析師的辦公室不是像她這樣子的。

她背對著門正瞪著電腦螢幕，膝蓋上放著一本程式設計手冊。我進來時她轉過身把椅子轉到一邊。她的臉色凝重，黑色的短髮亂七八糟，好像她曾經用手指耙過，她深色的眼睛顯得心事重重。

「早上大部分時間我都在開會，」她開始說，「當我吃完午飯回來，就在螢幕上看到這個。」她交給我一張報表紙，上面有若干要資料庫找出資料的指令。我瞪著報表紙，一時之間腦海裡一片空白。有人在找個案的名單，上半頁列出項目，下面是幾個簡單的句子，要資料庫找出某個案子。第一個要找的姓是彼德森，名是蘿瑞。下面是回答，「無此項資料。」第二個要找的是我們的資料庫裡，所有姓彼德森的死者。

蘿瑞·彼德森的名字不在名單上，因爲她的檔案還在我的桌子裡。我還沒有交給辦事員歸檔入案。

「你的意思是什麼，瑪格麗特？你沒有打入這些指令？」

「絕對沒有。」她激動的說。「也沒有別的辦事員打進去。不可能的。」

這會兒我的注意力完全集中起來了。

「星期五我離開時，」她接下去解釋，「跟平常一樣在下班前把電腦設定在回應模式，所以你可以從家裡打進來。一旦電腦處在回應模式時，沒有人可以用我的電腦。除非你是在另一台電腦，然後經由數據機打進來。」

這種說法有道理。辦公室的終端機與瑪格麗特的電腦連線，我們稱她的電腦爲伺服器。雖然署長一直催促我們和對街衞生與社會服務署的主機連線，但我們並沒有這樣做。這些資料都非常敏感，很多案子還在偵查之中，所以我拒不受命，而且還會繼續堅持下去。把所有的資料輸入與數十個其他機構合用的中央電腦，無疑是自找麻煩，會造成很大的安全漏洞。

「我沒有從家裡打進來。」我告訴她。

「我也不認爲是你，」她說，「你沒有理由打入這些指令。你最清楚蘿瑞．彼德森的檔案還沒輸入。是別人幹的，但不是前面的辦事員，或其他的醫生。除了你的個人電腦與驗屍間的那一台外，別的都只是終端機。」

她提醒我終端機只包括一個螢幕與鍵盤。我們辦公室的終端機與瑪格麗特辦公室的伺服器相連。如果伺服器關閉或當機，而它在回應模式時是關閉的，那麼終端機也是關閉的。換句話說，從星期五晚上蘿瑞．彼德森遭謀殺之前，這些終端機就已經不能使用了。

資料庫是在週末或今天早上遭人侵入的。

有個外人侵入。

這個人熟悉我們使用的相關資料庫。我提醒自己，這種資料庫很普遍，也不是很難學。打進電腦的號碼是瑪格麗特的分機號碼，就列在機關電話簿上。如果你的電腦裝有資訊軟體，又有相容的數據機，而你也知道瑪格麗特是我們的電腦分析師，然後以她的分機號碼來試，是可以打進來的。但你只能到此爲止，無法使用任何辦公室的程式或資料。除非有使用者名稱及個人密碼，否則根本不能進入電子郵件信箱。

瑪格麗特透過她有色的眼鏡直瞪著電腦螢幕。她眉頭微皺，一邊啃著拇指。

我拉過一張椅子坐下來。「怎麼可能?使用者名稱與密碼?怎麼可能有人會知道?」

「這是我想不通的地方。只有幾個人知道，史卡佩塔醫生。你、我及其他的醫生，還有幾個輸入資料的文書處理員。而且我們的使用者名稱與密碼，跟我給市政區的不同。」

雖然我負責的每個市政區都有一個與這裡相似的電腦網路，但他們只運用自己的資料，不能直接與中央辦公室的資料連線。老實說，我不認爲其他辦公室的法醫會做這種事。

我做了個蹩腳的猜測。

「說不定有人亂猜，但走運猜中了。」

她搖搖頭。「幾乎是不可能的。我很清楚，以前我就曾改過別人的個人密碼，但忘了改成什麼，所以我只好用猜的，試了三次後電腦就不再給你機會，電話線便自動切斷。而且這一個版本的資料庫不喜歡有人非法入侵。如果你要找資料，但打進的訊息錯誤，資料庫索性關門大吉。」

「密碼可不可能在別的地方找到？」我問。「譬如說，別人能在電腦裡找出來，又或者那個人是另一個程式設計師？」

「不可能的。」她很確定。「我一直都很小心。是有這麼個系統名單列有使用者名稱及密碼，但你必須知道正確的路徑才找得到。不論如何，現在已經不重要了，因爲很久以前我就不再使用，爲的就是防止像現在這樣的情況發生。」

我沒說什麼。

她遲疑的看我的臉色，看我是否不高興，或眼睛裡有沒有透出怪她或氣她的意思。

「太糟了。」她脫口叫道。「我不知道是怎麼一回事，也不清楚到底是誰幹的。而且資料庫管理員也不能用了。」

「不能用了？」資料庫管理員代表一種授權，它可讓特定的人，像瑪格麗特或我，有權取得所有的檔案並自由運用資料庫。如果它無法使用，就好像有人告訴我，我的大門鑰匙不能再用來開門。「你說不能用了是什麼意思？」我發覺要保持平靜越來越不容易。

「就是我說的意思。我的密碼失效，要取用任何檔案，必須要重新設定才行。」

「怎麼可能發生這種事？」

「我不知道。」她越來越沮喪。「說不定爲了安全起見，我應該重新設定，變更密碼。」

「先不要。」我連想都沒想就回答。「眼前只要不把蘿瑞．彼德森的檔案輸入，那麼不論入侵者是誰，至少找不到想要的資料。」

「這一次沒有。」

我僵住了，眼睛瞪著她。

她的臉一陣青一陣白。「我不確定。萬一以前發生過，我也不會知道。因爲以前沒有用回顯。你看這些指令，」她往報表紙一指，「是在別的電腦上打的指令，但出現在這部電腦上。我通常不用回顯，所以當你從家裡鍵入時，你的指令不會出現在這個螢幕上。星期五我走得很匆忙，可能不小心沒關掉回顯，或把它開了。我不記得了，但它是開的。」她滿面愁苦的加了一句，「我想這未嘗不是好事。」

我們同時轉過頭。

蘿絲站在門口。

她臉上的表情——噢，別又來了。

她等我走出門口才說，「科羅尼你高地的法醫在電話一線上，一個愛西蘭的警探在二線。署長的祕書剛才打來——」

「什麼？」我插嘴道。我只聽到她最後一句話。「安本基的祕書？」

她交給我幾張粉紅色的電話留言條，一面回答，「署長想見你。」

「眞是的，他到底想幹嘛？」如果她再告訴我，我得自己去了解詳情，我鐵定會發脾氣。

「我不知道，」蘿絲說，「他的祕書沒有說。」

6

我受不了只能呆坐在辦公桌前。我必須找點事情來讓自己分心，不然就會完全失去冷靜。有人侵入我辦公室的電腦，而安本基又要求在一小時又四十五分鐘之內見到我。他不可能只是邀請我去喝茶。

我到處查看證據收集的進展。通常我到樓上各個檢驗室去拿證據，有時我只去看看我的案子發展的情形……就像個盡責的醫生巡視病人一樣。但此時此刻，這次的例行公事卻像是一趟暗藏危機又絕望的旅程。

司法科學局像是個蜂窩，一間間小房間裡塞滿了各種檢驗設備，以及身穿白袍子、臉戴塑膠護目鏡的人。

當我經過他們敞開的門口時，有幾個檢驗專家對我點頭微笑，但大多數的人都沒抬頭，他們太專注於手上的工作，對路過的人毫無所悉。而我在想艾比·敦布爾，以及其他我不喜歡的記者。

是不是某個野心勃勃的記者侵入了我們的電腦截取資料？

這等事情發生多久了？

黑色桌面上凌亂散布的量杯、試管和本生燈將我拉回現實，我才發現自己不知不覺中轉進了血清實驗室。擠在玻璃櫥裡的是一袋袋的證據，與一瓶瓶的化學藥品。房間中央則是一張長桌，上面堆著從蘿瑞．彼德森床上剝下來的被套與床單。

「你來得正好。」貝蒂跟我打招呼。「如果你想得胃酸過多，現在正是時候。」

「不，謝了。」

「嗯，我早得了。」她加一句。「你怎麼可能免疫呢？」

貝蒂有一頭鐵灰色的頭髮，快要退休了。她的五官明顯，淡褐色的眼裡看不出任何表情，也或許有些羞澀敏感，就看你願不願意花時間去了解她而定。我第一次遇見她就喜歡她。這位首席血清專家做事非常精細，洞察力敏銳得就如手術刀。她私下熱衷賞鳥，而且很會彈鋼琴。她一直沒結婚，也從來沒因此後悔過。她讓我想起我在天主教會學校讀書時最喜歡的瑪莎修女。

她長袍的袖口高高捲到肘彎，雙手戴了手套。她工作的桌面上有排裝了棉花棒的試管，一個採證袋，裡面有裝了顯微鏡玻片的硬紙檔案夾，以及收了蘿瑞．彼德森頭髮樣品的信封。檔案夾、信封與試管上面貼了由電腦列印的標籤。這個程序是我最先想到用的，也是瑪格麗特另一項程式設計的成果。

我模糊記起最近一次在學術會議裡聽到的閒話。芝加哥市長突然死亡後的幾個星期中，想要入侵法醫部門電腦的事件居然高達九十起。很多人都認爲侵入者是那些想要追出驗屍報告與毒物檢驗結果的記者。

誰？到底是誰侵入我的電腦？爲什麼？

「他進展得相當順利。」貝蒂在說。

「很抱歉——」我不好意思的微笑。

她再說了一遍，「我今早跟格拉斯門醫生談過。他一直在檢驗前兩個案子的樣本，兩、三天後就會有結果。」

「後面兩個的樣本你送去了嗎？」

「才剛送去。」她旋開一個棕色的小瓶瓶蓋。「柏．弗蘭德將會親自送去。」

「柏．弗蘭德？」我插口問道。

「又叫作友善警官，我們這裡都這樣叫他的。他也是個榮譽童子軍。讓我看看，去紐約開車大概要六小時，他在傍晚時分應該會送到那裡的檢驗室。我想他們是抽籤決定的。」

我一臉不解的看她。「抽籤？」

安本基想做什麼？或許他想了解DNA檢驗是怎麼一回事。現在每個人都對這個感興趣。

「那些警察，」貝蒂說，「會去紐約或別的地方。有些人從來沒去過。」

「對他們大多數人來說，去一次就足夠了。」我漫不經心的回答。「等他們試過變換車道或找停車位後，就會想回來了。」

但如果他對DNA檢驗或其他的事有問題，他可以用電子郵件送個備忘錄過來。通常安本基都是這麼做，事實上，這是他一貫的作風。

「嗯，不只如此。我們的柏從小生長在田納西，不論去哪裡，他都非得帶著那玩意一起走。」

「希望他這次去紐約並沒有帶。」我嘴上應付著，但其實心不在焉。

「嗯，」她繼續，「他的隊長叫他不要帶，告訴他北佬那兒的槍枝法律跟這裡不一樣。柏來拿樣本時一臉的微笑，一面笑，一面拍著他夾克下的手槍皮套。原來他帶了把約翰．韋恩拿過的那種連發左輪手槍，槍管有六吋長。這些傢伙跟他們的槍，多麼佛洛依德，眞是無聊──」

我的腦海浮現一些在新聞中出現的小孩，他們侵入大公司與銀行的電腦。

我家書房辦公桌的電話後面有一台數據機，藉此我可以從家裡連線到這裡的電腦。我絕對禁止別人碰它。露西了解如果她嘗試取得我辦公室的資料，將會有嚴重的後果。除此之外，她別的都可以動。雖然我如此承諾，但內心其實仍有些抗拒。由於獨居的緣故，我不免對自己的東西有強烈的領域感。

我想起露西發現藏在沙發墊下的晚報，也記起她問我蘿瑞．彼德森謀殺案時臉上的神情，以及在我桌上那塊軟木板上釘了我屬下辦公室及住家的電話號碼，其中包括了瑪格麗特的分機號碼。

我發現貝蒂有好一陣子沒說話了。她奇怪的看著我。

「你還好嗎？凱。」

「很抱歉。」我又說了一次，並嘆了一口氣。

她沉默了一會後同情的說，「還沒找到嫌犯，我也覺得好煩。」

「似乎很難不去想它。」雖然嘴裡這麼說，但在過去一個小時內我幾乎沒有想到它。我確實是該付出全副精力，我暗暗的責備自己。

「嗯，我不想說這種話，不過除非我們手上有嫌犯，否則DNA檢驗根本不值一文錢。」

「除非我們到達更進步的階段，所有的基因資料都像指紋紀錄一樣，儲存在一個中央資料庫內。」我喃喃低語。

「只要有美國公民自由協會存在，這種資料庫就成立不起來。」

今天有人說過一句令人振奮的話嗎？我的頭殼下開始形成陣陣頭痛。

「好怪。」她在一張白色濾紙的小圈上滴磷酸　。「你想，總該有人看過他。他又不是隱形人，更不會一道光似的射入那些女人的屋子，而且他以前一定在哪裡看到她們，認定目標之後又跟她們回家。照我看來，如果他在公園或購物中心之類的地方遊蕩，總該有人注意到他。」

「可能有人看到，只是我們並不知道。提供消息的人倒是很踴躍，」我加了一句，「聽說警方提供的熱線從早到晚電話不斷，但就我所知，到目前爲止，談不上有什麼進展。」

「只是白忙一場。」

「不錯。」貝蒂一邊說一邊不停手的工作。這個階段的檢驗相當簡單。她從試管裡拿出我送來檢驗的樣本，用水潤濕再以濾紙擦過。她一小堆一小堆的處理，她先滴了磷酸　，然後再加一點稱爲快藍B鹽的化學物質，如果有精液存在的話，幾秒鐘之內擦拭過樣本的濾紙就會變紫色。

我望著那一排濾紙上的圈圈，幾乎所有的都變成紫色。

「雜種。」我說。

「而且技術很差。」她開始描述我正在看的東西。

「這是從她大腿後取得的樣本。」她一手指著。「立刻就顯出紫色。從肛門與陰戶取得的就沒有這樣快。不過這是自然的。她自己的體液會影響到檢驗。除此之外，在口腔也有同樣的紫色反應。」

「這個雜種。」我再次小聲的咒罵。

「不過你從食道取得的樣本並沒有顯出紫色。很顯然的，大部分的精液都留在身體外面。這種型態與我在布蘭達、佩蒂與塞西爾身上發現的幾乎一致。」

布蘭達是第一個被勒死的，佩蒂是第二個，塞西爾第三。當貝蒂提到那些被勒死的女人時，她的口氣像在談熟人，我聽了嚇一跳，但很奇怪的，她們確實變成我們家庭的一分子。在她們生前我們從沒有機會碰面，但現在我們對她們又太熟悉。

貝蒂把滴管轉回那個棕色小瓶，我走到桌旁的偏光顯微鏡前，眼睛對準接目鏡，一面開始調整焦距。視野中有些多色的纖維，平的，像絲帶般，每隔一段不規則的距離有些捲曲。這些纖維既不是動物的毛，也不是人造絲。

「這是我從刀上收集來的嗎？」我幾乎不想提這問題。

「不錯，它們是棉料。別被你所看到的粉紅、綠色及白色所騙。染過的纖維通常是由多種顏色組合，不是肉眼可以分辨的。」

從蘿瑞．彼德森身上割下來的睡袍是棉布做的，顏色是淡黃色。

我調整焦距。「我想這不至於是從棉紙或這類的東西上來的吧。蘿瑞似乎用那把刀來拆信。」

「絕不可能，凱。我已經查過她睡袍的樣本，它跟你從刀鋒上採來的纖維一致。」

這是鑑定證人的說話方式……這樣是一致的，很有理由相信那樣。蘿瑞的睡袍被她丈夫的刀割開。就等馬里諾看到檢驗室的報告吧。我暗想，該死的。

貝蒂繼續說。「我也可以就在這裡告訴你，你現在看到的這種纖維，跟在她身上發現的以及在警察認爲凶手侵入的那扇窗上所發現的都不同。那些是深色……黑色，深藍帶點紅，一種聚酯與棉的混紡。」

案發當晚我看到麥特．彼德森穿了件白色襯衫。我想是棉織的，幾乎不可能有黑色、紅色或深藍色的纖維。他也穿了件牛仔褲，而幾乎所有的牛仔布都是棉布。

他不可能留下貝蒂剛才提到的那種纖維，除非在警察到達之前，他換過衣服。

「呀，哼，彼德森又不笨。」我幾乎可以聽到馬里諾如此說。「自從韋恩．威廉斯的案子發生後，半個世界都知道纖維可以用來定你的罪。」

我走出檢驗室，沿著走廊走到盡頭，左轉進入工具痕跡與槍砲實驗室，這裡的檯面上滿滿堆著各式手槍、來福槍、彎刀、散彈槍與烏茲衝鋒槍，全被標爲證據，等待上法庭的日子。手槍與散彈槍的彈藥筒四處擱置，後面角落裡有一個裝滿水的鍍鋅鋼筒，專門用來試槍，水面上還悠閒漂浮著一隻橡皮小鴨。

從軍法機構刑事調查處退伍下來的法蘭克有著一頭白髮，身型精瘦結實，正彎腰在看比測顯微鏡。我進來時他重新點上菸斗，他的話並沒有任何我想要聽的。

從蘿瑞・彼德森家窗戶割下的紗窗並沒有提供任何線索。窗網是合成質料，所以看不出來是哪種工具割的，甚至看不出切割的方向。我們無法確認紗窗是從屋子內還是屋子外被割開的，因爲塑膠跟金屬不一樣，塑膠不會有彎痕。

內外之分非常重要，這是我很想知道的事。如果紗窗是從屋內被人割開，那麼不必再猜了，凶手並沒有侵入房子，而是從房子裡出來。在此情況下，馬里諾對那丈夫的懷疑很可能是正確的。

「我可以告訴你的是，」法蘭克一面吐出一圈圈味道濃烈的煙圈，「刀法乾淨，是用刀片或刀這類很銳利的工具割開的。」

「可能跟割開她睡袍的工具一樣嗎？」

他漫不經心的摘下眼鏡，拿出條手帕擦拭。「某種利器割開她的睡袍，但我不能說這跟割紗窗的是同樣的工具。我甚至不能給你特定的類別，凱。可能是錐子，也可能是軍刀，或是一把剪刀。」

那條被割斷的電線及野外求生刀又是另一回事。

根據顯微鏡檢測的比較結果，法蘭克有充分理由相信是麥特・彼德森的刀子割斷電線的。刀刃切物後留下的工具痕跡與在電線被割斷處的痕跡一致。我很不悅的又想到了馬里諾。如果這把野外求生刀不是藏在麥特・彼德森的衣櫃抽屜，而是放在外面，就在床邊的話，這點間接證據就沒什麼大不了的了。

我仍舊堅信自己的假設。那個凶手看到蘿瑞桌上的這把刀，然後決定要用它。但他事後爲什麼要藏起來？而且如果這把刀用來割蘿瑞的睡袍，也割了電線，那麼就跟我設想的發生順序不合。

我假設當凶手進入蘿瑞的臥室時，他已經攜帶了自己的凶器，也就是他用來割紗窗的刀或其他利器。如果是這樣的，爲什麼他不用同一把刀來割她的睡袍或電線，他怎麼會用起那把野外求生刀？當他進入她的臥房時，是不是立刻就發現到那把刀？

不可能。桌子並不在床邊，而且他剛進去時臥室一片漆黑，他不可能看到那把刀。

直到開燈後他才可能看到，那時蘿瑞應該已經被制服了，凶手的刀子就在她的咽喉上。爲什麼他還會去拿桌上的求生刀？實在很不合理。

除非有事打斷了他。

發生了什麼干擾他的事，因此改變了他殺人的一貫程序，或者有突發事件讓他做了改變。

法蘭克與我做各種揣測。

「這是假設凶手不是她丈夫。」法蘭克說。

「不錯，假設凶手是陌生人，他自有一套殺人的儀式和殺人的動機。但他跟蘿瑞在一起時，有事發生攪了局。」

「她做了什麼事——」

「或她說的話。」我回答，然後我提出我的想法，「她可能說了讓他暫時停手的話。」

「說不定。」他一臉懷疑的樣子。「她是有可能使他停下來一段時間，而且時間長得讓他看見桌上的刀，甚至想到使用那把刀。但據我看，比較可能發生的情況是，當她回家時，他早等在她屋子裡，也已經發現桌上的刀了。」

「不，我不這麼認爲。」

「爲什麼不？」

「因爲在她遇害前，她已經在家好一會了。」

我已經想過好多次了。

蘿瑞從醫院開車回家，打開前門進屋後再從裡面鎖住。她走進廚房，把背包放在桌上，然後吃了一些點心。從她腸胃的內容物來看，她遇害前不久才吃過幾片起士餅乾，那些食物幾乎還沒開始消化。在她遭到攻擊時，那種恐懼會全面關閉她的消化系統，這是身體自然的防禦機制。消化系統關閉後，血液流向四肢，使人或野獸可以準備戰鬥或逃走。只是她不可能反擊，也無處可逃。

吃完點心後，她從廚房走到臥室。警方發現她習慣在睡前吃口服避孕藥。星期五的藥丸不在藥盒裡，她吃了藥，之後可能刷牙、洗臉，然後換上睡衣，再整整齊齊的把衣服掛在椅子上。我認爲不久後兇手攻擊她時，她已經睡在床上了。他可能躲在樹下黑暗處監視她的屋子，等到燈關了，她睡著之後才動手。或者他根據過去監視她的經驗，知道她什麼時間回家、什麼時間睡覺。

我想起她的床罩。床罩已經掀開，似乎她曾在床上睡過，而且我們沒有在房子裡找到任何掙扎的證據。

我還想到另一件事。

麥特．彼德森提到的味道，那種帶著汗味又有些腥甜的味道。

如果凶手有特別濃重的體味，那麼他所到之處必定會留下那股味道。如果他早藏在屋子裡，蘿瑞回家時，那股味道就已經飄散在臥室裡。

她是個醫生。

味道常表示疾病或毒物。醫生的訓練使我們對味道很敏感，我常從現場血液的味道就可以知道被害人在死前是否喝過酒。如果血或腸胃內食物的味道像杏仁的話，可能有氰化物的存在。若病人呼出的氣味像濕葉子，那他可能得了肺炎。

蘿瑞．彼德森是醫生，就像我一樣。

如果她一走進臥室就聞到那股異味，她一定不會脫下衣服或去做別的事，而是找出味道的來源。

凱戈尼不會像我這麼焦慮。我與我的前任從未謀面，但有時我覺得他陰魂不散。他擁有我從來沒有的權力，卻沒有任何弱點。在一個缺乏騎士精神的世界裡，他是一個沒有騎士精神的騎士，他招搖他的地位就像在盔甲上戴了羽飾，人人都見得到他的威風。我想有一部分的我暗暗的羨慕他。

他的死很突然。當時他走過客廳地毯去開電視看足球決賽，但就此倒地身亡。在一個星期一清晨，他自己成了開刀的對象。除了檢查他的病理學家外，驗屍間完全不准別人進入。足足有三個月，沒有人敢動他的辦公室，所有擺飾就跟他離開時一模一樣，我猜只有蘿絲把雪茄的菸蒂倒出了菸灰缸。

我搬到里奇蒙後第一件做的事，就是把他的辦公室拆得只剩個殼子，清除各種遺跡，包括拿下他那張懸掛在寬闊大桌後方牆上並打著燈光的肖像，畫中的他身穿正式長袍，一副鐵漢般模樣。他還有一整書架放滿了各種令人毛骨悚然的紀念物，那種一般人以爲法庭病理學家一定會收集，但其實不然的東西。我把他的肖像與那些紀念品都一股腦捐給了維吉尼亞醫學院。

他的辦公室現在是我的了，經過一番整頓，如今光線明亮，地上鋪著皇家藍的地毯，牆上掛著英國的風景畫與其他文明世界的畫像。我只有幾樣紀念品，唯一一樣帶點悚慄氛圍的是一個遇害小男孩的陶臉塑像，他的身分至今仍是個謎。我在他脖子下綁了件毛衣，高高放在一個檔案櫃上，他在上方以他那塑膠眼睛監視著門口，在悲哀的沉默中等待有人叫出他的姓名。

我在這裡工作時一直保持低姿態，讓人感覺舒服，但又公事公辦。我蓄意保持一種無色單調的作風。雖然我帶著幾分傲意自許，與其被視爲傳奇人物，不如堅持專業風範，但我心深處不免對這樣的想法感到懷疑。

我仍舊可以感覺到凱戈尼的存在。

人們不斷說起他的故事，而且時間一久，越說越神。他在驗屍時幾乎從不戴手套，而且有人看過他邊工作還能邊吃午飯。他跟警察一起去打獵，和法官相約去烤肉，上一任的署長又如何被他鎮住，對他如何畢恭畢敬。

相形之下我就差多了，而我也曉得人們還是會不斷的比較。我唯一受邀請的打獵與烤肉活動是在法庭上與會議間舉行——我是被炮轟的對象，燒烤的火在我的腳下升起。如果艾文．安本基上任署長第一年的行徑可以做爲基準，接下來的三年就會像地獄一樣。他隨意侵犯我的領域、監察我的工作。每個星期我都接到他語氣傲慢的電子郵件，向我要統計資料，要我回答爲什麼其他罪案在下降，偏偏兇殺案不斷在上升，好像在維吉尼亞發生殺人案件是我的錯。

但他以前從不會臨時召開會議。

以往他若有事要討論，不是送個備忘錄，就是遣他的助手來。無疑的，他是絕對不會拍拍我的肩膀、稱讚我的工作成績。

我漫無目標的瞟過我桌上一疊疊的東西，想要找些什麼來加強武裝，例如帶些卷宗、記事本、墊紙板之類的。不知爲何，想到空手過去便會讓我有種好像沒穿衣服的感覺。我掏空了檢驗袍口袋裡經過一天收集來那些雜七雜八的東西，放進一包菸，也就是安本基嘴裡所謂的「癌症棒子」，走進黃昏的餘暉中。

他統轄著對街蒙諾大樓的第二十四層樓。除了鴿子偶爾飛上屋頂之外，沒有人在他的頭頂上。他大部分的手下都在他下方的樓層工作。我沒有見過他的辦公室，因爲從沒獲邀請過。

電梯門開啓後就是一間寬敞的接待室，一張U型桌矗立在整片小麥色的地毯上，站在桌子後的接待小姐紅髮齊胸，看起來不過二十歲。當她的視線離開電腦，抬起頭給我一個訓練有素的熱烈微笑時，我幾乎期待她會問我是不是訂了房間，要不要服務生來拿我的行李。

我告訴她姓名，但她完全不像認出我的樣子。

「我跟署長四點鐘有約。」我加了一句。

她查過他的行程表，表情愉快的說，「請坐，史卡佩塔女士，安本基醫生很快就會接見你。」

我在乳白色的皮沙發椅上坐下，一面望向擺著雜誌與絲花的發亮咖啡桌。上面沒有菸灰缸，一個也沒有，不但如此，在兩個不同的地方都貼著請勿吸菸的標誌。

時間一分一分慢慢的爬過。

紅髮的接待小姐用吸管啜著礦泉水，專心一致的在打字。其間她想到問我要不要喝飲料，我微笑表示不必，她的手指再度飛躍急速的敲著鍵盤，電腦嗶嗶作響，不知什麼地方出了錯，她嘆了口氣，好像她的會計師剛剛對她報告了壞消息。

我口袋裡的香菸像個硬塊，我很想找個洗手間去抽菸。

四點半時，她的電話鈴響了。掛了電話後，她以那副空洞愉悅的聲調宣布，「你可以進去了，史卡佩塔女士。」

我像被剝奪職權似的滿腹不悅，聽到史卡佩塔女士後應聲而起。

署長辦公室門的銅鎖輕輕一轉就開啓，立刻有三個男人起立致意——原本我只預期會見到一個人。跟安本基在一起的還有諾曼．譚納與比爾．鮑士，當鮑士和我握手時，我直瞪著他的眼睛，直到他尷尬的轉移視線。

我覺得受到傷害，又有點生氣。爲什麼他不告訴我他也會來這裡？爲什麼自從我們在蘿瑞．彼德森家照面之後，他沒有再找我？

安本基對我點個頭，其實倒比較像在表示他的不以為然，他加了一句，「謝謝你來。」熱烈的程度跟一個無聊得半死的交通法官差不多。

他的眼神閃爍，個子矮小，之前在加州首府沙加緬度任職。他在那裡學了一套西岸作風，掩飾了原來的北卡羅萊納出身。他的父親是農人，但他對此顯然並不引以為榮。他喜好戴一條有銀夾子的窄領帶，幾乎永遠搭配上一件條紋西裝。右手無名指則戴了一個偌大的銀底座鑲藍綠寶石戒指。他的眼睛是朦朧的灰色，很像冰。頭上的骨頭突出，活像要衝破稀薄的皮膚。他幾乎完全禿了。

一把象牙色的椅子從牆邊拖出，好像是留給我的。皮椅嘰嘰作響，安本基坐在他的桌後。他的桌子我聞名已久，只是從未見過。那是一張雕琢精美的超大型紫檀木桌，非常古老、非常中國。

他腦後的一大片窗提供了遼闊的市景，遠處的詹姆斯河像閃爍的絲帶，南區則像塊縫滿補丁的破布。他啪啦一聲打開在他面前的一個黑色鴕鳥皮製公事包，拿出一本黃色記事簿，上面密密麻麻的記滿了他張牙舞爪的筆記。他已經寫好今天打算討論的事項。他做任何事都少不了他的記事卡。

「我想你已經注意到，大眾對最近的勒殺案非常不安。」他對我說。

「我很了解。」

「比爾，諾曼與我昨天下午有個——怎麼說呢？緊急的高層會議。有好些事要討論，不只是星期六晚報與星期天早報的內容，史卡佩塔醫生。你可能也知道，因為第四樁悲劇，那年輕的外科醫生遭謀殺，有消息走漏給新聞界。」

我不知道這件事，但我並不驚奇。

「不消說，一定有很多人想要訪問你，」安本基平淡的繼續說，「我們必須及早控制，不然鐵定會有一場混戰。這是我們三個人討論的事情之一。」

「如果你可以控制謀殺案不發生，」我跟他一樣平淡的說，「一定可以得諾貝爾獎了。」

「當然，這是第一優先要做的事。」鮑士解開他的深色西裝上衣，往後靠著椅背說。「我們要警方不分晝夜全力偵查，凱。但我們都同意目前有件事必須先加以控制……防止消息洩露給新聞界。那些新聞只會把大衆嚇個半死，讓凶手知道我們要採取什麼行動。」

「我再同意不過。」我的防衛心像拉起來的吊橋，而我立刻對我接下來說的話感到後悔：「你可以放心，除了我們必須提供的資料，如死因、死法之外，我的辦公室沒有發表任何言論。」

我在回答一個他們還沒提出的控訴，我的法律本能立刻責怪我這種愚蠢的行爲。如果他們要歸罪我言行不愼，我應該要逼他們出牌，至少要逼安本基出手，要他提出這種過分的詢問。但現在我先置自己於不利的地位，好像是我有錯，讓他們有理由來逼迫我。

「嗯，」安本基灰色、不帶一絲友善意味的眼睛短暫的在我身上停留，他說，「你正好提到一個我覺得我們應該好好審視的問題。」

「我沒有提到任何問題，」我輕描淡寫的說，「我必須聲明，我只是提出一項事實。」

此時有人輕輕敲門，那個紅髮接待小姐端著咖啡進來，整個房間立即陷入無聲的狀態。她似乎完全沒有注意到那凝重的靜默，對我們細心招呼，唯恐不周，她對鮑士更是殷勤。他可能不是這城市所有過最好的州檢察官，但絕對是最英俊的……他是那種少見的金髮男子，歲月的流逝對他們異常寬大。他既沒有掉頭髮，也沒有失去原來的體型，只有眼角的細紋透露出他已年近四十了。

她走了之後，鮑士發言，但他的話不像有個特別的對象，「我們都知道，有時警察有大嘴的問題。諾曼與我都跟警方談過了，但似乎沒有人知道到底從哪裡走漏消息的。」

我勉強壓抑怒氣。他們在期待什麼？某個警探把消息給了艾比．敦布爾，然後這傢伙出來自動認罪，「不錯，很抱歉，是我說的。」

安本基翻了一頁。「自從第一樁謀殺案後，報紙提到『醫學方面的消息來源』共提了十七次，史卡佩塔醫生。我對此有點不放心。顯然那些最聳動的細節，如勒死被害人的索套、強姦的證據、凶手如何進入、屍體在哪裡被發現，以及DNA檢測正在進行中等，都出於這個醫學方面的消息來源。」他眼珠往上正視我。「這些細節是正確的嗎？」

「不完全是。有好些不盡相同之處。」

「譬如說？」

我不想要告訴他，我不想要跟他討論這些案子。但如果他想要的話，他有權要我提供資料。我是他的屬下，而他只在州長之下。

「比如說，」我回答，「在第一個案子，新聞報導說在布蘭達．史代普的脖子上綁了條黃褐色的布條，事實上，那是一雙絲襪。」

安本基寫了下來，「還有什麼？」

「在塞西爾．泰勒的案子，新聞報導說她的臉在流血，而且被單上也全是血，這點至少也是誇大其詞。她沒有傷口，沒有那一類的傷。只有一點體液從她的口鼻流出來。這是檢驗時的自然現象。」

「這些細節，」安本基一邊寫一邊問，「在法醫的初步調查報告裡都提到過嗎？」

我必須吸口氣讓自己平靜下來。他的想法越來越清楚了。在法醫的初步調查報告中，輪值的法醫只是把他在現場所見及警察告訴他的事記錄下來。這些細節並不永遠正確，因為現場通常一團混亂，而且也還沒有驗屍。

除此之外，那些醫生並不同於法庭病理學家。他們有自己的診所，他們其實就像義務工作人員，收了區區的五十元，但可能得在半夜被迫起床，或因為車禍、自殺或凶殺的案子而使得週末泡湯。這些人提供了公共服務，他們是義勇軍，他們主要的任務是決定是否有驗屍的必要，記下所有的事，照一大堆相。就算我的一個法醫錯把一雙絲襪當布帶，也算不了什麼。我手下的法醫不會向記者通風報信。

安本基繼續追問，「關於那條黃褐色布帶，以及帶血的床單，我想知道到底在法醫的初步調查報告裡有沒有提到。」

「如果你要問是否像新聞報導裡描述的，」我肯定的回答，「答案是沒有。」

譚納開玩笑的說，「我們都知道那些記者的行徑，他們拿到一顆芥末子，就有辦法把它變成高山。」

「聽著，」我環顧那三個男人，「如果你們以為我手下的法醫走漏細節，我可以明白的告訴你們，太離譜了，沒有這麼一回事。我熟悉承辦前兩個案子的法醫。他們在里奇蒙工作多年，一向都無懈可擊。我自己去了第三與第四個案子。消息不是從我的辦公室走漏的。任何在現場出現過的人，都有可能洩露這些細節，比如說那些前來急救的人員。」

安本基換了個坐姿，皮椅輕輕的發出嘰嘰聲。「我查過了。有三組急救人員去過，但沒有一名醫護人員到過所有的現場。」

我平心靜氣的說，「匿名的來源通常是多種來源的混合。所謂的醫學方面的來源，可能出於一個醫護人員，加上某個警察說的話，又加上記者無意間聽到的話，或是在被害人居所外看到的事。」

「沒錯。」安本基點點頭。「我們並不眞的相信是從法醫那裡走漏的新聞，至少不是故意走漏的——」

「故意？」我忍不住插進去。「你的意思是，我的辦公室有可能無意之中走漏新聞？」我正打算反擊說這樣的說法有多無稽，但突然之間我說不出話來。

我從脖子根開始紅起，我想起來了。我辦公室的資料庫，有外人侵入了我的資料庫。難道這是安本基找我來的原因？但他怎麼可能會知道？

安本基繼續說下去，好像壓根沒聽到我說的話。「人們都喜歡說話，職員喜歡說閒話，他們告訴家人、朋友，大多數的情況下他們並沒有任何惡意，但你永遠不知道那些話會傳到哪裡……說不定到了一個記者的桌上。這種事常常發生。我們很客觀的在調查這個情況，每種可能都得考慮。我們必須如此。你一定明白，某些走漏的消息可能對案子的調查造成嚴重的傷害。」

譚納直言不諱的說，「市政助理、市長都對這類的新聞非常不悅。高凶殺率已經對里奇蒙造成重大打擊，像這種驚心動魄的連續殺人案是我們最不樂意見到的。那些新蓋的旅館需要有人來這裡觀光或開大型會議。人們不想到一個他們擔心身家性命的地方。」

「這是當然，」我冷冷的回答，「但也沒有人想要看到當局對這些謀殺案最關切之處是凶殺案會不會造成不便、引起困窘，或因此影響觀光收益。」

「凱，」鮑士安靜的說理，「沒有人有這種無稽的想法。」

「當然不，」安本基很快的加了一句，「但我們必須要面對現實，這事件其實暗潮洶湧。如果我們不小心謹慎，恐怕面臨大爆發。」

「爆發？爲了什麼？」我警覺的問，一面不自禁的望向鮑士。

他臉上的肌肉緊繃，眼神極力壓抑情緒。他不情願的說，「最後一樁謀殺案像火藥桶似的。人們還沒有開始談論某些關於蘿瑞·彼德森的事，謝天謝地，記者還不知道那些事。但這只是時間早晚問題，總有人會發現。如果我們不在幕後及早妥善處置，目前的情形很可能引發風暴。」

譚納接下去說，他的燈型長臉異常陰鬱，「里奇蒙政府可能會被告。」他看了安本基一眼，安本基對他一點頭，表示他可以繼續。

「發生了一件很不幸的事。星期六清晨，蘿瑞·彼德森從醫院回家後顯然報過警。我們從輪值的任務分派員那裡得知的。十二點四十九分時，九一一接線生接到一通電話。電腦螢幕上出現彼德森家的資料，但電話線立刻被截斷了。」

鮑士對我說，「你可能還記得現場的情景，床旁有電話，電話線被人從牆上扯了下來。我們的猜測是，凶手進入她家時彼德森醫生醒了過來，她抓起電話打給九一一，但隨即遭到凶手制止。她家的地址已出現在電腦螢幕上，但卻沒有人說任何話就斷線了。像這類的九一一電話都會轉到巡邏警察，十分之九的情況是惡作劇，小孩子玩電話的結果。但我們永遠不能確定到底發生了什麼事，不知道是否打電話的人心臟病突發，或中風有生命危險。所以接線生照規定對這種情形要優先處理，然後任務分派員立刻通告在街上的各個單位，之後會有警員趕到那一家去，或至少去查一下有沒有發生問題。但那次他們沒有這樣做。那個九一一的接線生把彼德森的電話列為第四優先，現在這個人暫時被停職了。」

譚納插進來，「那天晚上街上出了很多事，無線電通訊非常頻繁。電話越多，個別案子的優先順序必然降得比平常低。問題是，一旦優先順序決定了，就不會再改變。任務分派員根據他螢幕上的號碼行事。除非開始著手處理，否則他不會知道案子的性質。如果已經積壓了好些個第一、第二、第三優先的案子，他會先把人送到那些地方去，而列入第四優先的案子可就有得等了。」

「無疑的，那個接線生搞砸了，」安本基淡淡的說。「但我想這種情形是可以理解的。」

我坐著僵硬到不能呼吸。

鮑士繼續用同樣單調的聲音說，「大約四十五分鐘後，終於有部巡邏車經過彼德森家。那個警員說他用探照燈去照房子的正面，裡面一片漆黑，根據他的說法，看起來沒有任何問題。然後他接到一通處理家庭糾紛的呼叫就開車離開了。不久之後，彼德森先生回家發現了他太太的屍體。」

他們還在繼續說話，解釋狀況。他們說到在豪爾海灘，以及在布魯克林發生的砍殺案，由於警方沒有及時趕到因而造成死亡。

「在華盛頓特區和紐約市，法庭都裁決過政府沒有義務爲未能防範罪案發生而負責。」

「不論警察是否採取了行動，都不能改變結果。」

「但這不重要，就算我們被告後打贏了這場官司，由於這樣的惡名，我們還是輸。」

我幾乎一句話也沒有聽進去，恐怖的景象一幕幕的在我的腦中飛馳而過。那通被切斷的九一一電話讓我了解發生了什麼事。

我知道發生了什麼事。

蘿瑞·彼德森從急診室下班後疲憊不堪，加上她的丈夫告訴她會比平常晚回家，所以就先上床睡覺。她可能只打算睡一會，等他回家再起床……就像以往我當住院醫生時，常常等東尼從喬治城法學院回家一樣。她聽到房子裡有聲音而醒過來，可能是凶手躡手躡腳從走廊走過來的聲音。她覺得很奇怪，就叫她丈夫的名字。

沒有人回答。

在那黑暗靜默的片刻，時間似乎無限漫長，她發現有人在她房裡，但那人不是麥特。

她驚恐起來，連忙打開床邊的燈好打電話。

她只撥了九一一，甚至還來不及呼喊救命，凶手便撲至把電話線從牆上扯了下來。

說不定他從她的手裡搶下了電話聽筒，或者對她大吼，而她在懇求他。他被打斷，暫時忘了提防。

他憤怒極了，可能出手打她。或許就在這時打斷了她的肋骨，正當她痛苦得顫抖之際，他發狂般的環顧四周。電燈還是亮的，他可以看到在臥室裡的每件東西，包括她桌上的求生刀。

她的謀殺原本是可以因外力介入而消弭的。

如果她的電話能列爲第一優先，如果任務分派員立刻廣播，警察在幾分鐘之內就會抵達。他會注意到臥室的燈還是亮的——凶手很難在黑暗裡切斷電線，綑綁被害人。那個警察可能下車，甚至於聽到聲音。別的不說，如果他有時間照亮房子的後面，他一定會注意到被人拿下的紗窗、野餐凳，以及打開的窗戶。凶手殺人進行的那套「儀式」需要點時間，在他殺死她之前，警察或許能及時撞進屋子裡去。

我開始覺得口乾舌燥，得先喝幾口咖啡才開得了口，「有多少人知道？」

鮑士回答，「沒有人在講這個，凱。甚至馬里諾警官也不知道，至少他不像是知道的樣子。

這個案子分派給警員時他不在執勤。有個警察到了現場後，他才在家接到消息。這件事已經在警局裡傳開了，但知道這件事的警察都奉命不許跟其他的人討論。」

我明白他的意思。誰若大嘴就會被派去管交通，或留在警員辦公室裡坐冷板凳。

「我們告訴你這個不幸消息的唯一理由是，」……安本基小心翼翼的找尋適當的字眼……「因爲你必須有充分的背景資料，相信你能了解爲什麼我們非得要採取下面的步驟。」

我僵直的坐著，一眼不眨的緊緊盯著他。他終於要出牌說出重點。

「昨晚我與史皮羅．弗特西斯醫生談過，這位法庭心理學家跟我們分享了他的心得。我也跟聯邦調查局內對這類凶手的人格有特別研究的專家討論過，他們指出，新聞報導會惡化問題。這類凶手容易受到新聞的刺激，當他看到有關自己的新聞報導就會變得越興奮、越高亢，促使他採取更多的行動。」

「我們不能干涉新聞自由，」我直率的提醒他，「我們不能控制記者報導的內容。」

「我們可以。」安本基望向窗外。「如果我們少提供一些消息，他們就沒什麼可寫的。不幸的是，我們提供了太多。」他停了一下。「至少有人提供了太多。」

我不確定安本基的目的是什麼，但他攻擊的目標絕對是直指向我。

他繼續，「我們討論過的駭人聽聞細節……那些走漏的消息……結果都變成鉅細靡遺的新聞報導，成爲巨幅的標題。根據專家弗特西斯醫生的意見，這些渲染的報導令凶手興奮，帶給他極大的壓力，很可能因此促使他在這麼短的時間內再度下手。謀殺的慾望再度上升，激發他再去找一個被害人，不然無法紓解這種壓力。你知道的，塞西爾．泰勒的被殺與蘿瑞．彼德森之間只不過隔了一個星期……」

「你跟班頓．衛斯禮討論過這個嗎？」我插了一句。

「沒有這必要。我跟他在匡提科行爲科學處的同事蘇司陵談過了，他在這方面很有名，出版過好些著作。」

謝天謝地。如果在幾個小時前我就知道這件事，但卻不告訴坐在我會議室裡的衛斯禮，那我一定感到不安。我想他會像我一樣憤怒。署長自行插足調查，他繞過我、衛斯禮和馬里諾，把這些案子抓在自己的手裡。

「這些經由閒話或走漏消息造成的聳動新聞，」安本基繼續，「以及由於九一一處置不當，市政府要負法律責任的可能性，都使得我們必須嚴陣以待，史卡佩塔醫生。從現在開始，跟警方有關的消息，將經過諾曼或比爾發布，至於你的辦公室則不能發表任何新聞，除非是經由我來發布。我這樣說夠清楚了吧？」

我的辦公室從來沒有惹過任何麻煩，他又不是不知道。我們從來沒有招惹媒體注意，當我發布新聞時我一向非常小心。

如果記者得知原來應由我辦公室發表的消息，如今將由署長來處理，他們會怎麼想呢？其他人又怎麼想呢？在維吉尼亞州四十二年的法醫體制裡，這種事從來沒有發生過。要我閉口會讓別人以爲我不值得信任，所以不再有權責。

我環顧四周，但沒有人直視我。鮑士緊閉著嘴，有看沒有見的研究他的咖啡杯。他拒絕給我一個安慰性的微笑。

安本基再度參閱他的筆記。「最糟糕的是艾比．敦布爾，這不是第一次了。她不是因爲閒坐在那裡而得獎的。」他轉向我。「你們認識嗎？」

「她很少越過我祕書那一關。」

「嗯。」他隨便的翻到另一頁。

「她很危險。」譚納自行發言。「時報是全國最大的連鎖報之一，他們有自己的通訊網。」

「嗯，無疑的，敦布爾小姐對我們傷害最大。其他的記者只是重複她的發現，在廣播中把舊聞踢來踢去。」鮑士緩慢的說出他的意見。「我們要找的是，她從哪裡搜到那些消息？除了你之外，凱，還有哪些人能碰那些檔案？」

「檔案副本會送去給檢察官及警方。」我平鋪直敘的說……他跟譚納是檢察官及警方。

「被害人的家屬呢？」

「目前他們的家屬並沒有要求看檔案，如果他們要求的話，我會把他們轉到你的辦公室。」

「保險公司呢？」

「如果他們提出要求的話。但從第二個案子開始，我要我的辦事員除了你的辦公室及警方之外，少送資料出去。這些報告是臨時性的。我盡量拖延，不讓它們流傳出去。」

譚納問，「還有別人嗎？製作人口動態統計的呢？你必須要把你所有的初步驗屍紀錄及解剖資料送給他們，而他們通常會在主電腦上存有這些資料，對不對？」

我嚇了一跳，沒有立刻回答。譚納絕對事先做過功課，他沒有理由會知道像這種平常的內部作業程序。

「我們電腦化後，就不再送書面報告給人口動態統計。」我告訴他。「他們還是會拿到我們的資料，那是當他們開始寫年度報告時——」

譚納打斷了我，他接下來說的話就像一把對準我的槍。

「嗯，那就要看你的電腦了。」他開始隨手旋轉保麗龍杯裡的咖啡。「我假設你嚴格限制對資料庫的取用。」

「這是我的下一個問題。」安本基低聲說道。

時機壞得不能再壞。

我眞希望瑪格麗特沒有告訴我有人侵入了我的電腦。

我陷入恐慌中，拚命尋找該說些什麼。如果這些資料沒有走漏，那麼凶手也許能早一點就擒，這個有天分的年輕醫生可能還會留在人間嗎？這不知名的「醫學方面的消息來源」會不會不是活人，而是我辦公室的電腦？

我想這是我一輩子最難堪的時刻，我不得不承認，「雖然我們非常小心，看起來是有人侵入了我們的資料庫。今天我們發現有人在查蘿瑞·彼德森案子的證據，但並沒有成功，因爲她的資料還沒輸入電腦。」

好一陣子沒有人發言。

我點起一根菸。安本基憤怒的瞪著它，然後說，「但前三個案子已經在裡面了。」

「是的。」

「你確定不是你的屬下，或是你某個市區的副手查的資料？」

「我有足夠理由相信不是。」

再度沉默。然後他問，「不論是誰侵入的，他可不可能已經幹過了？」

「我不能確定是否發生過。我們常常把電腦設在回應模式，所以瑪格麗特與我可以在家鍵入。我們不知道外人如何得知我們的密碼。」

「你怎麼發現有人侵入的？」譚納看起來很迷惑。「你今天才發現的。如果以前發生過，你應該已經發現了。」

「我的電腦專家之所以會發現，是因為剛巧電腦設在回顯，螢幕上有指令。不然我們永遠也不會知道。」

安本基的眼光一閃，他的臉色變成憤怒的紅色。他隨手拿起一把景泰藍的裁紙刀，他的拇指沿著不利的刀鋒抹過，像抹了非常之久。「好吧，」他決定，「我想我們最好去看看你的電腦，弄清楚入侵者可能看過什麼樣的資料。這不一定就跟報紙上的有關。我確定我們會有這樣的發現。史卡佩塔醫生，我也想要多了解這四件勒殺案。我常被問到很多問題，我需要知道我們的狀況到底如何。」

我無助的坐在那裡，一點辦法也沒有。安本基在侵犯我的權力，把我辦公室敏感隱私的業務公開給官僚細察。我想到他一件件研讀這些案子，想到他瞪著那些被害女子的相片，就讓我憤怒得發抖。

「你可以過街去看這些案子，但你不可以影印，或是把資料帶出我的辦公室。」我冷冷的說，「當然，這是為了安全設想。」

「我們現在就去看吧。」他環視兩側。「比爾，諾曼？」

這三個男人站起身。當我們成一列走出，安本基告訴他的接待小姐今天他不會再回辦公室了。她的視線若有期盼的跟著鮑士出了門。

7

我們在明亮的陽光下，等待著在交通尖峰時刻搶個空隙趕到對街去。沒有人說話，而我走在他們之前好幾步，領著他們走到大樓的背面。前門現在已經用鏈條鎖上了。

我把他們留在會議室內，轉身到我桌子一個上鎖的抽屜去拿檔案。蘿絲在隔壁整理文書。已經過了五點，但她還留在那裡，這讓我感到一絲安慰。她留下來是因爲她意識到我居然被叫到安本基的辦公室去，想必沒好事。

當我回到會議室時，那三個男人的椅子拉在一塊。我坐在他們的對面，靜靜的吸菸，沉默的挑釁安本基，看他是否膽敢要我離開。他不敢，我就坐著。

一小時過去。

室內只有紙張翻頁的聲音，他們低聲討論，交換心得。照片像撲克牌般成扇型排開。安本基忙著以他那拘謹的字體寫筆記。有一次好幾個案子的卷宗從鮑士的膝蓋上滑落，嘩啦掉在地毯上。

「我來撿。」譚納語氣很不熱心的把他的椅子移到一邊。

「我拿到了。」鮑士好像很厭煩似的去撿散落在桌下的紙張。他跟譚納很周到的把所有的資料根據案子的號碼分類，而我只麻木的旁觀。安本基則繼續忙著記筆記，好像什麼事也沒有發生。

我只能度日如年般的坐著。

偶爾他們會問我一個問題，但大多時候他們自顧自的討論，好像我根本不存在。

六點半時，我們走進瑪格麗特的辦公室。我坐在電腦前面先取消了回應模式，出現了可以查檔案的螢幕，那片怡人的橘色與藍色是瑪格麗特的設計。安本基看了他的筆記一眼，唸出第一個被害人布蘭達．史代普的號碼。

我打進去後，按下查案鍵，她的檔案立刻就出現了。這個案子還包括了半打以上彼此相連的圖表。他們開始迅速的瀏覽橘色框裡的資料，只有當他們要我移到下一頁時，才會轉過頭來看我。

兩頁之後，我們全都看到了。

在一項稱作「衣物、個人用品等」之下，描述與布蘭達．史代普的屍體同時運過來的物件，其中包括了殺人的索套，斗大的黑字寫著：繞在脖子上的黃褐色布帶。

安本基對我靠過來，無聲的伸出手指畫過螢幕。

我打開布蘭達．史代普的卷宗，指出這點跟我驗屍時口述、然後打下的文書報告不同，在那上面的紀錄是「一雙肉色的絲襪繞在她的脖子上」。

「嗯，」安本基要我再回想，「去看看急救人員的報告，上面列的是一條黃褐色的布帶，對不對？」

我很快的找到急救人員的資料。他是對的。那個醫護人員在描述他所見到的情景時，他提到被害人的手腕及腳踝被電線綁住，「一條黃褐色像布帶的東西」纏繞在她的脖子上。

鮑士好像想幫忙解釋，「可能你的辦事員在打字時曾看到這項紀錄，所以錯把布帶打了進去——換句話說，她沒有注意到這與你口述的驗屍報告不一致。」

「很不可能，」我不同意，「我的辦事員知道只從驗屍、檢驗室報告與死亡證書上摘取資料。」

「但不是全無可能，」安本基說，「因為有人提起這條布帶，而它也在紀錄上。」

「當然不無可能。」

「那麼說不定，」譚納決定，「報上所提到的布帶是出於你的電腦。可能有記者侵入你的資料庫，或是找高手幫忙。報告之所以不正確，是因為看了你辦公室裡不正確的資料。」

「也可能是從記錄這條布帶的醫護人員那裡得來的消息。」我反擊道。

安本基離開電腦。他冷冷的說，「我想你會採取行動確保你辦公室資料的安全。叫那管電腦的女孩更改密碼，或做任何必要的措施，史卡佩塔醫生。至於這件事，我等著你的書面報告。」

他走向門口，步子只慢到夠吩咐我，「副本送到各有關部門，然後我們再看看是不是需要採取下一步驟。」

他說完後就離開，譚納跟在後面。

當所有的辦法都無法提振精神時，我會開始做菜。

有些人在一天不順利後跑去打網球，或慢跑到關節都成了碎片。我有一個住在珊瑚角的朋友，她不順心時會帶著摺椅逃到海邊去，以陽光和略帶色情、與她專業形象不符的羅曼史小說來消除壓力——她是一個地區法官。而我所認得的很多警察則在他們同業聚集的酒廊裡以啤酒澆愁。

我一向不善運動，附近也沒有很好的海灘，而喝醉酒從來無法解決任何問題。大多數時候我沒有時間享受烹飪的樂趣，雖然我不是獨鍾義大利菜，但燒義大利菜我最爲拿手。

「用刨子最細的那一面。」我在水槽流水嘩啦聲中對露西說。

「但它好硬。」她很挫折的抱怨。

「這種陳年的義大利帕米基安諾—瑞基諾起士是很硬。小心你的手指關節，好嗎？」

我洗好了青椒、蘑菇及洋蔥，瀝乾後放在砧板上。爐上燉的是去年夏天用漢諾瓦蕃茄、羅勒、牛至及幾瓣壓碎的大蒜等做成的醬汁。我總是在冷凍庫裡存放好一些，就是爲了能在這樣的情況下派上用場。盧甘尼佳香腸在紙巾上滴油，旁邊也同樣在滴油的是炒過的碎牛肉。高筋麵糰在料理檯上的一塊濕布下醒著，碗裡裝的則是紐約製的全脂摩拉瑞拉起士，已經掰成小塊，仍舊泡在它原來的鹽水裡，這是我從西大道我喜歡的一家小食店買的。室溫下的起士跟奶油一樣軟，但融化後則QQ的，口感極佳。

「媽總是買盒裝的，然後加一堆亂七八糟的東西，」露西喘不過氣來，「或是買那種超市現成做好的。」

「太糟了，」我回道，我是認眞的，「她怎麼可以買那種東西？」我開始切菜。「你的祖母寧可讓我們餓死算了。」

我妹妹一向不喜歡做菜，我從來不了解為什麼。我們成長過程中一些最快樂的時刻是在飯桌旁度過的。父親還沒生病時，他總是坐在飯桌上座，鄭重其事的在我們的盤子上放了一大團冒著蒸氣的麵條，星期五則是特別的菜肉煎餅。不論我們有多窮，家裡總有好多食物與酒，當我放學回家時，廚房裡傳來的香味和燒菜的聲音，總讓我非常快樂。

露西完全沒有這樣的經驗眞是悲哀，多麼違反我們家的傳統。我相信她從學校回家時，大多時候她回到一個安靜沒人照顧的房子，不到最後一分鐘，麻煩得要命的晚飯絕不會上桌。我的妹妹不應該當母親，也不該是義大利人。

我雙手塗了橄欖油後開始擀麵，我用力的擀，直到手臂上的肌肉發酸。

「你能像電視上那樣旋轉麵糰嗎？」露西停下她手邊的事，睜大眼睛看著我。

我表演給她看。

「哇！」

「並沒有那樣難。」麵糰逐漸在我的拳頭上變薄變大。「祕訣是你的手指要收進去，不然會戳破。」

「讓我來做嘛。」

「你還沒有把那些起士刨成細絲呢。」我假裝很嚴重的說。

「拜託嘛——」

她從她的小凳子下來走向我。我把她的手放在我的手裡，浸滿了橄欖油，然後握成拳頭。我驚訝的發現她的手幾乎跟我的手一樣大。當年她還是嬰兒時，她的手不過胡桃大小。我記得當我去看他們時，她伸出手來碰我，並抓住我的食指對我微笑，一種奇怪但溫暖開心的感覺從我的胸口擴散開來。我把麵糰掛在露西的拳頭上，我笨手笨腳的幫著她轉動。

「越來越大了，」她叫道。「好妙啊！」

「麵糰會變大是因爲離心力的緣故——這跟以前人做玻璃的方法相似。就是那種裡面有波浪的老玻璃，看過嗎？」

她點頭。

「玻璃可慢慢旋轉成一個大而扁的平面……」

車道的小石子路在輪胎的輾壓下發出細碎的聲響，我們同時抬起頭。一輛白色的奧迪開進來，露西的心情立刻下沉。

「噢，」她不高興的說。「他來了。」

比爾．鮑士從乘客座上拿起兩瓶酒，開了車門走出來。

「你會很喜歡他的。」我熟練的把麵糰放在一個深烤盤裡。「他很想見你，露西。」

「他是你的男朋友。」

我洗手。「我們只是一塊玩玩，而且我們在一起做事。」

「他沒有結婚？」她看他通過走道走向前門。

「他太太去年死了。」

「噢。」她停了片刻。「怎麼死的？」

我親一親她的頭頂，走出廚房去開門。現在不是回答這個問題的時候。我不確定露西會如何反應。

「你復原了嗎？」比爾微笑，輕輕的吻我。

我關起門。「稍微好了點。」

「等你喝了幾杯這種靈液後保證全好了。」他提起那兩瓶酒，好像它們是珍奇的獵物。「這是我的珍藏，你會喜歡的。」

我碰碰他的手臂，他跟著我走進廚房。

露西站在她的小凳上，再度刨著起士，她背對著我們。我們走進來時，她甚至沒有轉頭看我們一眼。

「露西？」

她還在磨。

「露西？」我帶著比爾走向她。「這是鮑士先生，比爾，這是我的外甥女。」

她很不情願的停下來直視我。「我擦到手指關節了，凱阿姨。你看。」她提起左手，一個關節有點在流血。

「噢，來，我去拿繃帶——」

「有些血在起士裡。」她說下去，忽然間好像要哭出來。

「我想我們需要叫救護車。」比爾宣布，他大出露西意料之外的一把將她從小凳子上抱起，他的手臂抱著露西的大腿。「鈴鈴鈴——鈴鈴鈴——」他尖叫有如發警報，一面抱著她走到水槽邊。「三一六，有緊急狀況——有個可愛的小女孩關節在流血。」他在跟一個任務分派員說話。「請史卡佩塔醫生準備好繃帶——」

露西格格發笑，樂不可支，一時間忘了她的關節。她一臉愛慕的看著比爾打開酒瓶的軟木塞。

「你要讓它呼吸一下。」他溫和的解釋給她聽。「唔，一個小時後喝就會比較順口。酒像人生其他的事，隨著時間越變越溫醇。」

「我可以喝一點嗎？」

「嗯，」他故意很嚴肅的說，「只要你的凱阿姨說好，我就沒問題。不過我們不希望你喝醉了。」

我靜靜的做披薩，在麵餅上先塗汁，然後放上肉、蔬菜及帕密鬆起士，最上層是摩拉瑞拉起士碎塊。我把披薩滑進烤箱，不一會兒廚房裡都是濃郁的大蒜香味。我忙著做沙拉及擺刀叉，露西與比爾在一旁談笑。

我們很晚才吃，露西喝了那杯酒反倒是件好事。等我收拾桌子時，她的眼睛已經快要閉起來，雖然她不願意對比爾說晚安，但她是該上床睡覺了，比爾完全贏得了她的心。

「實在令人意外，」我送她上床後對比爾說，我們坐在廚房的桌邊閒聊，「眞不知道你是怎麼做到的，原先我很擔心她的反應——」

「你以爲她會把我當對手。」他笑一笑。

「我們這樣說吧，她媽媽來來去去的男朋友不知有多少。」

「所以她沒有多少時間留給她的女兒。」他在我們的杯子裡再添了酒。

「這樣說還算好聽的了。」

「太不幸了。她很特別，聰明得不得了。」他慢慢的啜酒，又加一句。「你上班的時候她整天在家做什麼？」

「柏莎在這裡。大部分的時間露西在我的書房裡玩電腦。」

「玩遊戲？」

「很少。我想她對電腦比我知道的更多。我上次跟她談電腦時，她在用Basic寫程式，以及重組我的資料庫。」

他開始審視他的酒杯，然後問道，「你家裡的電腦能連線到辦公室嗎？」

「不要亂猜。」

「嗯，」他看著我，「如果是這樣，對你反而好。或許這是我心裡的期望。」

「露西不會做這種事。」我有點激動的說。「如果是眞的，又對我有什麼好處？」

「與其是記者，不如是你十歲大的外甥女。安本基會放過你的。」

「絕不會放過我的。」我尖銳的說。

「不錯，」他面無表情的說。「他早上爬起床的理由就是要找你麻煩。」

「老實說，我也開始這麼想。」

安本基接獲任命時，正好碰到里奇蒙的黑人社團公開抗議警方只關心白種人遇害的凶殺案。不久之後，一個黑人市議員在自己的車內被殺。我猜，安本基與市長認為第二天不事先宣布就出現在停屍間是一個做公關的大好機會。

如果安本基看我驗屍時問我問題，或索性閉口不亂說話，就不會鬧得這麼難看。但他醫生與政客的雙重身分，讓他在我辦公室大樓外對等待的記者很肯定的表示，由那市議員胸部「傷口散布的情形」指出「有散彈槍在近距離射擊」。稍後當記者問我問題時，我以最婉轉的方式說明，所謂的散布的傷口，其實是急救人員在鎖骨下的血管裡插進大針去輸血的結果。市議員致命的傷口是被一把小口徑手槍從他頭後打出來的。

安本基的漏子讓記者雞飛狗跳興奮了一天。

「問題是他的本行是醫生。」我對比爾說。「他只知其一，但他覺得他夠格當法醫了，而且比我更行。事實上，他常說出些屁話。」

「但你不該指出來。」

「那我該怎麼辦？同意他的話，讓別人以爲我跟他一樣低能？」

「簡單的說，這是出於工作上的嫉妒，」他聳聳肩說，「常發生的。」

「我不知道原因到底出在哪裡。你要如何解釋這些事？人的感覺以及所做的事大半都沒什麼道理。誰知道，說不定他看到我就想到他的母親。」

我的憤怒不斷升高，從他臉上的表情，我發覺到自己正在怒目瞪著他。

「嗨，」他舉手抗議，「不要怪我，我又沒做什麼事。」

「今天下午你在那裡，對不對？」

「你期望什麼？我應該告訴安本基與譚納我不能去開會，因爲我們在一起？」

「當然你不能告訴他們這個，」我悲哀的說，「但說不定我希望你能這麼說，或許我還希望你打扁安本基，或諸如此類的。」

「這主意不錯，但我不覺得這對我下次競選時會有任何幫助，何況你可能會讓我在監獄裡發爛了，也不保我出來。」

「那就看保證金要多少了。」

「屁。」

「爲什麼你不告訴我？」

「告訴你什麼？」

「告訴我你們要開會。昨天你肯定已經知道了。」說不定你更早就知道了，我開始說。所以你週末才沒有打電話給我！我盡力壓抑住自己，炯炯逼視他。

他又開始研究他的酒杯。停了一會後他說，「我看不出告訴你有任何好處，只會讓你更擔憂，而且我的印象是這個會議只是做個樣子，徒具形式。」

「徒具形式？」我不可置信的看他。「安本基差點沒掐死我，他花了大半個下午顛覆我的辦公室，這還叫徒具形式？」

「我想他這麼做是因爲你告訴他有人侵入你的電腦，凱。昨天我並不知道這回事。見鬼的，昨天你也不知道。」

「我明白了。」我冷冷的說。「我不說之前，沒有一個人知道。」

沉默。

「你的意思是什麼？」

「這種巧合未免太驚人了，就在他找我去的幾個小時前，我們發現電腦被人侵入。我有種奇怪的感覺，說不定他知道——」

「說不定他是知道。」

「你這樣說可眞有安慰作用。」

「這不過是猜測。」他從容的繼續。「就算你去安本基辦公室時，他已經知道電腦出了問題又如何？說不定有人說出來了……比如說你的電腦分析師。然後那些話飄上了二十四樓。」他聳聳肩。「只是讓他多一件事煩心，是嗎？你並沒有捧個跟頭，因爲你夠聰明，你並沒有掩飾。」

「我一向說眞話。」

「這可不一定。」他頑皮的說。「你對別人假裝我們之間沒什麼……你從來不提。」

「所以他說不定知道，」我打斷他，「我只想聽你說你不知道。」

「我不知道。」他鄭重的看著我，「我發誓。如果我聽到了，我一定會先警告你，凱，我會跑到最近的電話亭──」

「然後像超人般的飛出來。」

「見你的鬼，」他喃喃的說，「你在取笑我。」

他像個受傷的小男孩。比爾身兼多種角色，而他扮演每個角色都很精湛。有時候我很難相信他會這般的迷戀我。難道這也是他扮演的角色之一？

我想他是城裡半數女人夢中的主角，而他的競選總幹事很精明的利用了這一點。比爾的照片貼在餐館店面上，每條街的電話柱也無不釘上一張。誰會不迷上那張臉？他英俊得讓人印象深刻。他的頭髮像一根根金黃色的稻草，膚色也曬得金銅，那是他每個星期花了好多個小時在網球俱樂部打球的結果。要不瞪著他欣賞實在很難。

「我不是在開你玩笑。」我疲倦的說。「真的，比爾，我們不要再爭了。」

「我沒問題。」

「我只是好煩，不知道該怎麼辦。」

很顯然的他已經想到這點，他說，「如果你能查出是誰侵入你的電腦，那會有很大的幫助。」

他停了一下補充道，「如果你能證明的話會更好。」

「證明？」我警醒的看著他。「你的意思是你有個嫌犯？」

「我沒有事實根據。」

「是誰？」我燃起一根菸。

他的注意力移到廚房。「在我的單子上，艾比·敦布爾名列第一。」

「我以為你要告訴我一個我沒想到的人。」

「我說真的，凱。」

「不錯，她是個很有野心的記者。」我被惹毛了。「老實說，我聽得有些煩了，她並不像人家說的那樣厲害。」

比爾砰一聲把酒杯放在桌上。「見鬼了她才不厲害。」他回嘴道，瞪著我。「那個女人是蛇蠍。我知道她是個很有野心的記者，諸如此類的。但她比一般人所想像的要更壞。她陰險狠毒，善於利用人，危險極了。那母狗什麼事都做得出來。」

他這樣激烈的言論把我嚇得無話可說。他平時不會這樣尖刻的形容人，特別是對那些我認為他不熟的人。

「記得大約一個月前她寫了篇有關我的專訪？」

不久前時報終於刊出了慣例會登的新任州檢察官專訪。那篇專訪篇幅相當長，刊登在星期天的報紙上。我不記得艾比·敦布爾到底寫些什麼，只記得以她的風格而論，那篇稿子一點特色也沒有。

我這樣子告訴他，「就我記憶所及，那篇專訪軟趴趴的，既沒有造成傷害，也沒有什麼好處。」

「那是有理由的，」他反擊道，「我猜她並不想寫那一篇。」

他不是在暗示那次訪問很無聊，有別的事發生了。我的神經又再度緊繃起來。

「我跟她在一起的時間糟透了。她花了一整天時間跟著我，坐在我的車上，跟著我去一個接一個的會議，見鬼的，甚至跟我一起去乾洗店。你知道那些記者的德性。如果你不反對，他們會跟著你去廁所。嗯，這樣說好了，到了晚上，出了非常不幸的情況。」

他暫停下來，看我明不明白他的含意。

我太明白了。

他看我一眼，臉上的肌肉僵硬，「情況完全出乎預料。我們從最後一個會議出來時大約八點左右，她堅持我們一起去吃晚飯。你知道，報社請客，而且她還有幾個問題要問。我們一出餐廳的停車場，她就說她不舒服，喝了太多酒什麼的。她要我送她回家，而不是回報社，因為她的車停在報社。我就照著做了。我送她回家，當我在她家門口停下來時，她整個人都貼了過來，糟糕透了。」

「然後呢？」我以不在乎的口吻問道。

「我顯然沒有處置得當。雖然是無意的，但我猜還是羞辱了她。從此以後，她就一直找我麻煩。」

「像什麼？她打電話給你，給你威脅信？」我並不很認真，但我沒想到他接下來會說出那樣的話。

「她寫的那些聳動的東西，你的電腦被人侵入，說出來好像有些不可思議，但我覺得這些都出自她個人的動機……」

「走漏的消息？你的意思是她入侵我的電腦，寫那些恐怖的細節，都是爲了要找你麻煩？」

「如果這些案子在法庭上出了問題，是誰遭殃？」

我沒有回話。我無法置信的瞪著他。

「是我，我會出庭起訴這些案子。報上登出太多細節會搞砸這些惡性重大的聳動案子。沒有人會送花給我，謝謝我。她知道得再清楚不過，凱。她在整我，這就是她在做的事。」

「比爾，」我降低聲音說，「身爲一個稱職的記者，她的責任是要鍥而不舍的挖掘出消息然後寫出來。更重要的是，假設你唯一有的證據是凶手自己的證詞，然後辯護律師讓他改變主意，推翻以前講的話，那麼這案子在法庭上才會出問題。現在安本基那些人的說法是，凶手是精神病患，他從報紙上看到各種謀殺的細節，並想像自己犯了那些案子。這簡直是胡說八道。殺死那些女人的惡魔並不打算要自首或認罪。」

他一口喝乾，再倒滿了酒。「說不定警方注意到他，把他當成嫌犯，然後誘他認罪。也許情況就是這樣。說不定那是唯一的證據。目前還沒有一絲可用的實物證據——」

「沒有一絲實物證據？」我插口。我一定沒有聽對，還是他醉迷糊了？「他留下一大堆精液。如果他被抓到，DNA證據可以把他釘死……」

「噢，不錯，當然會。在維吉尼亞州，DNA證據在法庭被用過兩次，前例極少。以全國來看，也只有幾次因此而定罪，而且每個案子都在上訴中。你試試對里奇蒙的陪審員解釋，這傢伙因爲DNA證據而有罪。如果我能找到會拼出DNA全名的陪審員，就算運氣好了。任何智商超過四十的陪審員與辯護律師總是會找個藉口不用它，這是我天天在忍受的——」

「比爾——」

「見鬼的。」他開始在廚房走來走去。「就算有五十個人親眼看到被告扣扳機，要定罪都不容易。辯護律師會拖來一群鑑定證人蹚渾水，把所有事搞得混雜不清。你比誰都清楚DNA證據可以有多複雜。」

「比爾，過去我也曾對陪審員解釋過同樣複雜的證據。」

他想要說什麼，但沒有說出口。他又開始瞪著廚房，喝了一大口酒。

沉默持續著。如果DNA證據是影響案子結果的關鍵，那我將成爲檢察官最重要的證人。過去我有很多類似的經驗，但我不記得比爾曾經擔心過。

這次不太一樣。

「到底是怎麼一回事？」我強迫自己去問。「你因爲我們之間的關係而不安？擔心有人會發現，然後說我們在專業上也同床——指控我操縱結果來配合檢方？」

他看著我，滿臉通紅。「我沒有這樣想。不錯，我們是在一起，但又怎麼樣？我們出去吃過飯，看過幾場戲——」

他不需要說完。沒有人知道我們的事。通常他到我家來，或是我們到遠一點的地方去，像是威廉斯堡或華盛頓特區。在那裡有人會認出我們的機會很小。我似乎比他更在乎公衆的意見。

或是他意有所指，還有更驚人的事？

我們不是愛人，不完全是，這在我們之間造成一種潛藏不安的張力。我想我們都感覺到那股強烈的吸引力，但一直都沒有採取任何行動，直到幾個星期前有個案子到晚間才結束，他隨口邀請我去喝酒。我們走到法院附近的一家餐廳用餐，兩杯威士忌下肚後我們往我家趕去。一切發生得很突然，像青春期一樣的激烈。我們的慾望炙熱，更因不該發生而愈加狂放。當我們在客廳的黑暗中時，我突然感到恐慌。

他的飢渴從身上猛然爆發出來，當他把我壓倒在沙發上時，根本不是在撫摸我，而是在侵犯我。就在此時，我忽然清晰的記起他死去的妻子。她像個眞人大小的可愛娃娃，壓著淡藍色的枕頭，躺在床上，她白色居家服的前面沾滿了深紅色的血跡，一把九厘米口徑的手槍就在她垂下的右手邊。

我到自殺現場去時，只知道一個州檢察官候選人的妻子自殺了。我還不認識比爾，我檢查了他的太太。那些景象在好些月後我黝暗的客廳裡，一一的浮現眼前。

我抽身離開他。雖然我從沒告訴他眞正的理由，然而他對我的追求卻更爲熱烈。我們彼此間的吸引力還是存在，但中間豎起了一道牆。我想要打倒那面牆，但似乎做不到。

我幾乎沒有聽到他說的話。

「——我看不出來你怎麼可能操縱ＤＮＡ結果，除非做檢測的是私人檢驗室，半個法庭部門都跟你合作——」

「什麼?」我問,驚住了。「操縱DNA結果?」

「你沒在聽我說話。」他不耐煩的脫口而出。

「嗯,我是有些分心,沒錯。」

「我說沒有人能指控操縱任何事……這是我的想法。所以我們的關係跟我在想的事一點關係也沒有。」

「好吧。」

「只是——」他說不下去。

「只是什麼?」我問。他又喝完一杯,我又問了一句,「比爾,你還得開車——」

他揮揮手不理會。

「到底是什麼?」我再追問。「是什麼?」

他抿嘴不肯看我。慢慢的他說出來。「只是我不確定到那時候,從陪審員的立場來看,你的處境會如何。」

就算他出手打我,我也不會像現在這樣的驚訝。

「我的天——你知道了什麼?是什麼?那畜生在打什麼主意?他想利用那該死的電腦入侵事件趕我走路,他是不是告訴你這個?」

「安本基?他沒要詭計。媽的,他沒這個必要。如果走漏消息的事怪罪在你辦公室頭上,或者大眾相信由於這些渲染的新聞,刺激了凶手加速出手,你的頭會在砧板上。人們需要有個怪罪的對象。但我可不能讓我的明星證人有信用或人氣的問題。」

「午飯後你跟譚納是不是在討論這個？」我幾乎要哭出來。「我在人行道上看到你，從北京樓出來——」

他沉默了許久。他也看到我了，但假裝沒看到。爲什麼？因爲他跟譚納大概正在談論我。

「我們正在討論這些案子，」他不予正面回答，「還有很多其他的事。」

我既憤怒又深受挫折，我想我最好不要開口。

「你聽我說，」他疲倦的解開領帶和襯衫的第一個鈕釦。「這件事的發展很不順，我並不希望演變成現在這樣。我發誓。現在你很難過，我也不好受。我很抱歉。」

我沉默如石。

他深吸一口氣。「只是我們確實有事需要擔心，而且還應該通力合作。我只是在做最壞的打算，先有心理準備。」

「你到底希望我怎麼做？」我一個字一個字地吐出，以便保持我聲音的平靜。

「做任何事之前先想五遍，就像打網球一樣。當你輸了一盤或是心情不對時，更應該要特別小心。集中注意力在你的每一招，眼睛緊盯著，一秒鐘也不放過迎面而來的球。」

他的網球比喻有時會惹惱了我，就像現在一樣。「我一向步步爲營，」我不悅的說，「你不需要告訴我如何行事。我並沒有做事失手的紀錄。」

「現在這時刻特別的重要。艾比．敦布爾有如毒藥。我覺得她在陷害我們……我們兩個。她躲在幕後，用你的電腦來害我，也不管是不是會造成法網不張。只要那些案子給搞砸了，你和我也跟著丟官，就是這樣的簡單。」

說不定他是對的，但我很難相信艾比．敦布爾會這樣的邪惡。只要她的血管裡有一滴人血，她一定會希望那凶手遭到處罰。就算她復仇心切，她也不至於利用那四個慘死的女人作爲她復仇的棋子，何況我不相信她有如此強烈的報復欲望。

我正想告訴他，他太誇張了，他們兩人間的不愉快經驗讓他一時判斷錯誤。但我停住了。我不想再討論下去，我害怕再繼續。

有個想法在我心裡纏繞不去。他等到現在才說出來，爲什麼？他跟她碰面是幾個星期前的事。如果她要設計害我們，如果她對我們兩人眞有那麼危險，爲什麼他以前不告訴我？

「你需要好好睡一覺。」我安靜的說。「我想我們最好把今天的談話，至少是部分的談話擺在一邊，就當從來沒有發生過。」

他從桌邊移開。「你說的對。我受夠了，你也是。老天，我沒有想到會變成這樣。」他又說了一遍。「我原本是來這裡給你打氣的。眞是抱歉——」

我們走過走廊，他還在道歉。我還來不及開門，他就吻我。我可以感覺到他呼吸裡的酒味，以及他的熱氣。我的身體立刻起了反應，顫動的慾望與恐懼像電流似的穿過。我勉強推開他，喃喃的說，「晚安。」

他在黑暗中如同影子般走向他的車。他打開車門鑽進車裡，車內的燈暫時照亮了他的側面。

8

馬里諾銀色克萊斯勒箱型車車廂內的髒亂程度，果不出我所料……那是說如果我會花點時間去想像的話。

後座地板上有裝過燒雞晚餐的紙盒、捏縐的紙巾、好些漢堡王的紙袋，以及幾個有咖啡漬的保麗龍杯子。菸灰缸已經滿了出來，從後視鏡上垂下一個松樹形狀的空氣清香劑，就跟在垃圾場裡灑了點除臭劑差不多有效。灰塵、絨毛、麵包屑到處都是，擋風玻璃已經被香菸熏到不透明。

「你從來沒給它沖洗一下？」我繫好安全帶，順口問道。

「我不再幹這種事了。不錯，這輛車是分配給我的，但不是我的。他們不讓我下班後或週末時開回家。假設我把車外打蠟打到發光，再用了半瓶清潔劑清理車內，結果會怎麼樣？當我不上班時，有其他的人會用，等我再用時就會是這副模樣。每次都如此。過一陣子後，爲了省大家的麻煩，我自己帶頭亂丟。」

車內的掃描器從一台轉到另一台，警方通訊頻道靜靜的發出霹啪聲。他從我的大樓停車場內開出。自從他星期一突然離開會議室後，我就沒有再聽到他任何消息。現在是星期三下午，不久前他出人意料的出現在我的門口，宣布要帶我去「觀光一下」。

我們的觀光行程其實是重遊各犯罪現場，我猜目的是要我把這些地點牢記在腦子裡。我不能表示反對，這是個好主意，但我沒料到他會這樣做。除非他別無選擇，不然怎麼會邀我一同辦案？

「我有幾件你該知道的事。」他調整車側的照後鏡說。

「我明白了。你的意思是，如果我不同意去觀光，你可能永遠不會告訴我那幾件我該知道的事？」

「隨便你怎麼說。」

我耐心的等待。他把車上的點火機插回去，安頓妥當，可以舒舒服服開車了。

「你可能會有興趣知道，」他開始說道，「我們昨天給彼德森做了測謊檢驗，那渾小子通過了。這下可好了，不過他並沒有因此完全洗刷嫌疑。如果你是那種說謊如呼吸般平常的神經病，你就可能通過。他是個演員，說不定還有辦法硬說自己是上了十字架的耶穌基督呢。他的手不但一滴汗也沒流，脈搏跳動得比我們在教堂時還要來得穩定。」

「這眞是不尋常。」我說。「要打敗測謊器很難，幾乎是不可能，不管你是誰。」

「以前也發生過。這就是爲什麼測謊結果不能在法庭上當證據的原因。」

「的確，我不會說它絕對不會出錯。」

「問題是，」他繼續，「我們沒有理由拘留他，或不准他離開這城市。所以我派人監視他，看他在工作後做些什麼。像是晚上在幹嘛、會不會跳上車到處兜風、找女人睡覺。」

「他還沒回到夏洛斯維爾？」

馬里諾將菸灰彈出了窗口。「他還要待一陣子，說他太難過了不能回去。他搬家了，搬到費蒙特大道的公寓，說他太太死後他無法再走進那間房子。我想他會把房子賣掉。倒不是因爲他需要錢。」他看了我一眼，一時間我看著映在他墨鏡上變了形的我。「原來他太太有一大筆保險金，彼德森可以拿到二十萬。看來他可以專心寫劇本，不需要擔心謀生。」

我沒說什麼。

「關於他在高中畢業後的夏天被控強姦的那碼子事，我猜是找不到什麼有用的資料了。」

「你去查過了？」我知道他查過了，不然他根本不會提。

「結果是他在紐奧良演戲，跟一個女戲迷糾纏不清。我跟辦這個案子的警察談過。據他說，彼德森是某齣戲的主角，有個女孩對他很著迷，每天晚上都去看他，寫信給他等等諸如此類的。有天她去後台，結果他們到法國區酒吧間喝酒。然後呢？清晨四點她打電話報警，歇斯底里的說她被強姦了。他有問題，因爲她驗出來有性交，精子屬於不分泌型，而他正是不分泌型。」

「案子有沒有上法庭？」

「預審的陪審團判定證據不足。彼德森坦承跟她在她的公寓裡做愛，但說是兩廂情願，而且是她釣他的。那女孩被打得很凶，脖子上還有傷痕，但沒人能證明那是不是新傷、是不是彼德森幹的。你看，預審團只消看他一眼就被說服了。他們考慮到他在演戲，又是女孩先採取行動的。彼德森還拿出他在戲院更衣室裡所收到的信。很顯然的，那女孩對他很著迷。何況作證時，他說得入情入理。他說她原本就有傷，是女孩告訴他，幾天前她打算跟一個傢伙分手，兩人爭執打出來的。沒有人想辦彼德森。那女孩的道德水準跟條小魚差不多。她不是個爛貨，就是犯了愚蠢的錯誤，白白讓人糟蹋。」

「那類的案子，」我靜靜的說，「幾乎沒辦法證明。」

「嗯，你永遠不會知道眞相。還有一個巧合，」他好像隨便想起來似的說出一番完全出我意料的話，「班頓前一天打電話給我，匡提科的主電腦在找是誰殺了這些里奇蒙女人的資料時，找到一個新線索。」

「在哪裡？」

「沃棋，麻州。」他看我一眼回答道。「兩年前，就當彼德森在念哈佛四年級時發生的。哈佛在沃棋東邊二十哩。四月與五月之間，有兩個女人在她們的公寓裡被強姦勒死。兩個人都獨自住在公寓一樓，被皮帶和電線綁起來。凶手很明顯經由沒上鎖的窗戶進入。兩次都發生在週末。那兩件案子與在這裡發生的幾乎一模一樣。」

「彼德森畢業搬到這裡後，那種謀殺停止了沒？」

「不完全是。」他回答。「那個夏天後來又發生了一起，不可能是彼德森幹的，因爲他已經住在這裡，他太太開始去維吉尼亞醫學院。但第三個案子跟前兩案有好些不同之處。被害人只有十幾歲，住在離前兩件凶殺案大約十五哩的地方。她不是獨居，跟一個當時不在的傢伙住在一起。警方懷疑她的案子是有別人模仿——有個鼠輩在報上看到前兩個案子，由此得了靈感。大概一個星期後她才被發現，她的屍體已經腐化到一個程度，根本找不到個洞去查精液。去查凶手的血型或體液都不可能。」

「前兩個案子呢？」

「不分泌型。」他緩緩的說，往前直看。

沉默。我提醒自己全國有幾百萬個男人是不分泌型，而幾乎在每個主要大城，每年都會發生性殘殺案。但這幾個案子相似的程度實在引人關切。

我們轉進一條兩旁有綠樹的狹窄街道。這是一個新近才開發的社區，那些農場風格的房子大同小異，看得出裡面的空間擁擠且建材粗糙。房地產公司的標誌到處可見，還有一些房子還在興建中。大部分的草地才剛鋪上，小棵的山茱萸及果樹散布其間。

兩條街後左轉是布蘭達．史代普的灰色小屋。她在兩個月前左右被謀殺，她的房子還沒有租出去或賣掉。大部分人對購買有人在裡面被殘殺的房子毫無興趣，就連兩旁的鄰居也掛出了「售屋」的廣告。

我們停在房子前面，安靜的坐在那裡，並把車窗搖了下來。我注意到路上沒有幾盞街燈，晚上這裡想必非常黑，如果凶手很小心又穿了深色的衣服，沒有人會看到他。

馬里諾說，「他是從後面廚房的窗戶進去的。看起來她在九點或九點半回家。我們在客廳發現一個購物袋，收據上有電腦印出來的時間，是晚上八點五十分。她回家燒了頓晚飯。那個週末很溫暖，我假定她開了窗，讓廚房通通氣。她炒了碎牛肉與洋蔥。」

我點點頭，記起布蘭達．史代普腸胃的內容。

「煎漢堡與洋蔥通常會起油煙熏臭廚房。至少在我該死的家是如此。而且水槽下方的垃圾桶裡有碎牛肉的包裝紙、義大利麵醬汁的空罐子、洋蔥皮，加上有個油膩的炒鍋泡在那裡。」他停了一下，想一想說，「想到她選擇晚飯吃什麼，竟然是導致她被謀殺的可能原因，就讓人覺得很那個，你明白我的意思？如果她吃個烤碎鮪魚或是三明治之類的，她就不會要開窗。」

這是偵查凶殺案的人最喜歡反覆思考的問題：假如說？假如當初沒進那間強盜抓了店員作人質的便利商店買香菸，結果會如何？要不是有人剛好走出房子去清貓屎盒，他會那麼湊巧遇上了屋子旁的逃犯嗎？如果沒跟情人吵架，一氣之下開車出去，就不會和一個酒醉駕駛迎面對撞了嗎？

馬里諾問，「你注意到高速公路離這裡還不到一哩嗎？」

「不錯。在你開進這個社區前，路口有家超市。」我回憶。「如果我們假設他是走來的，他可以把車停放在那裡。」

他莫測高深的回答，「嗯，那家超市深夜並不開門。」

我點了根菸，想到一句諺語：一個好警探必須能設想罪犯如何犯案。

「你會怎麼做？」我問，「如果是你的話。」

「如果我是什麼？」

「如果你是凶手。」

「要看我是那個藝術殺手麥特．彼德森，或那種迷上了跟蹤女人，然後勒殺她們的普通精神病。」

「後面那一種，」我平和的說，「我們假設是後面那一種。」

他在嘲弄我，毫不客氣的大笑道。「你錯了，大夫。你不該問有什麼不同，因為不會有什麼不同。我要說的是，不論我是哪一類型，基本上我會做相同的事……不論我正常時候的身分和職業是什麼，當我要去殺人時，所做的事和其他的凶手沒什麼兩樣。醫生、律師、印地安酋長全會做同樣的事。」

「繼續說。」

他繼續說。

「首先我先看到她，在某處跟她有某種接觸。說不定我去她家，賣東西或送花。當她來應門時，那個在我腦子裡的小聲音說，『就是她。』說不定我在她家附近做工，看到她獨自來去就選上她。我可能花整個星期的時間跟蹤她，熟悉她的習慣，知道她越多越好。像哪盞燈亮表示她起床了，哪盞燈熄表示她睡覺了，她的車是什麼樣子。」

「爲什麼選她？」我問。「全世界的女人裡，爲什麼偏選上她？」

他想了一下。「她引發我某種情緒。」

「因爲她的長相？」

他仍在想。「但也說不定是她的態度。她是職業婦女，有個不錯的房子，這表示她聰明到有不錯的收入。有些職業婦女很傲慢。搞不好我不喜歡她對待我的方式，或者她侮辱了我的男性尊嚴，像是我配不上她。」

「所有的被害人都是職業婦女，」我加一句，「但大部分獨居的女人都有份工作。」

「沒錯。而且我曉得她獨居，因爲我會確認這一點，或以爲我確定。我要去整她，讓她知道誰才是老大。週末到了，而我想好好的幹一票，所以過了半夜我上了車。我已經查過那個區域，而且全部計畫好了。呀，我可以把車放在超市的停車場，問題是那時超市已經關門，停車場空蕩蕩的，我的車放在那裡太醒目了。跟超市同一個角落剛好有家加油站，我大概會把車放在那裡。爲什麼？因爲那個加油站十點關門後，還有待修的車停在那裡，沒有人會多想的，就是警察也不會生疑，他們才是我該擔心的人。要不然有些巡邏警察看到有輛車放在空蕩蕩的停車場上，可能會去查那是誰的車。」

他描述作案行動中每一個令人不寒而慄的細節。他身穿深色的衣服，走入街道的陰影處。當他走到目的地時開始亢奮起來。他可能不知道她的名字，但可以確定她在家。她的車子停在車道上。除了門廊的燈之外，所有的燈都熄了，她在睡覺。

他並不急於動手，而是先躲在外面觀察情勢，看看四周，確定沒有人看到他，然後才走到屋後。來到這裡他開始感到有信心。從街道上看不到他，下一條街的房子在一畝之外，所有的燈都熄了，沒有任何動靜。房子後面一片黑暗。

他安靜的走向窗子，立刻注意到有一扇是開著的。只要拿刀戳破紗窗，很輕鬆的就可以打開裡面的栓子。幾秒鐘後，紗窗掉在草地上。他打開窗，把自己撐起來，一眼看到黑暗中廚房用具的形狀。

「進屋後，」馬里諾說，「我靜靜站在那裡注意聽，確定沒有任何聲音之後，我滿意了。我找到走廊，開始找她睡覺的房間。這麼小的房子，」他聳一聳肩說道，「不會有多少可能性。我立刻發現她的臥室，並聽到她在裡面睡覺。現在我把臉蒙了起來，比如說，用滑雪的面罩——」

「幹什麼多此一舉？」我問。「她不可能活到指證你。」

「頭髮。噯，我又不笨。說不定我就是拿法理科學書當成床頭讀物，也還記得警察如何採集證據。我才不會讓人有機會在她身上身旁找到我的頭髮。」

「如果你這麼聰明，」……現在換我嘲弄了……「爲什麼你不擔心DNA證據？難道你不看報？」

「哼，我才不會戴那鬼套子。而且我太聰明了，不會蠢得讓你鎖定我作嫌犯。不是嫌犯就不能做比較，而你那一套DNA說法根本不值一毛錢。頭髮更有個人特質。你知道，我可不想讓你發現我是白是黑，有金髮還是紅髮。」

「指紋呢？」

他微笑。「手套，寶貝。就像你檢查我的被害人時戴的一樣。」

「麥特．彼德森沒有戴手套。如果他戴了，他就不會在他太太身上留下指紋。」

馬里諾輕易的回答，「如果麥特是凶手，他不需要擔心在他自己房子裡留下指紋。不論如何，他的指紋到處都是。」他停頓了一下。「如果他是凶手的話。實際的情況是，我們在找個鼠輩，而麥特就是。事實上，他還不是唯一的鼠輩——每個樹叢後都有一個。老實說，我實在不知道是誰殺了他太太。」

我看到在夢中出現的臉，沒有五官的白臉。從擋風玻璃照進來的陽光暖烘烘的，但我似乎暖不過來。

他繼續，「接下來的事跟你想像的差不多。我不會去驚嚇她，我會輕輕的走到她床邊，一手蓋住她的嘴，刀尖對著她喉嚨，她醒了過來。我大概不會帶槍，因爲她如果掙扎奪槍，我可能會被打中，或者我還沒機會幹她，她就先把我解決了。照著事先的計畫做對我來說非常重要，不然我會非常挫折，而且我可不願意冒著有人聽到槍聲後去報警的風險。」

「你會不會對她說話？」我清一清喉嚨問。

「我會低聲說話，告訴她如果她喊叫我會立刻殺死她。我會一遍又一遍這樣告訴她。」

「還有沒有別的？你還會對她說什麼？」

「可能沒別的了。」

他換檔掉轉車頭。我看了那房子最後一眼，屋裡曾發生他剛才描述的事，或者說我幾乎相信曾發生像他描述的事。當他敘述的時候，我好像親眼目睹。這不像是猜測，反倒像證人在作證，一種不動情感、沒有一絲反悔的證詞。

我對馬里諾的想法改變了。他的反應並不慢，更不笨。我想我越來越不喜歡他。

我們往東開去。陽光撒落在樹葉上，此刻正是交通最繁忙的時候。有一陣子我們陷在牛步的車陣裡，無名的男男女女坐在車裡趕著下班回家。我看著那些過往的臉，心中湧起一種跟我全不相關的感覺，好像我們生活在不同的世界。他們在想著晚飯，可能在想烤架上的牛排、他們的小孩、即將見到的愛人，或是白天發生過的事。

馬里諾清點單子，細數各種可能。

「她被謀殺的兩個星期前，快遞公司送過一個郵包。已經查過送包裹的人，沒問題。」他說。「不久前有人去修水管，他也沒問題，至少我們查不出來。到目前爲止，這四個案子裡沒有任何做工或送信的是同樣的人，沒有任何交集。以被害人的職業來說，也沒有任何相關及相似之處。」

布蘭達．史代普在昆頓小學教五年級，學校離她家並不遠。她在五年前搬到里奇蒙，最近與學校的足球教練解除婚約。她高頭大馬，有著一頭紅髮，聰慧且脾氣好。根據她朋友及前未婚夫的說法，她每天慢跑好幾哩，既不抽菸也不喝酒。

我對她的生活可能比她在喬治亞州的家人還要清楚。她是個虔誠的浸信會教徒，每個星期天都去教堂，每週三則參加教會的晚餐。她彈吉他，在青年靈修會帶領唱詩歌。她在大學主修英文，在學校也教英文。除了慢跑外，她最喜歡的休閒活動是閱讀，那天晚上關燈前，顯然她在看桃樂絲．貝帝絲的書。

「有件值得特別注意的事，」馬里諾告訴我，「是我最近才發現的，她與蘿瑞．彼德森可能有一樣相關之處。布蘭達．史代普大約在六個星期前去過維吉尼亞醫院的急診室。」

「爲什麼？」我驚奇的問。

「有個小交通事故。一天晚上她倒車出車道時被撞到了，沒什麼大不了的。她自己報的警，說她撞到頭有點昏。不久後來了輛救護車送她到急診室。她在那裡留觀幾個小時、照X光，結果沒事。」

「她做檢查時，蘿瑞．彼德森在值班嗎？」

「這是最重要的地方，可能是我們目前唯一掌握到的線索。我跟醫院查過，蘿瑞．彼德森那天在值班。我查過所有那天可能在的人，醫護人員、大夫，你想得到的都查了。但沒查出什麼鳥，只是感覺怪可怕的，那兩個女人可能碰過面，她們絕不會想到此刻你我會在這裡討論她們的謀殺案。」

這個想法像低伏特的電擊般穿過我。「麥特．彼德森呢？他那晚有去醫院看他太太嗎？」

馬里諾回答說，「他說他在夏洛斯維爾。那天是星期三，大約在晚上九點半至十點。」

我想醫院當然有可能就是那個交集點。任何在那裡工作的人，或有機會看到紀錄的人，都有可能認識蘿瑞．彼德森，或者看到布蘭達．史代普，她的地址會列在急診卡上。

我建議馬里諾徹底去查所有那晚在維吉尼亞醫院工作的人。

「這只需要去查五千個人而已。」他回答。「何況，那個殺她的鼠輩也可能那晚在急診室接受治療，所以我也往那方向查。目前看來並不樂觀。那個時段一半的病人是女人，另一半不是心臟病發的老傢伙，就是撞了車的兩個小伙子，不是沒活過來就是還昏睡不醒。很多人進進出出的，老實說，那地方做的紀錄差勁透了，我可能永遠不會知道誰在那裡，也不會知道有哪些人從街上逛了進來。可能有些人像禿鷹似的進出醫院，尋找被害人……護士、醫生、有小問題的年輕女人。」他聳聳肩。「他可能是送花的，常常進出醫院。」

「你提過兩次了，」我說，「關於送花那一點。」

他又一聳肩。「嘿，我做警察前曾經送過一陣子花。大部分的花都送給女人。如果我四處閒逛想找女人幹，我會去送花。」

我不該問的。

「事實上，我是送花時遇上我太太的。替一個跟她約會的傢伙送她一把甜心花束，紅白兩色的康乃馨和兩枝甜心玫瑰。結果我比花更讓她印象深刻，她男朋友的心意完全白費了。那是在紐澤西州的事，兩年後我搬到紐約當了警察。」

我鄭重考慮以後再也不接受送來的花束。

「這是題外話，只是突然想到而已。不論凶手是誰，他一定在做什麼，他所做的事讓他有機會遇見這些女人。就是這麼直截了當。」

我們開車經過東區購物中心，然後右轉。

不久後，車子來往逐漸稀少，我們開過布魯克區高地，一般就稱作高地。那個社區所在之處的高地幾乎像個山坡。它是城中較老的社區，但過去十年間陸續有年輕的專業人士搬入。街的兩側是一排排同形式的房子，有些還荒廢著，有些用木板釘起來，但大多數已經修復翻新，陽台有繁複花樣的鐵欄杆，牆上是彩色的玻璃窗，相當美麗。高地往北只幾條街光景就差了很多，路上有好些無家可歸的混混。再過幾條街是聯邦補助興建的國宅。

「有些房子賣到十萬以上，」馬里諾將車減速，像在爬行，「但就算你送我，我也不要。我曾進去看過幾家，好極了。可是我絕不會住到這種地方來。好些單身女人住在這裡。簡直是瘋狂。」

我在看里程表。佩蒂．路易斯的房子離布蘭達．史代普的正好六點七哩。這兩個社區差異之大，距離之遠，我無法想像地點會是一個相關因素。這裡也有人在蓋房子，就像布蘭達家附近一樣，但建築公司與工人不太可能相同。

佩蒂．路易斯的家夾在兩戶人家之間，是一棟優美的石材房子。紅色的前門上有一扇彩色玻璃窗，石板屋頂，前面的門廊圍著才漆過的鍛鐵欄杆，後面是圍牆和種滿了大玉蘭花的庭園。

我看過警方的照片。當你看著這棟世紀初的優雅古屋時，很難相信有恐怖的事會在裡面發生。她家世代有錢，住在仙南度山谷區。我假設這是她能住進這裡的緣故。她從事自由寫作，經過多年埋頭創作，如今終於受到肯定，拒絕信成為陳年戰史的一部分。上個春天《哈潑雜誌》刊登了一篇她的短篇小說，今年秋天一部小說即將出版。現在只能算遺作了。

馬里諾提醒我，凶手還是從窗子爬進去的。這扇窗面對著後院，通到她的臥室。

「在二樓那邊的盡頭。」他說。

「你的推論是，他爬上最靠近屋子的玉蘭樹，攀爬上陽台屋頂，然後穿越窗戶？」

「這不只是推論而已，」他反彈道，「我確信如此。除非他有梯子，不然他不可能用其他的辦法進去。爬上樹，跳進陽台去開窗並不很困難。我知道，我自己試過，看看有沒有可能做到，結果一點問題也沒有。只要那傢伙的上半身有點力氣，就可以從那根低粗的樹枝抓住屋頂邊緣，」他指了一指位置，「然後把他自己撐起來爬進去。」

房子的天花板上裝了風扇，但沒有裝冷氣機。根據她一個不住在這裡，但每年來訪幾次的朋友說，佩蒂常常開窗睡覺。簡單的說，這是個舒適與安全間的選擇，而她選了前者。

馬里諾慢吞吞的做U形迴轉，我們繼續往東北前進。

塞西爾．泰勒住在津特園，這是里奇蒙最古老的住宅區。那裡有寬廣的維多利亞式三層樓房，房子外四周的陽台寬大到可以在上面溜冰，還有角樓，屋簷上有齒狀的花紋。院子裡種滿了玉蘭、橡樹及大杜鵑。陽台柱子及後院花架上爬著葡萄藤。我彷彿可看到在窗後昏暗的客廳、褪色的東方地毯、雕琢的家具與壁飾，還有滿坑滿谷的各式小擺設。我不會選擇住在這裡。這個地方讓我聯想起掛在別種樹上的絲狀植物鐵蘭，使我感到遭禁閉的恐懼。

她的房子是兩層磚樓，跟她鄰居相比算不起眼的。這裡離佩蒂．路易斯的家有五點八哩。在黯淡的陽光下，石板屋頂像鉛板似的閃著光。木窗及門都是光裸裸的，還等著塞西爾來漆上新漆，如果她活得夠久的話。

凶手是從屋子北邊樹叢後的地下室窗口進入。那裡的鎖壞了，就跟其他東西一樣等待修理。

她是個美麗的黑人女子，最近跟一個居住在潮水鎮的牙醫離婚。她在一家職業介紹所當接待小姐，晚上去大學上課，修商科學位。最後一次有人看見她還活著是一個星期前的星期五，大約在晚上十點鐘，我估計是她死前三個小時。她跟一個女性朋友在附近的一家墨西哥餐廳吃飯，然後就直接回家。

隔天，即星期六下午，她的屍體被人發現。原來塞西爾約好要跟朋友去購物。她的朋友看見她的車停在車道上，但卻等不到她回電話或開門，於是開始擔心，便從微微分開的臥室窗簾往內看。塞西爾被綁的赤裸身體橫在打亂的床上，那副景象一定使她的朋友難以忘懷。

「芭比，」馬里諾說，「她是白人，你知道。」

「塞西爾的朋友？」我忘了她的名字。

「嗯，芭比，就是那個發現塞西爾屍體的有錢朋友。她們兩個總是在一起。芭比開一輛紅色的保時捷跑車，是個豔麗的金髮模特兒。她老是待在塞西爾的家，有時候到清晨才回去。你要問我的話，我看她們是對小情人。我想不通，我的意思是，爲什麼？兩個人都美得讓人眼珠子掉下來。你會以爲一堆男人無時無刻追著她們跑──」

「說不定這就是你的答案，」他實在惹人厭煩，「如果你對她們的疑心有道理的話。」

馬里諾狡獪的笑一笑。他又在嘲弄人了。

「嗯，我的意思是，」他繼續，「說不定凶手在附近開車兜風，一天晚上看到芭比鑽進她紅色的保時捷跑車，他就以爲是她住在這裡。也可能有天他跟蹤她，結果跟到了塞西爾的家。」

「然後他誤殺了塞西爾？因爲他以爲芭比住在這裡？」

「我只是猜想而已。像我所說的，芭比是白人，其他的被害人也是白人。」

我們在沉默中坐了片刻，瞪著那房子。

被害人不同的族裔也讓我不解。三個白種女人，一個黑種女人。爲什麼？

「我還有個想法。」馬里諾道。「我在想對每個案子，凶手是不是都有好幾個候選人，像從菜單選菜一樣，結果他要了他可以負擔的那一道。說來奇怪，每次他去殺人，被殺的女人就剛好有扇窗，不是沒上鎖，就是已經打開或壞了。我覺得，他要不是隨便兜風尋找看來獨居、房子又不安全的女人，就是他心裡有好些個女人，以及她們的地址，然後他一處處查看，一個晚上去好些地方，看哪個比較容易下手。」

我不喜歡他的想法。「我想他跟蹤每個女人，」我說，「她們是被特別選出的目標。我想他可能在案發之前就去過她們的家，但結果不是她們不在家，就是鎖上了窗。凶手可能習慣性的會去那些被害人住的地方，時機一到他就下手。」

他聳聳肩，考慮我的說法。「佩蒂．路易斯是在布蘭達．史代普死後幾個星期被謀殺的。她死前一個星期出城去看一個朋友。所以他可能去找她，但結果她不在家。當然，事情可能就是這樣發生的。誰知道呢？三個星期後他殺了塞西爾．泰勒。但一個星期後他就出動謀殺了蘿瑞．彼德森……誰知道他的理由是什麼？說不定他立刻就中獎了。蘿瑞的丈夫忘了鎖上窗戶。凶手可能在謀殺蘿瑞．彼德森的幾天前才跟她有接觸。如果她的窗子上週末上了鎖，他只得在這週末再試試運氣。」

「週末，」我說，「好像對他很重要，他總是在星期五深夜，或星期六凌晨一點左右動手。」

馬里諾點點頭。「唔，他算計過了。問我的話，我想他星期一到星期五在工作，所以選在週末動手，幹過後有時間冷靜下來。但也可能他另有理由，用這個來恐嚇我們：星期五到了。他知道整個城市的人，像我跟你，就好像誤闖高速公路中央的貓那般緊張。」

我猶豫了一下，但還是提了出來。「你覺得他對暴力的需要越來越升高了嗎？這些謀殺的間隔越來越近，是因爲他受了新聞的挑撥，覺得壓力越來越大？」

他沒有立刻回答，但他說的時候很嚴肅。「他對暴力上了癮，大夫，只要一開始就停不下手。」

「你說那些新聞與他作案的型態沒有關係？」

「不，」他回答，「我沒有那樣說。他的模式是採取低姿態，閉嘴不引人注意，如果媒體不這樣的渲染，他反而會忍不住吹噓幾句。那些聳動的新聞像是給他的禮物。他不需要多說，那些記者自然會獎賞他，而且是免費贈送。如果現在記者都不寫他了，他會很挫折，可能更大膽。過一段時間，說不定他會開始送信、打電話想引記者再寫他。他可能會出紕漏。」

我們靜坐了一會。

然後馬里諾說了出我意料的話。

「聽起來你跟弗托西斯談過話。」

「什麼意思？」

「你說的那套新聞讓他忍受不住，讓他更快訴諸暴力之類的話。」

「他這樣告訴你的嗎？」

他順手摘下太陽眼鏡，放在儀表板上。他看我時，眼睛裡隱含著憤怒。「沒有，但他告訴了兩個對我很重要的人。一個是鮑士，另一個是譚納。」

「你怎麼知道的？」

「因爲我在局裡的耳目跟我在街上的一樣多。我知道是怎麼一回事，以及最後會有什麼結果……嗯，可能的結果。」

我們沉默的坐著。夕陽已經降到屋頂下，陰影籠罩在草坪及街道上。馬里諾剛才的舉動像開了一扇門，把我們引入互相信任之道。他曉得，而且他在告訴我他曉得。我不知道我敢不敢把這扇門開得更大。

「鮑士，譚納，這些有力人士對消息走漏非常惱怒。」我小心的說。

「一點雞毛蒜皮的小事就弄得精神崩潰。這是常有的事，特別是你跟親愛的艾比住在同一座城市的話。」

我只能苦笑。多合適。你對親愛的艾比．敦布爾說出心中的祕密，然後她把每個字都印在報紙上。

「她是個大問題，」他繼續，「簡直就像有內線直接通到局裡的中心。就連局長哼一聲，她也會知道。」

「誰告訴她的？」

「這樣說好了，我有懷疑的人，但無證據，嗯？」

「你知道有人侵入我辦公室的電腦。」我說得好像是一件人盡皆知的事。

他銳利的看了我一眼。「什麼時候開始的？」

「我不知道。幾天前有人侵入，想要找蘿瑞．彼德森的檔案。我們運氣好發現了……我的電腦分析師一時沒按照慣常的步驟，結果我們發現侵入者留在螢幕上的指令。」

「你是說有人可能侵入幾個月了，但你一點也不知道？」

「不錯。」

他安靜下來，臉色凝重。

我逼一句。「改變你疑心的對象了嗎？」

「嗯。」他只哼一聲。

「就這樣？」我激怒的問。「你沒有別的話好說了？」

「沒。只有一句，最近你一定火燒屁股。安本基知道嗎？」

「他知道。」

「我猜譚納也知道。」

「不錯。」

「哼，」他再說，「這可以解釋好幾件事。」

「像什麼？」我立刻恐慌了起來，馬里諾顯然也看出來。「像什麼？」

他沒有回答。

「到底什麼事？」我追問。

他緩緩的打量了我一會。「你眞想知道？」

「我最好知道。」我平穩的聲音掩飾了我的焦慮，那種焦慮正升高爲恐慌。

「嗯，讓我這樣說吧。如果譚納知道今天下午你跟我像這樣一塊開車出來談話，他可能會把我撤職了。」

我不可置信的瞪著他。「你在說什麼？」

「唔，今早我在總部碰到他，他叫我到一邊去說話，說他跟另一些高層人士要防堵消息走漏。譚納要我絕對閉口不談這些案子。這種事哪需要他告訴我。他還說了些當時聽不出有什麼道理的話。重要的是，我不可以再告訴你的辦公室……意思是你……任何辦案的進展。」

「什麼……」

他繼續，「像調查怎麼進行，我們的想法是什麼等等，都不該知會你。譚納的命令是我們從你那裡拿驗屍報告，但我們對你連現在是幾點鐘都不可奉告。他說太多的消息到處亂傳，唯一制止的辦法是，除了我們這些沒有資料不能辦事的人之外，不能告訴任何人。」

「沒錯，」我搶白，「而那包括我。這些案子在我的工作權限範圍之內……是否忽然間所有的人都忘了這一點？」

「嗄，」他安靜的說，瞪著我，「我們不是坐在這裡談嗎？」

「是的，」我平靜了點，「我們是。」

「我？我不在乎譚納說什麼。說不定他只是被你的電腦紙漏給惹火了，不希望警方把敏感的消息給了法醫的新聞走漏專線。」

「請你——」

「說不定還有其他的理由。」他自顧自的喃喃低語。

不論是什麼，他並不打算告訴我。

他粗魯的換檔開車，我們開向河邊，往南去柏克萊低地。

接下來的十分、十五分、二十分……我沒有注意到時間……我們一句話也沒有說。我在難堪的沉默中靜坐，看著窗外的景物飛逝。我似乎成了殘酷笑話取笑的對象，又好像有個除了我之外人盡皆知的故事在流傳。那種被隔離的感覺令我難以忍受，而深刻的恐懼動搖了我的判斷力、敏銳度及理性。我不再有信心。

只不過幾天前我還前途光明，但現在卻是一片陰霾。消息走漏的罪名怪到我的辦公室頭上。我企圖將辦公室現代化的結果是損壞了我一向維持的高度私密性。

就是比爾也不再確定我的可信任度，現在警察又奉命不再給我消息。看樣子他們不把我坐實成所有凶殺案的代罪羔羊絕不會停止。安本基如果沒有直截了當炒我魷魚，也會慢慢請我走路，他別無選擇。

馬里諾在看我。

我幾乎沒有注意到他停了下來。

「離那裡有多遠？」我問。

「離哪裡？」

「離我們剛才去的地方，塞西爾的家。」

「七點四哩。」他看也沒看里程表就一口回答了。

在目前的光線下，我幾乎沒有認出這是蘿瑞．彼德森的房子。

她的家看起來空空的沒人住，也沒有人照顧。陰影下的白色牆面有些髒兮兮的，灰藍色的木板窗一片陰沉。前面窗戶下的百合花被踐踏在地，可能是警察在那裡仔細搜查每寸土地尋找證據的結果。門口還留有一圈圍住犯罪現場的黃色帶子，過長的草地裡有一個啤酒罐，可能是有人隨便把它丟出車外。

她的房子是那種整齊、普通的標準美國中產階級房子，在每一個小城或小社區裡都有。這是那種人們買的第一棟房子，然後歷經數次搬家，晚年時又再回到原點：年輕的專業人士、年輕夫婦以及那些小孩長大離家，退休後又再搬回來的老年人。

她的房子幾乎完全像我在巴爾的摩念醫學院時租的那棟白色牆面的房子。我當時也像蘿瑞．彼德森一樣，對居住的環境毫不關心。我一早就出門，通常要到第二天晚上方才回家。我的生活侷限在書、實驗室、考試與輪值中，並爲如何保持體力與精神以熬過這種日子而傷腦筋。我永遠不會想到，就像蘿瑞不會想到，一個陌生人會決定取走我的生命。

「噯——」

我忽然警醒到馬里諾在對我說話。

他好奇的問道，「你還好吧，大夫？」

「很抱歉。我沒注意你在說什麼。」

「我在問你在想什麼。你知道，現在你腦裡有一張地圖。你覺得怎樣？」

我不經心的回答，「我想她們的死與她們住的地方一點關係也沒有。」

他不置可否。接著拿起麥克風告訴警局任務分派員他要下班了。我們的觀光到此結束。

「10—4（收到，辛苦了），7—10（下班，保持隨傳隨到），」那傲慢的聲音傳回來，「18—40—5小時（現在是十八點四十分，執勤五小時），注意你眼裡的陽光，明天同樣時間他們將要播放我們的歌——」

我假設他指的是警笛、槍火，以及人們撞成一團。

馬里諾悶哼一聲。「當我剛進這一行時，局裡頂多給你聲招呼，哪有什麼『辛苦了』這類狗屁。」

我微微閉起眼，按摩我的太陽穴。

「跟以前不一樣嘍。」他說。「該死，沒有一件事是照舊的。」

9

我開車回家時，一輪明月掛在樹梢。

茂密的枝葉在路邊投射出移動的黑影，攙雜雲母碎石的路面在我的車前燈下反射出點點光芒。空氣清新且溫暖宜人，是把車頂或車窗搖下的最好時候。但我的車門卻是上了鎖，車窗緊閉，風扇調在微風。

以往這樣的夜晚我會覺得很迷人，但現在只讓我不安。

白天我看到的景象，有如那月光般還在我的眼前。它們跟定我，不讓我走。我看遍那五幢在不同區的房子，每幢房子都不起眼。他怎麼選的？爲什麼？我確信這絕不是隨機發生的，每個案子一定有相關之處，而我不斷思索那些存在於屍體上的發亮物質。在沒有其他的證據之下，我堅信那些發光的物質連接了他與被害人。

我的直覺到此爲止，當我試著往下想，腦子就一片空白。那些發光的物質會引導我們找到他住的地方嗎？這會與他的職業或從事的休閒娛樂有關，使他得以接觸他的獵物？或更奇怪的，遺留下來的物質其實是從那些女人身上來的？

說不定這是每個被害人家裡都有的東西，甚至是從她們身上或工作的場所來的。但也可能是從每個女人向他購買的東西上來的。天知道到底從哪來。我們不能檢驗房子裡、辦公室，或被害人常去地方的所有東西，特別是我們不知道到底在找什麼。

我將車轉進自家車道。

我還沒停妥車，柏莎即打開前門。她站在門前刺眼的燈光下，手放在屁股上，手腕上勾著皮包。我知道這是什麼意思……她急著要走。我不敢想像露西今天的表現。

「嗯？」我進門就問。

柏莎開始搖頭。「很糟，凱醫生。那小孩。噢！不知道怎麼搞的。她今天很壞。」

我筋疲力竭，無以爲繼，而露西的情形也是每下愈況。總而言之，這是我的錯，我沒有處理好。或者說，我根本不該那樣對待她。

我對待成人時可以粗率直接、無所顧忌，但我不習慣這樣對小孩。我沒有問她電腦遭入侵的問題，我連提也沒提。星期一晚上比爾離開我家後，我便把電話數據機收起來，藏到樓上衣櫥裡。

我的想法是，露西會假設我拿去修理了，說不定她壓根不會發現。昨天晚上她完全沒有提到數據機不見了。但我注意到她沒在看我放的錄影帶，她在看我，眼睛流露出受傷的神情。

我所做的事完全合乎邏輯。如果侵入我辦公室電腦的人居然是露西，我把數據機拿走後她就不可能再做，而我也不需要當面指出來，弄得很難堪，留下這次來訪不美好的回憶。反過來說，如果侵入的情形再次發生，那就可以證明不是露西幹的了。

話雖如此，但我知道人與人之間並不是以理性做基礎，就像玫瑰不是用辯論來灌溉。我知道隱藏在知識與理性之下的，是一顆不惜犧牲他人利益以保護自己的心。

聰明反被聰明誤，我其實笨到極點。

我記起自己的童年。我母親坐在我床邊回答有關我父親的問題，我多痛恨她跟我玩這種遊戲：首先因爲有隻「蟲子」進入他的「血裡」，所以他常常生病；或他必須對付「某些有色人種」或「古巴人」帶著疾病到他的雜貨店；或「他工作太累，所以累垮了」。全部都是謊言。

我的父親有慢性淋巴性白血病，我上小學一年級之前醫生就診斷出來了。但一直到我已經十二歲，他的情形到了第三階段的貧血時，我才知道他快死了。

我們欺騙小孩，雖然我們在他們的年紀時就已經不相信別人告訴我們的謊言，但我們還是照騙不誤。眞不知道爲什麼大家都這樣做。我不曉得我爲什麼要這樣對待露西，露西就跟成人一樣敏銳。

八點半，時我們坐在廚房的桌子旁。她拿著調羹攪奶昔，而我在喝一杯我亟需的威士忌。她的態度全變了，這讓我覺得不安，我的神經越來越緊張。

她連跟我吵架的興致都沒了，我不在家所引發的憤怒與不滿也消失無蹤。我無法讓她高興起來，即使告訴她比爾可能有時間過來跟她說聲晚安也無效。她興趣缺缺，一動也不動，完全沒有反應，她根本不看我一眼。

「你好像病了。」她終於低聲說。

「你怎麼會知道？我回家後你還沒看我一眼。」

「你還是看起來生病了。」

「噢，我沒有生病，」我告訴她，「只是非常疲倦。」

「媽媽累的時候，看起來並不像在生病。」她說，好像在控訴我。「只有當她跟羅夫吵架時才會像生病。我恨羅夫，他是個笨瓜。他來家裡的時候，我要他摺紙，因爲我知道他不會。他是個蠢蛋、屎頭。」

我沒爲了她說髒話而罵她，我一句話也沒說。

「所以，」她追問道，「你跟羅夫吵架了？」

「我不認得什麼羅夫。」

「噢。」她皺皺眉。「我敢打賭鮑士先生在生你的氣。」

「我不覺得。」

「我打賭一定是。他生氣是因爲我在這裡——」

「露西！別胡說。比爾很喜歡你。」

「哈！他生氣了，因爲我在這裡，他就不能做那件事。」

「露西——」我發出警告聲。

「我說的沒錯。哈！因爲他無法脫褲子。」

「露西，」我嚴厲的說，「立刻停止！」

她終於正視我，眼睛裡的憤怒讓我震驚。「我就知道！」她惡意的笑。「而且你也希望我不在這裡，免得礙著你們。哼，我才不在乎。媽跟她的男友還不是照睡他們的覺，我才懶得理。」

「我不是你媽！」

她的下唇顫抖著，好像我打了她。「我從來沒說你是，也不想要你當我媽！我恨你！」

我們兩個人都僵坐不動。

我一時驚住了。我不記得有人說他恨我，就算這是眞的。

「露西。」我結結巴巴的說。我的胃像拳頭般的揪成一團，我覺得快病倒了。「我不是那個意思。我要說的是我不像你母親，好嗎？我們非常不同，一向都沒什麼相同的地方。但這並不表示我不關心你。」

她沒有反應。

「我知道你不是眞的恨我。」

她仍舊像石頭一樣沉默。

我呆呆的起身再去倒酒。當然她不恨我。小孩常常說那樣的話，但他們並不是當眞的。我試著回想，我從來沒有告訴母親我恨她，但我想我是偷偷的恨她，至少在我小時候是如此，因爲那些謊言。而且在我失去父親的同時，我也失去了她。她全副心思放在他的垂死和疾病上，桃樂絲與我沒有得到她的關愛。

我欺騙了露西。我也心有所屬，只不過不是爲了垂死的人，而是那些已死去的人。每一天我爲了公義而戰，但對一個覺得沒人疼愛的小女孩來說，公理在哪裡？上帝，露西並不恨我，但如果她眞恨我，也許我也不能怪她。我回到桌邊，小心翼翼的提出那個原來我不想去碰的話題。

「我想我看起來很擔憂的原因是我確實在擔憂。露西，你看，有人侵入了我的電腦。」

她安靜的等待。

我啜了口酒，「我不確定那個人是否看到任何重要的資料，但如果我知道是怎麼發生的，以及是誰做的，我會放心很多。」

她還是沒說什麼。

我只有再逼一步。

「如果我不能徹查出來的話，我可能會有麻煩。」

這句話似乎引起了她的警覺。

「因爲，」我平靜的解釋，「我辦公室的資料很敏感，市政府與州政府裡的大官對部分資料流落到報社那裡十分關切。有些人擔心那些資料可能是從我辦公室的電腦洩露出去的。」

「噢。」

「如果有記者侵入，比如說——」

「像什麼資料？」她問。

「最近的案子。」

「那個被殺的女醫生。」

我點點頭。

沉默。

然後她陰鬱的說，「所以數據機才會不見了，對不對，凱阿姨？你拿走了，因爲你認爲我做了壞事。」

「我不認爲你會做壞事，露西。如果你打進我辦公室的電腦，我知道你不是要做壞事。我不會因爲你的好奇而怪你的。」

她抬頭看我，眼裡蓄滿了淚水。「你拿走數據機，表示你不再信任我。」

我不知道要如何反應。我不能騙她，但如果我說眞話，那就等於承認了我不完全信任她。

露西沒心情再喝奶昔，她咬住下唇靜坐不動，眼睛向下瞪著桌面。

「我是拿走了數據機，因爲我不知道是否是你做的。」我說出眞話。「是我不對，我應該直接問你。但也許我感到傷心，因爲你可能違反了我們間的信任。」

她就這麼靜靜的看著我好一會。很奇怪的，她似乎因此而心情好轉，她幾乎很快樂的問，「你的意思是，如果我做了壞事會讓你傷心？」好像如此給了她某種她渴求的權力。

「是的。因爲我很愛你，露西。」我說，我想這是我第一次這樣明白的告訴她。「我沒有要傷害你，就像你也不想傷害我。我很抱歉。」

「沒關係。」

她攪動奶昔，發出輕脆的碰撞聲。她高興的宣稱，「我知道你藏起來了。你瞞不過我，凱阿姨，我看到在你的衣櫃裡。柏莎做午飯時我找到了。它跟你點三八口徑的槍放在衣櫃同一層。」

「你怎麼知道那是把點三八？」我想都沒想，衝口而出。

「因爲安迪有一把點三八的槍。他在羅夫之前。安迪的點三八掛在腰帶上，就在這裡。」她指指腰部。「他有間當鋪，所以總是帶把槍。他給我看他的槍，還告訴我怎麼用。不過他先拿走所有的子彈，然後讓我打電視。砰！砰！好神噢！砰！砰！」她的手指射向冰箱。「我比較喜歡他，但媽媽大概對他厭倦了。」

我明天要把她送回這樣的家去？我開始教她有關手槍的常識，告訴她手槍不是玩具，而是會傷人的，此時電話鈴響了。

「噢，啊，」我起身時，露西想起來了，「你回家前奶奶打過電話，打了兩次。」

現在她是我最不想交談的人。不論我多麼善於隱藏情緒，她總是能立刻道破，而且緊逼不放。

「你好像很沮喪。」我們還沒說兩句她就這樣說。

「我只是很累。」我又用了這一招。

我彷彿可以看到她就在我面前，她像往常一樣坐在床上，背後墊了好幾個枕頭，電視開在低聲。我的髮色遺傳自父親，我母親卻是深黑髮，現在變白的銀髮柔和的襯托出她的圓臉，厚厚的眼鏡架在她棕色的大眼睛前面。

「你當然累了。」她開始。「你整天都在工作。那些里奇蒙的恐怖案子，昨天也上了《前鋒報》，凱。我這輩子從來沒有這樣驚奇過。今天馬帝耐斯太太帶報紙來的時候，我才看到。我已經有陣子沒訂星期天的報紙了，那麼多的夾頁、折價券及廣告，厚厚的一大疊太煩人。報上有你的照片，所以馬帝耐斯太太才帶給我看。」

我悶哼了一聲。

「也不能算是認出你來，因爲是在晚上，照得不清楚，但下面有你的名字，所以當然是你。也沒戴頂帽子，凱。看起來當時在下雨，濕漉漉的天氣好差，而你連頂帽子也不戴。枉費我替你織了那麼多帽子，我可是怕你得肺炎才幫你織帽子，你卻根本懶得戴——」

「媽——」

她繼續。

「媽！」

我無法忍受，今天更不成。即使我像英國前首相佘契爾夫人般幹練，我媽還是把我當成五歲小孩，呆頭呆腦的不知道如何應付雨天。

接下來是一連串問話，看我有沒有好好吃，睡眠充不充分。

我突然打斷她。「桃樂絲好不好？」

她遲疑了一下。「嗯，我就是爲這個打電話給你。」

我急忙找張椅子坐下。我母親的聲音提高了八度，她告訴我桃樂絲飛到內華達州……去結婚。

「爲什麼要去內華達州？」我愚蠢的問。

「你說，爲什麼你唯一的妹妹碰到這個只在電話裡交談過的作書人，就突然在機場打電話給她母親，說她要去內華達州結婚？你告訴我，爲什麼我女兒會做出這樣的事？眞讓人以爲她的腦子都是漿糊——」

「哪種作書人？」我看露西一眼，她在看著我，臉色蒼白。

「我不知道。她說他是畫畫的，我猜他替她的書畫插畫，幾天前他們在邁阿密開會，當面討論她正在寫的書。別問我。他的名字是賈克柏．布藍克，猶太人，我知道他是，雖然桃樂絲不肯說。爲什麼她會告訴她母親，她要跟一個我從來沒見過，年紀又大她一倍，畫小孩圖畫的猶太人結婚？」

我可沒有問她。

在又一次家庭危機中送露西回家是不可能的。每當桃樂絲非得出城去參加編輯會議，從事資料收集，或去參加那些她一去就留連忘返的演講時，露西就得延後回她母親那裡。她不得不留在祖母家，直到那遊蕩的作家終於回家。是不是就因爲我們接受她這種行爲，所以她越來越不負責任，或許連露西也接受了。但私奔？我的天。

「她沒說她什麼時候回來嗎？」我背對著露西，壓低聲音問。

「什麼？」我母親大聲說道。「這像什麼話？她居然敢告訴她媽媽這種事？噢！她的老毛病又來了，凱！他的年紀是她的兩倍大！阿曼也差不多大，你看發生了什麼事！露西還沒大到可以騎腳踏車，他就在游泳池邊死了。」

我費了好一番功夫才把她安定下來。我掛上電話準備面對殘局。

我想不出要怎麼說會聽起來好一點。「你媽媽要離開一陣子，露西。她剛跟布藍克先生結婚，他是替她的書畫插畫的——」

她仍舊像尊雕像動也不動。我伸出手臂抱住她。

「他們目前在內華達——」

椅子往後一翻，靠牆跌落，她掙開我，奔進她的房裡。

我的妹妹怎麼可以對露西做出這種事？這次我一定不會原諒她。她嫁給阿曼已經夠糟了，當時她才剛滿十八歲。我們警告她，想盡辦法勸她。他只勉強會說英語，老到可以作她父親，而且我們覺得他的財富、賓士車、勞力士金錶與海邊的別墅都很可疑。像很多神祕出現在邁阿密的人，他的豪華作風沒有合理的解釋。

該死的桃樂絲。她熟悉我的工作，知道我工作的壓力有多大。由於這些案子，我對露西的來訪很遲疑，這點她也很清楚！只不過計畫早就訂了，而且桃樂絲很迷人的說服了我。

「如果實在不方便的話，凱，你可以送她回來，我們再做打算。」她甜蜜的說。「眞的，她好希望去啊。最近她開口閉口都在說這個。她好喜歡你，我從沒見過這樣的英雄崇拜。」

露西僵硬的坐在她床邊，瞪著地板。

當我幫她換睡衣時，「我希望他們的飛機掉下來跌死了」是她唯一說的話。

「你不是這個意思，露西。」我拉平她下巴下印著雛菊的領子。「你可以留下來跟我住一段時間。這不是很好嗎？」

她閉緊眼，臉孔轉向牆壁。

我的舌頭好像打了結。沒有任何話可以減輕她的痛苦，我無助的坐在那裡看了她一會。接著我遲疑的走近她並撫摸她的背，她的痛苦逐漸舒緩，終於開始發出睡眠時正常的呼吸聲。我親親她的頭頂，悄悄關上門。還沒走回廚房我就聽到比爾開車進來的聲音。

他還沒按門鈴，我就已經開門了。

「露西睡了。」我輕輕的說。

「噢，」他好玩的輕聲回道。「太不幸了……所以我不值得她等待——」

他隨著我驚嚇的眼睛轉向街道。有一輛車子的大燈照亮了前門，但隨即便關掉。這輛陌生的車子先是突然停住，現在又加速後退，低吼的引擎聲劃破寂靜。

車子在樹後調頭飛快離去，輾得路上的砂石霹霹啪啪作響。

「有人要來嗎？」比爾瞪著黑暗低聲問。

我慢慢的搖搖頭。

他看了手錶一眼，輕輕的推著我進入走廊。

馬里諾不論什麼時候來法醫辦公室，總不忘找文葛麻煩。文葛是我見過最好的解剖技師，但也是最脆弱的一個。

「——嗨。這就是所謂的福特車近距離接觸——」馬里諾大聲喧譁。

正當馬里諾在捧腹大笑時，一個有著啤酒肚的州警到了。

文葛滿臉通紅，憤憤的把電鋸插頭戳進垂掛在鋼桌邊緣的黃色線圈。我手腕上都是血，忍住氣低聲說，「別理他，文葛。」

馬里諾看著州警，我等著他繼續他無聊的笑話。

文葛太敏感了，我有時會爲他擔心。他對被害人的遭遇感同身受，當碰到異常殘忍的案子時，他常忍不住哭泣。

今早的案子顯示了人生殘酷的諷刺。昨晚有個年輕女人到鄰郡的一個鄉下酒吧去，凌晨兩點左右她開始走回家，一輛車撞上她之後還繼續向前開。州警檢查她的私人物品時，發現在她的錢包裡有張幸運籤，上面預告著：「將要發生會改變你一生的事。」

「說不定她在尋找引擎蓋先生——」

我正要對馬里諾大發脾氣，他的聲音便遭電鋸的巨響所掩蓋。文葛開始切開那死去女人的頭骨，一團骨頭粉末擾人的散布在空中，馬里諾與那個州警立即撤退到房間的另一頭，里奇蒙最新槍殺案的被害人正在那裡由法醫解剖著。

電鋸聲戛然而止，文葛將頭殼蓋拿走，我停下來迅速檢查了她的腦子。沒有腦溢血——

「有什麼好笑的，」文葛開始他憤怒的控訴，「一點也不好笑。怎麼有人會覺得這種事好笑——」

那女人的頭骨破了，但僅此而已。她的死因是多重骨盤挫傷，她的骨盆受到劇烈的傷害，在她皮膚上可以看到那輛車子散熱器護柵的痕跡。她不是被跑車那類貼地的車子撞上，就很可能是輛卡車。

「她把幸運籤留下來，因爲那張籤對她有某種意義，帶給她希望。說不定這是她昨晚去酒吧的原因。她在尋找能攜手共度一生的人，或等待改變她一生的事發生。結果卻是有人酒醉駕車撞上她，將她拖了五十呎到溝裡。」

「文葛，」我開始照相，一面疲倦的說，「你最好不要亂想。」

「我忍不住——」

「你必須學著去控制。」

他受傷的眼睛轉向馬里諾，馬里諾不去撩撥他絕不罷手。可憐的文葛。那些在粗暴環境中討生活的警察大都受不了他。他從不覺得他們的笑話有什麼好笑的，對他們的輝煌戰績也不感興趣，更明白的說，他……嗯，與衆不同。

文葛的身材柔軟，黑髮貼在頭兩側，頂端頭髮有如鳳凰鸚鵡的羽毛，末端則有一截髮尾捲在頸背上。整體而言，他細緻英俊，看起來像是那種穿著鬆垮名牌服飾、腳著歐式軟皮皮鞋的模特兒。就連他自己購買、親自動手清洗的深藍罩袍也很有風格。他不跟女人調笑，也不在乎女人指揮他做事，更不像對我在檢驗袍或套裝下的身材感到任何興趣。有幾次我在更衣室換衣服，他不巧走了進來，即使在這種情況下我依然很自在，幾乎沒有注意到他的出現。

如果幾個月前他來求職時，我曾對他的性傾向有一點好奇心的話，說不定我不會雇用他。這點是我不願意承認的事。

我在這地方看遍了各種極爲惡劣的例子，因此太容易有刻板印象。譬如身披假乳義臀的人妖，因嫉妒的怒火而謀殺愛人的同性戀者，在公園、電玩店遊蕩，結果卻遭厭惡同性戀的老粗狠狠刀割的年輕男妓，以及那種身上有淫穢刺青，在監獄裡姦淫遍了所有兩腿動物的囚犯，還有那種在同性戀浴堂及酒吧間荒淫縱慾，也不管誰會染上愛滋病的人。

文葛不像那些人。文葛只是文葛。

「你可以從這裡接手嗎？」他憤怒的沖洗他戴了手套血淋淋的手。

「我會做完它。」我隨口答道，一邊重新開始測量腸系膜上的一個大洞。

他走向櫃子，拿出一瓶瓶消毒劑、破布及一些清潔用品，然後戴起耳機，打開掛在罩袍腰際的錄音機，立刻沉醉於自己的世界裡。

十五分鐘後，他在清理一個小冰箱，裡面儲藏著週末放在解剖室的證據。我模糊的注意到他拿出一樣東西，然後看了良久。

他走到我的桌旁來時，耳機掛在他脖子上，好像是衣領，他一臉迷惑不安的拿出手上裝著證據的硬紙夾。

「嗯，史卡佩塔醫生，」他清清喉嚨說道，「這在冰箱裡。」

他沒有解釋，也沒這必要。

我放下手術刀，頓時覺得胃部抽緊。硬紙夾上的標籤印著蘿瑞·彼德森案子的號碼、名字、驗屍的日期……但她所有的證據我在四天前就已經交出去了。

「你在冰箱發現的？」

這一定是個錯誤。

「在後面，最下一層。」他遲疑的加一句，「嗯，沒有人簽。我的意思是，你沒有簽字。」

一定有狀況。

「當然我沒有簽字，」我尖銳的說，「她的案子我只收集了一套證據，文葛。」

我雖是如此說，但心裡的疑雲卻像風中搖動的燭火。我試著回憶。週末我把蘿瑞．彼德森的樣本存在冰箱裡，就跟其他星期六的案子放在一起。我清楚的記得星期一一早我親自交到檢驗室去，其中包括一個硬紙夾，裡面裝著上面有肛門、陰部、口腔樣本的棉花棒。我確定當時只用了一個硬紙夾。我絕不可能送出空夾子……它總是包括一個裝了棉花棒的塑膠袋、裝了頭髮的信封、試管及所有其他的東西。

「我不知道這是從哪裡來的。」我強調。

他不安的將身體重心轉移到另一腳上，眼睛也望向別處。我知道他在想什麼。我把事情搞砸了，而他不願意直接指出來。

出錯的可能性是一直存在的。自從瑪格麗特在解剖室的電腦裡安裝了製作標籤的程式後，文葛與我就把整個作業流程想過很多遍。

病理學家在動刀解剖之前，可先將有關死者的資料輸入電腦，然後印出一串標籤，用來貼在所有可能採集的樣本上，比如說血液、膽汁、尿液、胃的內容物，以及其他個人證據。只要每個病理學家謹愼的把正確的標籤貼在正確的試管上，而且記得簽名，如此便能節省很多的時間，大家也都可以接受。

但這點小小的自動化有一樣特性讓我緊張。無可避免的會有標籤剩下來，因爲沒有必要收集所有可能的樣本，特別是當檢驗室工作繁忙、人手又不足的時候。譬如，如果有個八十歲老翁剪草時心臟病發，我何必要收集他的指甲？

那些剩下的標籤該怎麼辦呢？你當然不能隨處擱置，以免貼錯試管。大多數的病理學家會撕掉那些標籤，而我則把它們放進死者的檔案夾裡。這樣的話，我就知道做了哪些檢驗，哪些沒做，以及我到底送了多少試管到樓上去。

文葛踱到另一頭，伸出一指翻閱驗屍間的紀錄。我可以感覺到馬里諾在那邊瞪著我，他在等著拿他辦的一個凶殺案的子彈。他向我走來，此時文葛剛好也走回來。

「那天我們有六個案子，」文葛好像當馬里諾不在場般的提醒我。「星期六，我記得。檯面上有很多的標籤，說不定有一個——」

「不，」我大聲說，「怎麼可能。我沒有把她的標籤留在那裡。它跟我的文件放在一起，夾在我的檔案夾裡。」

「該死，」馬里諾驚訝的說，從我的肩後探出頭來問道，「你們在說的事，跟我想的一樣嗎？」

我發狂般的甩掉手套，從文葛手裡拿過硬紙夾，用手指甲劃開膠帶。裡面有四個玻片標本，其中三片上絕對有塗東西，但並沒有照規定註明從哪一部分採集來的。事實上，除了硬紙夾上的電腦標籤外，沒有任何其他標誌。

「也許你以爲你會用得上，但後來改變了主意？」文葛試著解釋。

我沒有立刻回答，我記不得了。

「你最後一次用冰箱是什麼時候？」我問他。

他聳聳肩。「上星期，說不定是上星期一。我拿東西出來給樓上的醫生。我這星期一沒來，今天是我這星期第一次用冰箱。」

我慢慢記起來，文葛星期一補假。是我自己把蘿瑞．彼德森的證據拿出冰箱，然後再上樓去收集其他的證據。我會沒有注意到這個硬紙夾嗎？還是因爲太累、心思太亂，以至於把她的證據與那天處理的另五組證據混在一起了？如果眞是這樣子，哪一個硬紙夾的證據才是她的？我已經拿上樓的那一組？還是這一組？我無法相信會發生這種事。我一向都非常小心的。

我很少穿著罩袍走出驗屍房，幾乎從來沒有過。就連火警演習也不例外。幾分鐘後，當我穿著血跡斑斑的綠袍快步走在三樓走廊時，檢驗室的工作人員不免好奇的盯著我看。貝蒂在她擁擠的辦公室喝咖啡休息。她只看了我一眼，眼神就僵住了。

「我們有麻煩。」我馬上說。

她瞪著硬紙夾，注視著上面的標籤。

「文葛剛才在清理冰箱裡的證據時發現的。」

「噢，老天。」她只說了這麼一句。

我跟著她走進血清檢驗室。我對她解釋，我不記得曾經採集過兩組蘿瑞．彼德森的證據，也無法解釋到底是怎麼一回事。

她戴起手套，伸出手從櫃子裡拿出一些瓶子，她試著安慰我。「我想你上次送來的應該是正確的，凱。那些顯微鏡與棉花棒都一致，與其他的證據也一致。所有證據都指出是不分泌者。這一定是你多採集到的一組，只是你忘了。」

又多了一個疑問。我只採集了一組，是不是？我能發誓嗎？上星期六已經是遙遠的記憶，我不能確定我當時的每一個動作。

「裡面沒有棉花棒，對嗎？」她問。

「沒有，」我回答。「就只有這個裝了玻片標本的硬紙夾。文葛就只發現了這個。」

「嗯。」她在思考。「讓我們看看會顯示什麼。」她把每個玻片放在顯微鏡下。經過長長的沉默後，她說，「我們有大的鱗片形細胞，可能是口腔或陰部細胞，但不是肛門的。而且，」……她抬頭看我……「我沒有看到任何精子。」

「老天。」我悶哼一聲。

「我們再試一次。」她回答。

她撕開一包消毒棉花棒，拿出其中一根，用水沾濕後，輕輕的將棉花棒滾過玻片上的樣本。接著以相同的方法依次採樣……一共有三片。之後她用採好樣的棉花棒去擦白色濾紙上的小圓圈。

她拿出滴管，開始熟練的在濾紙上滴磷酸　，再滴快藍B鹽。我們瞪著濾紙，等待它們變成紫色。

一點反應也沒有。那窪濕濕的小痕跡在折磨著我。雖然只需要很短的時間就會出現反應，但我還是繼續瞪著，好像我可以憑意志力讓它們起反應，以證實有精子的存在。我眞希望相信這是多出來的一組樣本，而我的確採集了兩組蘿瑞的證據，只是不記得了。除了顯而易見的結論外，我願意相信任何事。

這些玻片上的樣本不是蘿瑞．彼德森的。不可能。

貝蒂面無表情的臉告訴我她也在擔憂，只是盡量不表現出來。

我搖搖頭。

她被迫下結論道，「那麼，這些不像是從蘿瑞的案子來的。」她停了一下。「當然，我會盡力去分類，看有沒有別的因素。」

「拜託你了。」我深吸了口氣。

她試著再安慰我。「我從凶手體液分離出來的液體與蘿瑞的血液樣本一致。你不需要擔心。我一點也不懷疑第一次送來的證據——」

「有人會提出疑問。」我悲慘的說。

律師會樂歪了。老天，他們一定高興死了。他們會激起陪審員的疑心，讓他們懷疑所有的樣本，甚至懷疑試管裡裝的是不是蘿瑞的血液。他們會質疑所有送到紐約做DNA檢驗的樣本。誰能保證這不是從其他屍體上採樣來的？

我以幾近顫抖的聲音告訴她，「我們那天有六個案子，貝蒂。其中三個需要採證，都可能是強姦。」

「全都是女人？」

「是的，」我低聲說，「全都是女人。」

星期三晚上，比爾在神經緊繃，舌頭又被酒精麻痺下所說的話深深烙印在我心上。如果我的可信度打了大折扣，這將對案子發生什麼樣的影響？不只是蘿瑞的案子會受影響，所有的案子都會。我無法假裝這個夾子不存在，而它的存在讓我不能在法庭坦然發誓所有的證據都一致。

我沒有第二次機會重新採證。蘿瑞的樣本已經有信差親手送到紐約的檢驗室，她經化學藥品處理過的屍體已經在星期二下葬。要起出她的屍體，根本免談，而且也不會有太大的好處，反而會聳動視聽，引起大衆好奇。每個人都想知道爲什麼。

貝蒂跟我同時望向門口，馬里諾走了進來。

「我有個可笑的想法，大夫。」他停下來說道。他的臉色凝重，眼睛轉到檯面的玻片與濾紙上。

我麻木的瞪著他。

「讓我帶這組證據到范德那裡去。說不定是你把它留在冰箱，但也許不是你。」

在我還沒會意之前，一種可能有事發生的感覺流遍了我的全身血液。

「什麼？」我問，好像他瘋了。「有別人放的？」

他聳聳肩。「我只是建議你考慮所有的可能性。」

「是誰？」

「我不知道。」

「怎麼可能呢？這人必須進入解剖室，還得用到冰箱。而且這檔案上有標籤——」

那標籤——我想起來了。蘿瑞經解剖後，有些標籤沒用到。剩下的標籤歸在她案子的卷宗裡。除了我之外，還有安本基、譚納與比爾曾經看過她的檔案。

那三個男人星期一晚上離開我的辦公室時，前門已經用鏈條鎖了起來。他們三人都是從停屍間出去的。安本基與譚納先走，比爾稍晚離開。

解剖室鎖起來了，但冷凍室並沒有。我們必須讓它開著，以便下班後，殯儀館與急救隊人員可以把屍體送來。冷凍室有兩扇門，一扇對著走廊，一扇可以進入解剖房。他們之間有人從冷凍室進入了解剖房？在第一張桌子旁的架子上有一堆採證袋，文葛總是放滿了，供應齊全。

我伸手打電話給蘿絲，要她開啓我桌子的抽屜，打開蘿瑞·彼德森的卷宗。

「裡面應該有些證據標籤。」我告訴蘿絲。

在她檢查的時候，我試著回憶。應該有六個或七個剩下來的標籤。這並不表示我沒有採集很多的樣本，而是我採了太多——比平常幾乎多出一倍。我用電腦印出了兩份標籤。剩下的標籤應該是標示心、肺、腎臟及其他的內臟，另外還多了一個可以貼在採證袋的外面。

「史卡佩塔醫生？」蘿絲回來了。「標籤還在。」

「有多少？」

「我看看。五個。」

「貼什麼的？」

她回答，「心、肺、脾、膽與肝。」

「就只這些？」

「是的。」

「你確定沒有一個是貼在採證袋外面的。」

她停了會。「我確定，只有五個。」

馬里諾說，「你在這個採證袋上貼標籤，那麼你的指紋應該就在上面，對不對？」

「如果她戴了手套就不會有指紋。」貝蒂說，她一臉愁容的旁觀。

「我貼標籤時通常並不戴手套。」我喃喃的說。「手套上都是血，通常是這樣。」

馬里諾語調平板的繼續說，「好，所以你並沒有戴手套，而文蚵——」

「文葛，」我惱怒的說，「他的名字是文葛！」

「不論叫什麼，」馬里諾轉身要走，「我的意思是，你的手碰了採證袋，所以你的指紋會在上面。」他在走廊上加了一句，「但其他人的指紋說不定不該在上面。」

10

沒有人碰過。硬紙夾上唯一可以辨識的指紋是我的。

上面有一些汙跡……此外還有我完全沒有預料到的東西。我驚訝到完全忘記我來找范德的理由。

他用雷射翻來覆去照那個夾子，硬紙發亮，有如夜空中的小星星。

「太不可思議了。」這是他第三次表示驚異。

「那些東西一定是從我的手上來的。」我不可置信的說。「文葛戴了手套，貝蒂也是。」

范德打開頭上的燈，然後大搖其頭的說道，「如果你是男人，我會建議警察把你帶回去問話。」

「我也不能怪你。」

他的臉色凝重。「重新想一想你今早做了些什麼事，凱。我們必須確定這些殘留的物質是從你那裡來的。如果眞是這樣，我們可能要重新考慮對那些勒死案及發光物質所做的假設——」

「不，」我插口道，「不可能是我把那些物質留在屍體上，尼爾斯。我在驗屍時一直戴著手套。當文葛發現採證袋時我脫了手套，我是光著手碰那個硬紙夾。」

他堅持，「你用的髮膠、化妝品呢？任何你常用的東西？」

「不可能的。」我再說了一遍。「我們檢查其他屍體時，並沒有發現這種殘餘物。它只出現在這些勒殺案中。」

「有道理。」

我們想了一會。

「文葛及貝蒂處理這些檔案時，他們戴了手套？」他要百分之百確定。

「是的，他們戴了，所以沒有他們的指紋。」

「所以這些殘餘物不該從他們的手裡來的？」

「一定是從我這裡來的。除非有其他人碰過。」

「有人把它放在冷凍間，你還在想這種可能性。」范德一臉懷疑。「這上面只有你的指紋，凱。」

「但那些汙跡，尼爾斯，任何人都可能留下汙跡。」

當然不是不可能。不過我知道他並不相信這種說法。

他問，「你上樓前在做什麼？」

「我在檢驗一個撞死人後跑走的案子。」

「然後呢？」

「然後文葛拿著那個夾子過來，我立刻拿去給貝蒂。」

他輕描淡寫的看了我滿是血漬的罩袍一眼，「你在驗屍時戴了手套。」

「當然，文葛拿夾子過來時我才脫掉的，我已經解釋過了——」

「手套裡有一層滑石粉。」

「我不認爲是滑石粉造成的。」

「可能不是，但我們可以從這點開始。」

我下樓去解剖室拿一副同類的橡膠手套。幾分鐘後，范德撕開封袋，把手套內層翻出來，然後用雷射去照。

一點光也沒有。滑石粉沒有任何反應，我們也不以爲它會。過去我們從那些被殺女人的現場找了多種的爽身粉，希望能找出那種發光的物質。那些以滑石粉做基底的爽身粉並沒有任何反應。

范德再次將燈打開，我一邊吸菸一邊思考。我重想從文葛給我看那檔案夾，到我去范德辦公室的每一個步驟。當文葛拿著採證袋進來時，我正埋首於心臟血管中，於是我放下手術刀，脫了手套，打開檔案夾看裡面的玻片樣本。我走到水槽邊，匆匆洗了手，用紙巾擦乾。接下來我上樓去看貝蒂，我有沒有碰到她檢驗室裡的東西？我不記得我碰了。

只有一樣東西值得注意。「我在樓下曾用肥皂洗手，會不會是那肥皂？」

「不太可能。」范德立刻接口。「特別是你已經沖掉了。如果你平常用了那種肥皂洗手之後，還會有發光反應，那麼我們每天碰過的屍體與衣服上，應該到處都有那種發亮的物質。我很確定那種殘餘物是粉狀，某種粉末。你在樓下用的是消毒劑，液體的，對不對？」

沒錯，但不是我這次用的。當時我太著急了，所以沒有到更衣室去用在水槽邊的粉紅色消毒劑。我到最近的水槽，就在解剖室，那裡有一個金屬容器，裡面放著整棟大樓通用的粗粒灰色肥皂粉。它很便宜，州政府一次買一大堆。我不知道裡面的成分是什麼，既沒有味道也不易溶解或起泡沫，用起來好像你用濕沙洗手一樣。

走廊的盡頭有間女盥洗室，我去那裡拿了一手的灰色粉末。關了燈後范德又再開啓雷射。肥皂發出的光像耀眼的白色霓虹燈。

「見鬼了——」

范德非常興奮。我的感覺跟他並不完全相同。我迫切的想知道我們在這些屍體上發現的殘餘物是從哪來的。但我從來沒想到，就是在我最無稽的幻想裡，也沒有想到這種物質會在我辦公大樓的每間盥洗室裡找到。

我還是不相信。這些殘餘物眞是從我手上來的嗎？如果不是呢？

我們做各種實驗。

火藥專家常做一連串的檢查，以確定開槍的距離與彈道。范德與我做了一遍又一遍的洗手測驗，我們想知道到底要冲洗到什麼程度，那種殘餘物才不會在雷射下顯現。

他用力拿那種肥皂粉搓手，冲洗，然後小心的用紙巾擦乾。他的手在雷射下發光了一、兩次就完了。我試著重新洗手，跟我在樓下的洗法完全一樣，結果在檯面及范德罩袍的袖子上，任何我碰到的東西上都有一些閃光。顯然的，我碰到的東西越多，我手上的閃光越少。

我回到女盥洗室，拿來一整咖啡杯的肥皂粉。我們洗了又洗，一次又一次的開燈又關燈，雷射光照射，最後整個水槽區域就像入夜後從空中看到的里奇蒙景觀。

一個饒有意味的情況變得很明顯。我們洗手又擦乾的次數越多，閃光就越亮。我們的指甲下、手腕上、袖口上，最後我們的衣服上也有，就連我們的頭髮、臉、脖子，任何我們碰過的地方都有。經過四十五分鐘，數十次的洗手實驗，范德與我在普通光下可能看起來很正常，但在雷射下，我們身上好像撒滿了聖誕節的小亮片。

「狗屎。」他在黑暗中大叫一聲，我從來沒聽他說過髒話。「你看看這玩意，那傢伙一定有潔癖。他能留下那麼多殘餘物，一定每天洗手洗個二十次。」

「如果這種肥皂是我們要找的東西。」我提醒他。

「當然、當然。」

我祈望樓上的檢驗專家能夠很神奇的找出答案。但我想即使是他們，或任何人都無法確定檔案夾上的殘餘物原先從哪裡來的，以及那個夾子怎麼會進入冷凍間。

我心裡有個焦慮的聲音啃噬著我。

你就是不能接受自己犯了錯誤。我責備自己不能面對事實：你在那採證袋上貼錯了標籤，而那些殘餘物是從你手上來的。

但如果不是呢？如果這中間有險惡的隱情呢？我靜靜的跟自己辯論。如果有人惡意的把那採證袋放進冷凍間，如果那些發光的物質是從那個人的手，而不是我的手來的呢？這樣的腦中對答很古怪，好像我的想像力發了狂。

到目前為止，那四個女人的屍體上都發現了相似的殘餘物。

我知道文葛、貝蒂、范德與我都曾經碰過那個夾子。其他可能碰過的人是譚納、安本基與比爾。

他的臉在我的腦海裡浮現。星期一下午發生的事緩緩的在我的回憶裡播放，我覺得很不對勁而且毛骨悚然。在我們與安本基、譚納開會時，比爾似乎很遙遠。他無法正視我，就連之後他們在我的會議室看那些檔案時，也是如此。

我看到那些卷宗從比爾的膝上滑落，亂七八糟的跌落在地板上。譚納很快的表示要幫忙，他的善意是不經思考的反應。不過比爾撿了起來，而裡面有那些剩下的標籤。他與譚納把所有的文件照案子分類。要撕開一張標籤滑進口袋簡直太容易了——

後來安本基與譚納一起離開，但比爾跟我留下來。我們在瑪格麗特的辦公室裡談了十或十五分鐘。他深情的說只要幾杯酒，以及共度一個晚上就會舒緩我的神經。

我回家前他早走了。他離開大樓時是單獨一人，沒有人看見他。

我把那樣的景象趕出腦子，拒絕再想。這太過分了，我一定是瘋了，比爾絕對不會做這種事。第一，他何必做這種事？我想不出如果他出手破壞會有什麼好處。貼錯標籤的樣本只會對他上法庭起訴有壞處，他這樣做不只是搬石頭砸自己的腳而已，簡直就像在自殺。

你想怪在別人的身上，因為你還是不承認可能是你壞了事。

這些勒殺案是我從事法醫工作以來最困難的案子，我滿心恐懼，怕自己太投入了。或許我已經無法理性而有條理的辦事，說不定我出了紕漏而不自知。

范德說，「我們必須查出這玩意是由什麼合成的。」

我們像謹慎的顧客，需要有一盒肥皂粉並仔細閱讀它的成分。

「我去女盥洗室。」我說。

「我去男的。」

沒想到得來不易。

我在整座大樓的女盥洗室進進出出都找不到後，終於學聰明了，去找文葛。他的職務之一就是裝停屍間的肥皂瓶。他指點我到一樓門房的櫃子裡去找，那地方與我的辦公室不過隔幾扇門。就在最上一層，一疊抹布旁邊有一個灰色的大盒子，上面印著硼砂洗手肥皂。

主要的成分就是硼砂。

我迅速的檢查過我的化學參考書，終於發現這種肥皂粉會像節慶燈火般輝煌閃亮的原因。硼砂是硼化合物，一種結晶物質，高溫時它會像金屬般的導電。它的工業用途包括製陶、製造特殊玻璃、洗潔劑、消毒劑、研磨劑，甚至是火箭燃料。

諷刺的是，全世界大部分的硼砂是產自死谷。

星期五來了又去，而馬里諾並沒有打電話來。

第二天七點鐘我將車停在大樓後面，開始不安的檢查有誰已經到了停屍間。

其實無庸多想，我應該知道的。如果出事，我會是最早接到通知的人之一。所有簽到的人都在我意料之中，但那種寂靜好像是不祥之兆。

我驅除不了那種凶殺案再度發生，又有個女人在等我驗屍的感覺。我一直在等待馬里諾報惡訊的電話。

七點半范德從他家打來。

「有沒有事？」他問。

「如果有，我會立刻打電話給你。」

「我會在電話旁。」

雷射放在他樓上實驗室的推車上，必要時可以隨時把它推到X光間去。我預定了第一張解剖桌。昨天傍晚文葛把桌子擦洗得有如鏡子般發亮。旁邊有兩台推車，上面放好了所有可能用到的手術器具，以及採集證據的盒子與裝備。桌子與推車都還沒有人用過。

我的案子不多。有個人在費德瑞克斯使用古柯鹼過量致死，還有人在詹姆斯城意外淹死。接近中午前只有文葛與我在一起，我們一步步結束今早的工作。

他的球鞋在濕瓷磚上發出嘰嘎聲，他把拖把靠牆放，並對我說，「據說昨晚有上百的警察加班巡夜。」

我繼續填寫死亡證書。「希望這樣能生效。」

「如果我是那傢伙，就有效。」他開始沖洗血淋淋的解剖桌。「除非他瘋了才會露面。有個警察告訴我，他們在街上攔下所有的人。他們看你深夜還在外面遊蕩就會盤查你。假如看到你的車深夜還停在外面，就記下你的車牌號碼。」

「哪個警察？」我抬頭看他。今天我們沒有里奇蒙的案子，也沒有里奇蒙的警察來這裡。「哪個警察告訴你的？」

「跟淹死的一塊來的警察。」

「從詹姆斯城來的？他怎會知道昨晚里奇蒙發生了什麼事？」

文葛好奇的看著我。「他的兄弟是這裡的警察。」

我轉過頭去，不想讓他看到我在生氣。太多的人在講東講西。有個警察的兄弟剛好是里奇蒙的警察，然後他就自自然然的告訴文葛這個陌生人這些事？他們還說了些什麼？有太多的閒話了，多得數不清。就連很普通的談話我也會聽出另一番意思，接著得對任何事、任何人都開始疑神疑鬼。

文葛接著說，「我覺得那傢伙躲起來了。他暫時不幹，等事情平靜下來。」他停住，水聲像敲鼓似的落在桌面。「要不然他昨晚還是殺人了，只是還沒被人發現。」

我沒有說話，惱怒的情緒越來越尖刻。

「誰知道？」他的聲音被水聲給淹沒。「很難相信他居然還會試。照我看來，太危險了。但我知道他們說的那些理論，像這類的凶手過了一段時間後越變越大膽。他們喜歡挑釁人，但其實他們希望被人逮到。他們似乎無法控制自己，於是祈求別人阻止——」

「文葛——」我發出警告聲。

他好像沒聽到，又繼續說，「一定是有毛病，他自己也知道。我很確定這一點。也許他希望有人能夠拯救他——」

「文葛！」我提高音調，並猛然旋轉椅子面對他。他關水的動作晚了一步，我的話已經出口，在那空洞靜止的房間裡顯得格外刺耳……

「他不希望被抓！」

他的嘴唇驚訝的張開，我尖銳的反應把他嚇了一跳。「嗯。我不是有意惹你生氣，史卡佩塔醫生——」

「我沒有生氣，」我回應道，「但那類的雜種並不想被人抓到，好嗎？他有反社會的傾向，而且很邪惡，他之所以這樣做只是因爲他想做而已，好嗎？」

安靜的室內只聽見他的鞋子發出低沉的聲音，他緩緩的從水槽裡拿出海綿，開始擦拭桌子的側面，不再看我一眼。

我看著他的背影，感到無比的挫折。

他只顧著清洗，不再理會我。

我覺得很難過。「文葛？」我稍微讓椅子後移，再次叫他，「文葛？」他不情願的走了過來。我輕輕的碰他的手臂說道，「對不起。我沒有理由對你發脾氣。」

「沒關係。」他眼裡的不安讓我緊張起來。「我知道你很不好過。最近發生了這麼多事，都快讓我發瘋了，你知道。我坐在那裡，心裡一直在想可以幫上什麼忙。你出了這麼多問題，但我卻一點忙也幫不上。我只是希望我能幫上忙——」

原來是這樣子的！我不僅傷害了他的感覺，還讓他更加擔憂。文葛在爲我擔心。他知道我最近像變了一個人似的，緊張的神經幾乎要繃裂。說不定其他的人也都看出來了。消息的走漏、電腦的侵入、貼錯標籤的玻片標本。也許哪天我被指爲無能時，沒有任何人會表示驚訝。

「這種事遲早會發生，」人們會說，「她崩潰了。」

別的不說，我睡不著，即使試著放鬆，心神仍像關不掉的機器。它不斷的攪動，直到我的腦子過熱，神經像高壓電線般嗡嗡作響。

昨天晚上我爲了要振奮露西的心情，所以帶她出去吃晚飯、看電影。在餐館和戲院時，我無時無刻不在等待傳呼器發嘯，又不斷檢查電池有沒有電，我就是無法相信會平安無事。

下午三點我口述了兩個驗屍報告，又解決了一疊報告。正當我要上電梯時，電話鈴響了，我奔回辦公室，一把抓起電話。

是比爾。

「我們還是照原訂計畫見面嗎？」

我不能說不。「我希望能看到你。」我言不由衷的熱烈答道，「不過我不確定我們在一起的事還值不值得你寫信回家報告。」

「我不提就是了。」

我離開了辦公室。

又是陽光普照的一天，只是更炎熱，大樓周圍的草地好像要烤乾了。開車回家的途中，我聽到收音機廣播說，如果再不下雨，將會損害番茄的收成。今年春天的氣候變化很大，跟往年不同，一連多天風大且陽光普照，忽然之間，一大片烏雲像大軍壓陣般從天邊掩殺過來，陣陣閃電把城裡各處的電源切斷，接著大雨傾盆而下，就像對一個焦渴的人迎面潑下一桶水……水流的速度快得來不及讓人喝一口。

有時我會爲天氣與人生際遇的相似之處而驚異。我與比爾間的關係彷彿就像天氣的變化。他的強勢進軍不是沒有某種力之美，但我想要的是溫存的雨水，靜靜的滋潤我寂寞的心。我期盼今晚能看到他，但另一方面又不想見他。

他如常的在五點整開車到來。

「是好事，但又是壞事。」我們在後院的陽台點火烤肉時，他說。

「壞事？」我問。「我不相信你是當眞的，比爾。」

太陽西斜，但氣溫還是很高，雲層從太陽前飄過，使得大地時而陰暗時而明亮。風開始加速，空氣裡隱含著變化。

他用袖子擦抹額頭，眨眼看我。一陣大風將枝葉吹得亂顫，一張紙巾也隨風在陽台上亂竄。

「我說壞事的意思是，凱，他可能離開這個區域了。」

我們離開悶燒著的炭火，啜起啤酒。我不能忍受凶手已經離開的可能性，他得待在這裡。至少我們熟悉他所做的事。我擔憂萬一他到其他城市去做案，那裡的警探與法醫並沒有我們的經驗。而以往幾次區域聯合偵查的案例，到最後常都搞砸了。警察有強烈的地盤觀念，每個調查員都想自己來拘捕要犯，而且自認爲比其他的人都行。有時候他們甚至覺得某個案子是屬於他的。

我想我也免不了會有這種佔有欲。那些被害人成了我的責任，她們對司法的唯一期望就是將兇手緝捕到案，起訴判刑。如果兇手在其他地方被捕，就可能不在這裡受審。我不能忍受那樣的可能性。這些在里奇蒙慘遭殺害的女人落得只算兇手的練習作，他的暖身運動，她們的死一無價值，而我的努力也變得沒有任何意義。

比爾在煤上澆了更多的助燃劑。他離開炭火，然後看著我，他的臉熱得發紅。「你的電腦怎麼樣？」他問。「有沒有新發展？」

我遲疑了一下。我沒有顧左右而言他的必要。比爾知道的很清楚，我沒有遵照安本基的指示改變密碼，或採取任何處置來「保衛」我的資料。上星期一比爾就站在我旁邊，看我將電腦設定在回應模式又開了回顯，好像在邀請那個侵入者再度光臨。我的意圖也正是如此。

「不像有人進去過，如果你是問這個的話。」

「有意思，」他在深思，又喝了一大口啤酒，「不過卻沒道理。你不是認爲這個人是想獲得蘿瑞．彼德森的資料嗎？」

「不在電腦裡面。」我提醒他。「這些案子還在偵查期間，我們不會打入新的資料。」

「所以這個案子不在電腦裡。但除非她去查，否則她怎麼會知道？」

「她？」

「她，他——不論是誰。」

「她……他……不論是誰第一次去查的時候，就沒有拿到蘿瑞的資料。」

「但仍舊沒道理，凱。」他堅持。「其實說起來，那個人上次去查就很奇怪。任何對電腦的資料輸入有點了解的人都不會那樣做。他會想到星期六才驗的屍，資料不會在星期一就已輸入辦公室的電腦。」

「不去試，就不會有結果。」我喃喃的說。

比爾在旁顯得焦躁。現在應該是個很宜人的夜晚，但我就是不能放鬆。足足有一寸厚的牛排在廚房裡醃著，檯面上有瓶紅酒在等著。露西正動手做沙拉。她母親跟她的插畫家丈夫不知跑到哪裡去，音訊全無，但露西的心情很不錯，好像十分滿意。在她的幻想裡，她開始相信她永遠不需要離開這裡，並且表示如果鮑士先生與我結婚，那該有多好。她的想法讓我很不安。

遲早我必須戳破她的美夢，逼迫她回到冰冷的現實：她母親回到邁阿密後她就得回家，而比爾與我永遠不會結婚。

我開始仔細觀察他的行徑，像初認識他時一般。他正在沉思，兩眼瞪著炭火，雙手不經心的握住啤酒罐，手臂及腿上的汗毛像陽光下的花粉。我們之間隔著一層熱氣與煙霧，這情形彷彿是我們漸行漸遠的象徵。

爲什麼他太太用他的槍自殺？只是因爲正好可以派上用場嗎？或是她想藉此懲罰他那不爲人知的罪惡？

他太太坐在床上，一槍射進胸膛。那個星期一早上，他們才做過愛，但就在幾小時甚至數十分鐘後，她扣了扳機。她的採樣裡測出精子。我當場檢查她時，還可以在她身上聞到那股味道。比爾離家工作時，他對她說的最後一句話是什麼？

「回到地上來，凱——」

我渙散的眼神逐漸集中。比爾在瞪著我。「你的心去哪裡了？」他問，一條手臂圍住我的腰，他呼的氣接近我的臉頰。「我也可以去嗎？」

「我只是在思考。」

「想什麼？不要告訴我你還在想辦公室——」

我說出來。「比爾，那天你、譚納與安本基在看的那些檔案裡，有個案子少了些文件——」

他撫摩著我背後的手靜止不動。我可以感覺到他的手指在憤怒的加壓。「什麼文件？」

「我並不確定。」我緊張的回答。我不敢說得太清楚，我不敢提在蘿瑞．彼德森的卷宗裡丟了些採證時用的標籤。「我只是想知道，你有沒有剛好注意到，有人無意間撿到……」

他突然抽手，脫口而出抱怨道，「哼，你能一個晚上不去想那些該死的案子嗎？」

「比爾——」

「夠了，可以嗎？」他雙手插進短褲口袋不看我。「老天，凱，你要逼得我發瘋。她們死了，那些女人死了，死透了，但你和我還活著。人生得繼續往前進，至少理論上是如此。如果你還繼續日日夜夜放不開這些案子，遲早會遭殃，我們都會有事。」

但整個晚上，當比爾與露西在飯桌上閒談時，我的耳朵一直專注在電話鈴響，我期待它會響，我等著馬里諾打來。

清晨鈴聲響起時，大雨敲打著房子，我睡得很不安穩，斷斷續續的夢充滿了焦慮。

我搜索話筒。

沒有人回應。

「哈囉？」我打開燈再問一遍。

有電視在背後低聲播放。我可以聽到有人說話，但我聽不清楚他們的句子。我的心頭一緊，憎厭的摔下電話。

現在是星期一午後時分。我在看樓上法庭檢驗專家所做的初步報告。

他們將這些勒殺案列爲優先處理的案子。其他的案子，像量血液酒精濃度、毒品、鎮靜劑等都擱在後面。我派了四個高手專門檢查那些發亮物質的成分……在城裡公廁到處找得到的廉價肥皂粉。

初步檢查並沒有令人特別興奮之處。目前爲止，我們甚至不能對手上已有的樣本，即大樓裡用的硼砂肥皂做出任何定論。它含有百分之二十五左右不起化學反應的研磨劑，其他百分之七十五則是硼酸鹽。我們之所以知道，是因為工廠的化學專家告訴我們的。硼酸鹽、碳酸鹽及硝酸鹽在電子顯微鏡下只是鹽，分不出有何不同。那種發光物質也是如此，它看起來是鹽。這種結果就等於是說某種東西含有鉛一樣，說了也是白說，因為鉛無所不在。我們在測槍火殘餘物時從來不測定鉛，即使有也不能代表任何事。

換句話說，那些發光的東西並不一定是硼砂。

我們在那些死去女人身上發現的東西，可能是其他的物質，或許是用來製作肥料、火藥的硝酸鹽，或者是用來沖洗照片的碳酸結晶。理論上來說，那個凶手可能在暗房、溫室、農場工作。有多少物質包含鹽？只有上帝知道。

范德在用雷射測試一些鹽類，看它們會不會發光。這樣我們可以很快的排除不發光的物質。

同時我自有想法。我想知道除了我們的部門，在里奇蒙大都會區還有誰購買硼砂肥皂。所以我打電話去找新澤西州的大盤商。祕書把我轉給推銷員，推銷員把我轉給會計師，再轉給資料處理，再轉給公關，又轉回會計。

接著，他們有一套話說。

「我們顧客的名單是機密的，我不能公開。你是做哪種檢查的？」

「法醫。」我一個字一個字吐出來。「我是史卡佩塔醫生，維吉尼亞州的首席法醫。」

「噢。你有醫生執照，那麼——」

「不，我們是檢驗死因的。」

停了一會。「你是驗屍官？」

再多做解釋也無益。不，我不是驗屍官。驗屍官是經選舉出來的官員，他們通常不是法庭病理學家。在某些州即使是加油站的管理員，一樣可以被選爲驗屍官。不做解釋的結果反而更糟。

「我不了解。你的意思是，有人覺得硼砂肥皂會致命？不可能的。就我所知，它沒有毒性，絕對沒有。我們從來沒有那類的問題。有人誤吃了嗎？我請我們的老闆跟你說話——」

我解釋在硼砂肥皂裡可能含有一種在幾樁謀殺案出現的物質，但這種清潔劑與那些死亡一點關係也沒有，我對肥皂可能的毒性完全不感興趣。我告訴他，我可以拿到法庭的強制令要他們提供資料，但那只是在浪費他及我的時間。我聽到他走向電腦時鑰匙搖動的聲音。

「我想你會希望我把單子送過去。這裡共有七十三個名字，里奇蒙的顧客。」

「是的，如果你可以盡速把名單送來，我會非常感謝。但如果可能的話，請你就在電話裡把名字唸給我聽。」

他老不情願的做了。除了車輛管理局、中央供應中心以及我們的部門外，大多數的公司我都認不得。整個來說，他們包括大約一萬餘名僱員，從法官、公設辯護人、檢察官，到全部警察局、州與市政府管車輛的技師。在這麼多人之中，有一個有清潔癖的無名氏先生。

三點多時，我手拿一杯咖啡走回我的辦公桌，蘿絲按鈴叫我，她轉了電話過來。

「她死了好一會了。」馬里諾說。

我抓了公事包奪門而出。

11

根據馬里諾的調查，沒有一個被害人的鄰居曾在週末看到她。她的同事在星期五與星期六打電話來，也沒人接。到了星期一下午一點鐘該上課的時間，她沒出現時，她的朋友打電話報警。有個警員趕到現場，走到屋後看到三樓有扇窗霍然敞開。看來被害人的室友出城去了。

她住的地方離城中心不到一哩，在維吉尼亞州立大學的校區邊緣。該校校區建築分散，有多達兩萬名以上的學生。很多學院坐落在沿著西大街翻新的維多利亞式老屋與磚石房中。夏季班正在上課，學生在街上走路、騎腳踏車。他們流連於餐館外的小桌間，手肘邊放著一疊疊書。他們跟朋友談話，盡情享受七月溫暖陽光下迷人的午後。

馬里諾告訴我，韓娜．耶柏儒年約三十一歲，在大學的廣播學院教新聞學。去年秋天她才從北卡羅萊納搬來。她死了好幾天，但除此之外我們一無所知。

警察、記者擠滿了現場。

車流緩緩行經那間三層樓的暗紅磚房，入口有一面藍綠兩色手製的旗幟在飄揚。紅色和白色的天竺葵讓窗外的花壇顯得格外耀眼，藍色的鐵皮屋頂上有新藝術派的淺黃花樣。

那條街被擠得水泄不通，我只好將車停在半條街外。一路上我也注意到那些記者比以往更靜默，我經過時他們幾乎沒有動靜，也沒有把照相機或麥克風推到我的臉前。他們的舉止幾乎有點像軍人……僵硬，安靜，但很不自然……好像他們感覺到又是一個。這已經是第五個了，五個像他們自己，或像他們太太或情人的女子被人殘暴的殺死了。

一名穿著制服的警員站在老舊的石階上，提起攔住前門的黃色帶子。我進入一個昏暗的門廳，走上三層木樓梯。在最上面一層的走廊，我看到警察局長、幾名高階警官、警探與警員。比爾也在那裡，緊臨敞開著的門口往裡看。他的眼神短暫的與我接觸，臉色灰白。

我幾乎沒有注意他。我站在門口往內看，那間小小的臥室充滿了腐屍特有的強烈臭味。馬里諾背對著我，蹲下來打開衣櫃抽屜，熟練的翻過一疊疊整整齊齊疊好的衣服。

衣櫃的上面疏落的放著些香水與面霜、一把梳子、一套電髮捲。衣櫃左方靠牆處有張桌子，桌面的電動打字機像是一片紙海書洋裡的小島，頭頂的架子上以及木頭地板上疊了更多書。衣櫥間的門開了一條縫，裡面沒有開燈。地上沒有地毯，房間裡沒有擺設，牆上沒有照片或圖畫……好像沒有人長住在這間臥室，或者她只是暫時借住。

我右邊較遠處是一張單人床。從遠處我看到紛亂的被單及一團深色糾結的頭髮。我一邊注意腳下走過的地方，慢慢走向她。

她的臉正朝著我，但已經浮腫腐化到不可辨識，只能看出她是白種人，有深棕色的頭髮，除此之外看不出她生前長的是什麼樣子。她赤裸側臥，腿向上提，雙手被綁在背後。看起來凶手用了百葉窗的繩子，那種繩結及殺人的模式熟悉得可怕。一條深藍色的被單丟在她的股部，從被單丟棄的樣子看得出凶手那種冷酷、不在乎的輕蔑。床腳地上有件短睡衣，上衣扣了鈕釦，從衣領到下襬被割開，睡褲則從側面被割開。

馬里諾慢慢的穿過臥室，走到我旁邊。「他從梯子爬上來的。」他說。

「什麼梯子？」我問。

那裡有兩扇窗戶。他瞪著的那一扇窗是打開著的，就在床旁邊。「在外面，靠著磚牆。」他解釋給我聽，「那裡有個老舊的鐵消防梯，他就從那裡進來。梯子生了鏽，有些鏽片掉落在窗台，可能是從他的鞋子上掉下來的。」

「他也是從那裡出去的。」我把我的假設大聲說出。

「不一定，但很有可能。樓下的門上了鎖，我們得撞進來。但外面，」他再朝窗戶看了一眼說，「梯子下方的草很高，沒有留下任何腳印。星期六雨下得很大，對我們沒有絲毫幫助。」

「這裡有冷氣嗎？」我在起雞皮疙瘩。房間內的空氣不流通，又濕又熱，並且瀰漫著腐爛氣息。

「沒有，也沒有風扇。一個也沒有。」他用手去擦他發紅的臉。他的頭髮像灰繩似的黏在潮濕的前額上；他的眼睛滿布血絲，眼眶一團黑。馬里諾看來有一個星期沒睡覺也沒換衣服了。

「那扇窗是上鎖的嗎？」我問。

「兩扇都沒有——」他一臉驚異，我們同時轉向門口。「見什麼鬼——」

有個女人在樓下門廳尖叫。雜亂的腳步聲，以及男人在說話的聲音。

「滾出我的家！噢，天——滾出我的房子，你這狗娘養的！」那個女人尖叫道。

馬里諾突然越過我，轟隆隆大步衝下樓梯。我可以聽到他在跟人說話，尖叫聲立刻停止。喧鬧聲轉為低語。

我開始檢查屍體的外部。

她身體的溫度跟室溫一樣，死後的僵硬已經發生過又停止。她剛死之後身體僵硬變冷，後來外面的溫度上升，使她的溫度也跟著上升。最後身體不再僵硬，好像剛死的震撼隨著時間消逝。

我不需要拉開全部被單就發現下面的情景。一時之間，我無法呼吸，心臟幾乎停止跳動。我輕輕的把被單放回去，開始脫下手套。在這裡沒有什麼檢查可以再做了。沒有。

當我聽到馬里諾又上樓來時，我轉頭告訴他，要他確定屍體送到停屍間時，必須是包在被單裡。但那些話梗在喉嚨，我詫異得說不出話來。

他與艾比．敦布爾就站在門口處。馬里諾心裡在想什麼？他瘋了嗎？艾比．敦布爾，王牌記者，跟她比起來，大白鯊只能算是金魚。

然後我注意到她穿著涼鞋、牛仔褲，上衣是沒有塞進去的白色棉布衫。她沒有化妝，也沒有攜帶錄音機或筆記本，只有一個帆布包。她睜大的眼睛望向床上，她的臉因恐懼而變形。

「天，不、不！」她的手蓋住她張開的嘴。

「那麼是她了。」馬里諾低聲說。

她靠近一點，睜眼瞪著。「我的天，韓娜。噢，我的天——」

「這是她的房間？」

聲。

「是的、是的。噢，天，老天——」

馬里諾一偏頭，指示一旁的警員送艾比．敦布爾出去。我聽到他們的腳步聲，以及她的低泣聲。

我安靜的問馬里諾，「你知道你在做什麼？」

「嘿，我永遠知道我在做什麼。」

「那是她在尖叫。」我麻木的接下去說。「對警察尖叫？」

「不。鮑士剛好下樓。她對他尖叫。」

「鮑士？」我不能思考。

「倒也不能怪她。」他平鋪直敘的說。「這是她的房子。難怪她不想看到我們在這該死的地方到處爬，但偏不准她進來。」

「鮑士？」我像呆子似的再問了一遍。「鮑士告訴她，她不能進來？」

「還有其他幾個傢伙。」他聳聳肩。「找她談話可能很有意思，完全不可思議。」他的注意力轉移到床上的屍體，他的眼睛裡有某種想法閃過。「這位女士是她的妹妹。」

二樓的客廳滿是陽光與盆栽，最近才花費不貲的整修過。發亮的硬木地板幾乎完全被一塊白底有淡藍綠幾何圖案的印度地毯蓋住，白色的沙發上放著淺色、有稜有角的小靠墊。白色的粉牆上掛著好些惹人欣羡的里奇蒙畫家貴格卡玻的作品。房間的布置不以實際功能爲考量，我猜艾比完全依自己的喜好而設計。她那冷調性的小窩令人印象深刻，顯示出屋主的成功與她冷眼看世人的態度，這種印象與我對其創造者的評估似乎相去不遠。

她蜷曲在白色皮沙發的一角，緊張的抽一根細長的香菸。我從來沒有近看過艾比，她的長相奇怪的驚人，眼睛呈不規則形，一隻眼比較綠，豐滿的唇與突出的鼻子好像並不屬於同一張臉。她留著棕色垂肩的頭髮，有些已經開始變灰白了。顴骨很高，眼角與嘴角都是細紋，腿長而纖細。她跟我的年紀相若，可能還年輕幾歲。

她瞪著我們，眼睛像受驚的鹿一樣眨也不眨。陪伴她的警員離開了，馬里諾輕輕的關上門。

「我很抱歉。我能了解對你來說有多困難——」馬里諾開始他一貫的台詞。他平靜的解釋，她回答所有的問題很重要，記起所有跟她妹妹有關的事……她的習慣、朋友、常做的事……越多細節越好。艾比呆坐在那裡沒說一句話。我則坐在她的對面。

「據我所知，你出城了。」他說。

「是的。」她的聲音發抖，身體也顫抖，好像正在發冷。「我星期五離開家去紐約開會。」

「哪種會議？」

「一本書。我在磋商一本書的合約，跟我的經紀人有約。住在一個朋友家。」

玻璃咖啡桌上的錄音機平緩的轉動。艾比空洞的瞪向它。

「你在紐約時曾打電話給你妹妹嗎？」

「昨天晚上我打電話給她，想告訴她我什麼時候回來。」她深吸了口氣。「沒人接，我覺得有點奇怪，我猜，但我只是假設她出去了。我到了火車站後又試了一遍，我知道她下午有課。最後我叫了計程車。我一點也沒想到。直到我回來，看到這麼多的車，看到警察——」

「你妹妹跟你住有多久了？」

「去年她跟丈夫分居。她想要有所改變，有時間想一想。我告訴她可以來跟我住，直到她安頓下來，或決定回到她丈夫那裡去。那是秋天，八月下旬。她在八月下旬搬過來，然後開始去大學教書。」

「你最後一次看到她是什麼時候？」

「星期五下午。」她的聲音升高破開。「她開車送我去車站。」淚水湧上她的眼睛。

馬里諾從褲子後的口袋裡抽出一條縐縐的手帕遞過去。「你知道她週末的計畫嗎？」

「工作。她告訴我她要留在家裡做事，準備教書的材料。韓娜不是很外向，有一、兩個好朋友，也都是教授。她有很多課要準備。她告訴我星期六會去買菜，就這樣了。」

「在哪裡？哪間店？」

「我不知道，這不重要。我知道她沒去。剛才在這裡的警察要我去查廚房。她沒有去買菜，冰箱跟我走的時候一樣空。一定是星期五晚上發生的，就像其他的案子。整個週末我在紐約，而她在這裡，這種樣子的在這裡。」

好一陣子沒有人說話。馬里諾在觀察客廳，他的臉不露任何聲色。艾比顫抖的點起一根菸轉向我。

她還沒說出口，我就知道她要問什麼。

「是不是跟其他的一樣？我知道你看過她了。」她遲疑了一下，試著鎮靜自己。她靜靜的問我，模樣就像即將要爆發的暴風雨，「他對她做了什麼？」

我發現我在給她那一套「等我仔細檢查之後，才可奉告」的廢話。

「老天，她是我的妹妹！」她哭道。「我要知道那頭野獸對她做了什麼！噢，天！她有沒有很痛苦？請你告訴我她並沒有受苦——」

我們讓她哭，她深沉的嗚咽裡充滿了不可掩飾的痛苦與憤怒。她的痛苦把她帶到一般人不可及的地方。我們坐著。馬里諾專注的盯著她，看不出任何表情。

每遇到這種時候，我便痛恨起自己。我是那種冰冷而一板一眼的科學家，不為任何人的痛苦所動。我該說些什麼？當然她很痛苦！當她發現凶手在她房間裡，於是理解到下面將會發生的事。她的恐懼，她看過報紙以及她姊姊那些讓人全身發涼的報導，恐懼開始浮現心頭。她知道其他被殺女人的遭遇，那只會讓她更為恐懼，還有她的痛苦，身體上的痛苦。

「好罷。你當然不會告訴我。」艾比講得又急又亂。「我知道這是怎麼一回事，你不打算告訴我。她是我的妹妹耶，而你卻不告訴我。你一把抓住所有的牌。我曉得這是怎麼回事。為了什麼？那個雜種要殺多少人？六個？十個？五十個？然後警察才抓得到人？」

馬里諾繼續面無表情的瞪著她。他說，「不要怪警方，敦布爾小姐。我們跟你在同一邊，我們在幫忙……」

「可不是！」她打斷他。「你幫忙？就像你上星期幫的忙！狗屁！那時你在哪裡？」

「上星期？你到底在指什麼？」

「我在指有個可疑的傢伙從報社一路跟我回家。」她大聲說道。「他就在我後面，我轉他也轉。我甚至停下來去買東西，以便甩脫他。二十分鐘後我出來，他還在那裡。同樣一輛該死的車子跟蹤我！我回家後立刻報警，但他們做了什麼？什麼都沒有。兩個小時後有警察過來看有沒有事。我描述給他聽，甚至給他車牌號碼。他有沒有繼續追蹤？見了鬼，可不是，再也沒有回音。依我看來，一定是那個在車裡的豬幹的！我妹妹死了，被人謀殺，因爲有些警察才懶得多事！」

馬里諾仔細看著她，眼神流露出興趣。「什麼時候發生的？」

她結結巴巴的說。「我想是星期二。上星期二。很晚了，可能是十點、十點半左右。我在報社工作到很晚，要趕一篇報導——」

他好像很迷惑。「嗯，如果我說錯了請你糾正，但我以爲你上夜班，從晚上六點到深夜兩點。」

「那個星期二有別的記者上我的時段。我必須要早點到，白天就到，寫完編輯下一版要的一篇文章。」

「嗯。」馬里諾說。「好，再說這輛車。它什麼時候開始跟蹤你？」

「很難說。我開出停車場幾分鐘後才注意到。他可能在等我，或者在哪個點上看到我，我不知道。但他一路緊跟，還開了大燈。我減速，希望他超車，但他也慢下來；我加速，他也加速；一直甩不掉他。我決定去買菜不讓他跟我到家，但他最後還是跟到了。他一定是先開過去再回頭，然後在附近的停車場或街上等我，等我回來再跟蹤。」

「你確定是同一輛車？」

「一輛新的黑色美洲豹，我完全確定。警察不管事，我只好自力救濟，找了個車輛管理局的人替我查車牌。是輛出租車。如果你感興趣，我可以寫下租車公司的地址及車牌號碼。」

「嗯，我是想知道。」馬里諾告訴她。

她從包包裡掏出一張折好的筆記紙。她伸出的手在顫抖著。

他看了一眼，放進口袋。「然後呢？那輛車跟蹤你，一直跟你到家？」

「我別無選擇。我不能開車開一整夜，這樣不能做任何事。他看到我住的地方。我進來後立刻打電話報警。我猜他開經過我家後就繼續開走了。當我望出窗外時，我沒有看見他。」

「你以前看過他的車嗎？」

「我不知道。我以前看過黑色美洲豹，但不太確定是否爲同型的車。」

「你看到開車的人嗎？」

「太黑了，而且他在我後面。但絕對只有一人在裡面。他，那個開車的人。」

「他？你確定是個男人？」

「我看到好大個輪廓，那傢伙留著短髮，好嗎？當然是男人。好可怕。他動也不動的坐著，直視我的背後，就這麼死瞪著。我告訴韓娜這件事，警告她要小心一輛黑色美洲豹汽車，如果她看到那樣的車在家旁邊就打九一一。她知道城裡發生的事……那些謀殺案。我們還談過。老天！

我簡直無法相信。她知道！我明明告訴她要鎖上窗！要小心。」

「所以她常常不鎖窗，說不定根本就開著。」

艾比點點頭，擦拭眼睛。「她總是開窗睡覺。有時侯天氣很熱。我原本要裝冷氣，打算在七月裝。她來之前我才搬進來，八月分我又忙得不得了，而且再過不久就是秋天、冬天。噢，天。我告訴她一千遍了。她總是活在她自己的世界裡，渾然不覺周遭的事，我說的話她聽不進去，就像我永遠無法讓她繫上安全帶。她是我的小妹，不喜歡我告訴她該做什麼。事情就發生在她身邊，她卻好像毫無所悉。我告訴她發生了些什麼事，那些罪案。不只是謀殺，還有強姦、搶劫之類所有的事。她會變得不耐煩，不想聽。她會說：『艾比，你只看到可怕的事。我們能談些別的嗎？』我有一把手槍，我叮嚀她我不在家時槍要放在床邊，但她根本不想碰。我要教她射擊，給她一把槍，但她也不要，絕不要！現在呢，她死了！噢！老天！現在我告訴你這些事，她的習慣種種，但一切都不重要了。」

「不是不重要，每件事都很重要——」

「沒有一件事重要，因爲我知道他要殺的人不是她！他甚至不知道她的存在！他要殺的人是我。」

沉默。

「你爲什麼會這樣想？」馬里諾平靜的問。

「如果是他在黑車裡，那麼我知道他要殺的是我。不論他是誰，是我在寫他。他看過我的文章，知道我是誰。」

「說不定。」

「是我！他在跟蹤我！」

「你可能是他的目標，」馬里諾實事求是的告訴她，「但我們不能確定，敦布爾小姐。我必須考慮所有的可能性，比如說他可能在哪裡看到你的妹妹，說不定在校區，或在餐館、商店。也許他不曉得她不是獨居，特別是他在你工作時跟蹤她的話……如果他晚上跟蹤她，看她進屋來，但你不在家。他可能不知道她是你的妹妹，這可能只是巧合。有什麼她常去的地方，例如餐館、酒吧，或任何地方？」

她又擦擦眼，試著回想。「在佛更森上有間小餐館，從學校走路就可以走到。她每星期在那裡吃一次或兩次午飯，我想。她不上酒吧。有時候我們到南邊的安吉拉餐廳吃飯……她不是一個人。她也可能去很多其他的地方，像商店。我不知道。我不可能知道每分每秒她都做些什麼事。」

「你說她八月下旬搬進來的。她有沒有離開過，比如說在週末出遊或旅行之類的？」

「你問這個幹嘛？」她不解的問。「你的意思是有人跟蹤她，從外地跟蹤她來？」

「我只是想確定她什麼時候在家，什麼時候不在。」

她抖索的回答，「上星期四她回教堂坡去看她丈夫和朋友。那星期她幾乎都不在，星期三才回來。今天開課是暑期班的第一天。」

「他有沒有來過這裡？那丈夫。」

「沒有。」她警覺的回答。
「他過去有沒有打過她，用暴力……」
「沒有！」她脫口大叫。「傑夫不會那樣待她！他們兩人都想嘗試分開一段時間！他們之間沒有任何敵意。做出這種事的是那個一直在殺人的豬！」
馬里諾瞪著桌上的錄音機，有個小紅燈在閃。他查了夾克口袋後，很不高興的說，「我要到車上去一下。」
他把艾比與我留在明亮的白色客廳。
我們之間有一段很長且令人不安的沉默，然後她望向我。
她的眼睛通紅，臉部浮腫，痛苦的對我說道，「這些日子我一直想找你談談，現在我們是在這裡了，因爲這次謀殺。你可能在暗暗高興。我知道你對我的想法，你或許覺得我活該。我現在終於知道我筆下那些人的感覺了，眞是報應。」
她的話好像尖刺刺進我的骨頭。我誠心的說，「艾比，你不該有這樣的遭遇。我永遠不會希望你或任何人碰到這樣的事。」
她往下瞪著她緊緊扣牢的手，痛苦的說下去，「請你照顧她，拜託。我的妹妹。噢，天。請照顧韓娜——」
「我答應你我會照顧她——」
「你不能讓他逍遙法外！絕對不行！」

我不知道該說什麼。

她抬頭看我，我被她眼裡的恐懼嚇了一跳。「我不明白，不明白發生的事。所有我聽到的那些話，然後是這件事。我試過，試著去查，我本來想要問你。而現在我不知道誰是我們、誰是他們！」

我靜靜的說，「我不懂，艾比。你想從我這裡問出什麼？」

她說得非常快。「那天晚上。這星期的前幾天，我想找你談這個。但他在那裡——」

我漸漸記起來，遲鈍的問，「哪個晚上？」

她看起來很迷惑，好像不記得了。「星期三，」她說，「星期三晚上。」

「那天深夜你開車到我家，又很快開走了，爲什麼？」

她結結巴巴的說，「你——你有朋友。」

比爾。我記得我們站在門廊明亮的燈光下，大家都可以看見我們，而他的車就停在我的車道上。那天晚上開車來的人原來是艾比，她看到我與比爾，但這不能解釋她的反應。爲什麼她要恐慌起來？她熄燈猛然倒車，好像是一種受了驚嚇的本能反應。

她說，「關於這些調查，我聽到很多事情和謠言。他們說警察不能向你報告案情，其他人也不可以。有些事情搞砸了，所以全部的電話都轉到安本基那裡。我必須要問你。現在他們說你把那外科醫生蘿瑞．彼德森的血清樣本搞砸了。要不是因爲你的辦公室擺烏龍破壞調查，警方可能早就抓到凶手了——」她很氣憤但又有些不確定，發狂似的看著我。「我必須知道這是不是眞的。我要知道！我要知道我妹妹會受到怎麼樣的對待？」

她怎麼會知道貼錯標籤的採證袋這回事？貝蒂當然不會告訴她。但貝蒂已經做好了所有的血清樣本，而所有的報告都直接送到安本基那裡。難道是他告訴艾比的？還是他辦公室裡的人說的？他有沒有告訴譚納？有沒有告訴比爾？

「你從哪裡聽來的？」

「我還聽到很多的事。」她的聲音顫抖。

我看著她痛苦的臉，她的身體因悲傷與恐懼而蜷縮了起來。「艾比，」我平靜的說，「我相信你一定聽到很多事，這些話有很多不是真的。就算其中有部分實情，但對於那些事的解釋卻不正確。或者你該想一想，爲什麼有人要告訴你這些事，那個人真正的動機是什麼？」

她動搖了。「我只是想弄清楚我聽到的是不是真的。你的辦公室是不是出了錯。」

我想不出要如何反應。

「我遲早會知道的，不妨現在就告訴你。不要小看我，史卡佩塔醫生。警方出了大紕漏，不要以爲我不知道。那個可疑的傢伙跟蹤我回家，而他們沒有採取任何行動。當蘿瑞．彼德森打九一一時，幾乎一個小時後才有人去查看，那時她已經死了。他們搞砸了。」

她看到我一臉驚異。

「等這則新聞出來後，」她繼續，眼睛因眼淚與憤怒而發光，「市政府將會痛恨有我這個人出生！我要他們賠償！絕對會讓他們付出代價。你想知道理由嗎？」

我呆呆的看著她。

「因爲那些人根本不把女人被強姦或謀殺當回事！那些辦案的雜種就喜歡看女人被姦、被勒死、被刀割的電影。對他們來說，這很性感。他們喜歡看這種雜誌，甚至還會幻想。現在他們說不定就在享受那些現場的照片。哼，那些警察！連這種事他們也想得出笑話來。我就聽過他們在現場大笑，在急診室也是這副德性！」

「他們其實並沒有那個意思。」我的嘴發乾。「這是他們因應這種情形的辦法。」

樓梯傳來腳步聲。

她偷偷的看了門一眼，然後從她的包包裡掏出一張名片，寫下一個號碼。「等你做好……做好這個後，如果你有任何事可以告訴我的話，請你打這個電話——」她深吸一口氣。「你會打電話給我嗎？」她把名片交給我。「這是我傳呼器的號碼。我不知道我會住在哪裡，但不是這屋子，暫時不會，可能我永遠也不會再住在這裡了。」

馬里諾回來了。

艾比的眼睛憤怒的直視他。「我知道你要問什麼。」他關門時她說。「答案是沒有。韓娜在里奇蒙沒有任何男朋友，她沒有跟任何人約會，也沒有跟任何人睡覺。」

他說不出話來，他放進一捲新帶子，按下錄音。

他慢慢抬頭看她。「你呢？敦布爾小姐？」

她一口氣喘不過來。她結巴的說，「我在紐約有個很親近的朋友。他不在這裡，我在這裡的朋友只有公事上的往來。」

「嗯。你所謂公事上的往來到底指什麼?」

「什麼意思?」她的眼睛因恐懼而睜大。

他想了一想,然後好像很隨便的說,「我不知道你是否曉得那個跟蹤你回家的可疑傢伙,其實已經跟你好幾個星期了,就是那個在黑色美洲豹裡的傢伙。嗯,他是個警察。惡行組派出的便衣。」

她不可置信的瞪著他。

「你看,」馬里諾簡略的解釋,「所以當你打電話報警時,沒有人因此跳起來,敦布爾小姐。嗯,不對,如果那時我就知道,我會跳起來——因爲那傢伙的表現不該那麼差勁。我的意思是,如果他在跟蹤你,你就不應該會發現。」

他越說越冷酷,他的話像利刃一樣。

「只是這警察說不上喜歡你。老實說,當我去車上時,我用無線電找他,逼他說眞話。他承認他故意找你麻煩。那天他跟蹤你的時候失去了冷靜。」

「這是幹嘛?」她驚嚇的大叫。「因爲我是記者,他就找我麻煩?」

「嗯,他有他個人的原因,敦布爾小姐。」馬里諾不經意的點根菸。「你記得幾年前你做過惡行組警察大曝光的報導嗎?有個傢伙滲透毒品買賣,結果自己卻染上了古柯鹼癮?當然,你該記得。最後他飲彈自殺了,將自己的頭打掉。你該記得很清楚。那個跟蹤你的人是這警察的夥件。我以為他對你的興趣會讓他好好幹事，看來他有點兒太過分了——」

「你！」她驚異的大叫。「你要他跟蹤我？為什麼？」

「我會告訴你的。既然我的朋友做得太過火，我們也不再玩這一套。遲早你會發現的，還不如現在就直說，就在這裡，在大夫面前交代個清楚。從另一方面來說，這跟她也不無關係。」

艾比慌亂的看我。馬里諾慢吞吞的彈掉菸灰。

他又吸了一口，然後說，「現在法醫辦公室飽受攻擊，因為有人說那裡走漏了不該公開的消息。正確的說，就是走漏了消息給你，敦布爾小姐。有人侵入大夫的電腦。安本基正磨刀霍霍對著她，這造成很多的問題，也有很多指控。我嘛，想法不同。我想有人侵入電腦，使事情看起來像是消息從電腦走漏出去的，事實上，唯一被侵入的資料庫夾在比爾．鮑士的兩耳之間。」

「你瘋了！」

馬里諾照樣抽菸，他的眼睛定在她身上，享受她的不安。

「我絕對沒有侵入任何電腦！」她爆發了起來。「就算我知道該怎麼做，我也絕對、絕對不會做！我不能相信這個，我妹妹死了——耶穌基督——」她的眼神狂亂，淚水滿眶。「噢，老天！這些跟韓娜有什麼關係？」

馬里諾冷冷的說，「我現在什麼也不確定。但我知道你寫的東西不是人盡皆知，有資料的人在偷偷唱歌給你聽，有人故意在背後破壞調查。我很好奇為什麼有人做得出這種事，除非他有事要隱藏，或者因此而得利。」

「我不知道你在說什麼——」

「你看，」他打斷她的話，「我只是覺得有點奇怪。大概五個星期前，就是第二椿勒殺案發生後，你以鮑士為對象做了一大篇特別報導，某某的一天那類的文章……里奇蒙黃金男孩的專題報導。你們兩個那一整天都泡在一起，對不對？剛好那晚我在外面，看到你們兩個十點左右從法藍柯餐廳開車離開。警察就喜歡當包打聽，特別當街上無事，我們有閒空的時候。我就這麼的跟上你們——」

「別再說了，」她低語道，劇烈的搖頭，「別再說了！」

他不予理會。「鮑士沒有把你送回報社去。你看，他帶你回家。幾個小時後當我開車經過時……賓果！他那輛豪華的奧迪汽車還停在那裡，屋裡所有的燈都關了。誰知道？之後那些不為人知的細節開始出現在你的報導裡。我猜這是你定義的專業關係。」

艾比全身顫抖，她把臉埋在手裡，我無法忍受看著她，也不想看馬里諾。我太過吃驚，不能理解我聽到的話……他在此刻對她做這等殘酷的打擊，就在這樣的悲劇發生之後。

「我沒有跟他睡覺。」她的聲音抖到幾乎不能成話。「我沒有，我不想要。他——他侵犯我。」

「哈。可不是嗎。」馬里諾哼了一聲。

她抬頭又閉了一下眼睛。「我整天跟他在一起。我們最後去的會議一直開到七點才結束。我請他吃飯，報社會請客。我們去法藍柯餐廳。我喝了一杯酒，只有一杯。我開始覺得頭好昏，簡直要昏倒了。我幾乎不記得最後是怎麼離開餐館的，只記得我最後做的事是爬進他的車子。他過來抓住我的手，說他從來沒有跟警政記者做過愛。那天晚上發生的事，我一點也不記得了。第二天一早我醒過來，他在那裡——」

「你提醒了我。」馬里諾壓熄了香菸。「那時你妹妹在哪裡？」

「這裡。她在她的房間裡，我猜。我不記得，這也不重要。我們在樓下的客廳，也許在沙發上或地上，我不記得了——我想她可能根本不知道這件事。」

他一臉憎厭。

她歇斯底里的繼續說下去，「我簡直不敢相信。太恐怖了，我像被下了藥。我猜他趁我去洗手間時在我飲料裡下了藥。他知道他搞定我了。他算準我不會去報警。如果我說維吉尼亞的州檢察官做出這種事，誰會相信我？根本沒人會相信！」

「你把這點搞對了。」馬里諾衝口說。「嘿，他長得不錯，他不需要對女士下藥就可以把她們弄上床。」

艾比尖叫道，「他是個惡棍！他可能幹過幾千遍，但從來沒有被抓到過。他威脅我，說如果我敢吐出一個字，他要告訴別人我是個放蕩的爛貨，要我好看。」

「然後呢？」馬里諾追問。「然後他覺得很罪惡，就走漏消息給你？」

「不是！我才不要跟那雜種有任何往來！如果我離他太近，我怕我會控制不住去打掉他的爛頭！我沒有從他那裡拿到任何消息！」

不可能的。

艾比說的話不可能是眞的，我試著推翻她的話。太可怕了，但就算我想否認也否認不了。她一定當場認出比爾的白色奧迪車，這就是爲什麼當她看到那輛車時驚恐起來。剛才當她發現比爾在她家時，她尖叫要他離開，因爲她不能忍受看到他。

比爾警告我她什麼事都幹得出來，說她報仇心切，是危險的機會主義者。爲什麼他要那樣告訴我？到底爲什麼？他是怕艾比可能會指控他，所以先自我防衛嗎？

他騙我。當他開車送她回家後，他沒有拒絕他所謂的她的追求。第二天早上，他的車仍舊停在那裡……

我的心裡浮現一幕幕的景象。有一次比爾與我單獨在我客廳時，他忽然變得充滿了侵略性。當時我以爲他喝多了威士忌才會變得粗暴。其實這是他黑暗的一面？是不是他只有在攻擊女人時才會感到滿足？他一定得要去獲取？

他剛才就在這房子裡，我到的時候，他已經在現場了。難怪他這次的反應如此迅速。他的關切不限於專業的層次，不只爲了工作的緣故。他一定認出艾比的地址。可能在別人還沒有發現之前，他就知道這是誰的房子，他想要來看看並且確定一下。說不定他甚至希望被害人是艾比，那麼他就永遠不用擔心艾比會說出來。

我一動也不動的坐著，努力控制自己不顯露出任何表情來。這種牽強的懷疑，這樣的打擊。噢，老天，絕不能讓他們發現。

有電話在另一間房間響了，鈴聲一直響，但沒有人去接。

樓梯上有腳步聲，金屬撞到木頭發出沉悶的鏗鏘聲，無線電傳出不可辨認的嘶嘶聲。醫護人員抬了擔架走上三樓。

艾比在摸索一根香菸，她忽然把香菸連同燃燒的火柴一起丟進菸灰缸。

「如果你眞的一直在跟蹤我，」她低聲說，整間房子裡充滿了她的鄙視，「而且你的理由是查清楚我是否還見他，靠跟他睡覺套取消息，那麼你應該知道我說的是實話。那天晚上之後，我再也沒有接近過那狗雜種了。」

馬里諾沒有說一句話。

他的沉默是他的答案。

稍後當醫護人員抬了擔架下去後，艾比靠著門邊，激動的抓著門。她眼睜睜看著包裹她妹妹屍體的白布在她旁邊過去，瞪著那些離去的人。她的臉像蒼白的面具，流露出令人不忍卒睹的悲傷。

我帶著不可言喻的感覺碰碰她的手臂，在她無語問蒼天的沉痛裡走出門。樓梯上還遺留著那股味道，當我走入外面耀眼的陽光中時，一時之間張不開眼睛。

12

韓娜·耶柏儒的身體經過多次的沖洗後，在當頭燈光的照射下像白色大理石般發亮。我在停屍間單獨跟她在一起，正在縫合一道從她恥骨到胸骨的Y形寬闊傷口。

文葛離開前解決了她的頭。頭皮在正確的地方，繞在她頭顱後的刀痕已經整整齊齊的縫好，上面完全被頭髮遮住，但在她脖子上的那一圈索套的痕跡就像繩子的烙印。她的臉浮腫又青紫，這不是我或殯儀館可以幫她掩飾的。

門外突然傳來鈴聲。我看了鐘一眼，剛過九點。

我用手術刀割斷線頭，在她身上罩好床單，脫下了手套。我依稀聽到警衛弗瑞德在另一頭跟人講話。我把屍體拖上架子，開始推入冷凍室。

當我關上那扇大鐵門，重回到停屍間時，馬里諾靠著停屍間的桌子，正在抽菸。他默默的看我收集各種證據，收集一管管的血，開始在上面簽字。

「你發現了什麼？」

「她的死因是被繞在脖上的索套勒斃，窒息而死。」我機械化的回答。

「有沒有其他物證？」他把菸灰彈到地板上。

「有些纖維——」

「嗯，」他插進來，「我有幾件事。」

「嗯，」我用同樣的聲調說，「我想立刻離開這裡。」

「嘿，大夫，正跟我想的一樣。我想要去兜風。」

我停止手上正在做的事瞪著他。他的頭髮濕漉漉的黏在腦袋上，領帶鬆垮，短袖白襯衫的背後縐巴巴的，好像在車子裡坐了太久。他左手臂下掛著裝了長柄左輪的黃褐色槍袋。在頭頂刺眼的燈光下，他看起來好像在威脅我。他的眼睛裡有道陰影，下巴的肌肉在抖動。

「我想你必須跟我一起去。」他簡單的說。「我等你，等你換好衣服打電話回家。」

打電話回家？他怎麼知道我有打電話回家的必要？我從沒有提起我的外甥女及柏莎。照我看來，我有家沒家都與馬里諾無關。

我正要告訴他我沒興趣跟他坐車去任何地方，但他冰冷的眼神讓我立刻住了嘴。

「好吧，」我喃喃道，「好吧。」

我走過解剖房去更衣室。他一直抽著菸。我在水槽上洗了臉，脫下罩袍，換上襯衫和裙子。我的心思紛亂，直到我打開櫃子去拿驗檢室的外套時，才想到我並不需要檢驗室的外套。我的皮包、公事包與外套都在樓上辦公室裡。

我渾渾噩噩的拿好所有的東西，跟著馬里諾上車。我打開門，但車內小燈沒有亮。我滑進車，一面摸索安全帶，一面把麵包屑及一團紙巾一起掃下了位子。

他倒車出去，但沒有開口對我說話。掃描器從一個頻道轉到另一個，任務分派員在接收電訊，但馬里諾好像不感興趣，而我常常聽不懂他們在說什麼。警察對著麥克風模糊不清的回話，有些人像在吃那麥克風。

「3—40—5（巡警編號3405），10—5（在現場），1—60—9（巡警編號1609）在三號頻道。」

「1—60—9（巡警編號1609），轉到了。」

「你有沒有空？」

「10—10（待命中）。10—17（搜尋文件檔案中）。」

「10—24（工作完成）後和我聯繫。」

「10—4（沒問題，收到）。」

「4—50—1。」

「4—50—1X。」

「10—20—8（午夜待命地點）爲Adam Ida Lincoln（惡行與情報組督察室），1—7—0——」

電訊傳出去，警報像電子琴上的低音鍵般震耳欲聾。馬里諾在沉默中開車前進。我們經過城中心，這裡的商店晚上都拉起鐵門。一排排窗上掛著有紅有綠俗豔的霓虹燈，打著當鋪、修鞋店與今日特餐的廣告，而家具店及連鎖餐廳的廣告則像燈火通明的大船。來往的車輛中行人稀少，只有從貧民窟出來逍遙的人馬像一股股陰影般徘徊在街角。他們的眼白隨著我們的車轉動。

幾分鐘後我才發現我們的目的地。我們在溫徹斯特路四九八號前慢慢的駛過，這是艾比·敦布爾的家。那棟磚石房子好似一艘黑色的廢船，一面旗子像陰影般垂落在入口處。前面沒有車，顯然艾比不在家。我不知道她現在人在何處。

馬里諾緩緩的把車從路邊開進房子之間狹窄的通道。他的車搖搖晃晃的開過舊有的車輪痕跡，車子大燈上下跳動，照亮了房子深色磚頭的那面牆，還撞上了鎖在柱子上的垃圾箱、破瓶子及各種廢物。我們大約進入這禁閉的通道不過二十呎，他停了車，關上引擎及車燈。我們的左邊就是艾比家後院，一條細長狹窄的草地被鐵絲網護欄所環繞，還有一個標誌公告全世界要「小心」我知道根本不存在的「惡犬」。

馬里諾打開探照燈，燈光在舔著房子後面生鏽的消防梯。所有的窗都是關著的，玻璃隱隱約約的反射亮光。當他沿著空洞的後院移動燈光時，車椅嘰嘎作響。

「你說啊，」他說，「我想聽聽你要說的是否跟我想的是同一回事。」

我道出再明顯不過的觀察。「那個標誌，圍牆上的標誌。如果凶手以爲她有狗，他會再考慮一下。他的被害人都沒有狗。如果有的話，說不定她們還活著。」

「答對了。」

「而且，」我繼續，「我猜你的結論是，凶手一定知道這個標誌是假的，艾比或韓娜沒有狗。所以他是怎麼知道的？」

「嘿。他怎麼會知道，」馬里諾緩緩的重複我的話，「除非他有理由知道？」

我不說話。

他在操作打火機。「說不定他曾經進去過。」

「我不覺得——」

「別裝傻了，大夫。」他安靜的說。

我也拿出香菸，手卻顫抖個不停。

「我在想像，我猜你也是，有人去過艾比·敦布爾的房子。他不知道她妹妹在，但他知道裡面並沒有什麼該死的狗，而他對這個敦布爾小姐可沒多大好感，她曉得一些他不希望其他人知道的事。」

他暫停。我可以感覺到他在看我，但我拒絕看他，更不想說話。

「你看，他已經幹過她了，不是嗎？說不定他一旦做了就停不下手，他有某種無法抑制的衝動。這樣說吧，像有螺絲鬆了。他擔心她遲早會說出去。她是該死的記者，有人付錢給她挖掘骯髒的祕密。他做的事一定會曝光。」

他又看了我一眼，我還是像石子般沉默。

「所以怎麼辦呢？他決定把她殺了，做成跟別的案子一樣。唯一的問題是，他不知道韓娜在這裡，也不知道艾比的臥室是哪一間，因爲以前他來這裡時，他只到過客廳，所以他走錯臥室……韓娜的臥室……他上星期五闖進來時犯了錯誤。爲什麼？因爲只有那間有亮光，艾比出城了。嗯，太遲了。他一不做二不休，索性幹到底將她殺了——」

「他不可能做得出來的。」我試著穩定我的聲音。「鮑士不會做這等事。天曉得他不會殺人。」

沉默。

然後馬里諾緩緩的看我，彈了菸灰。「有意思。我並沒有提名字，但既然你先提起，說不定我們該多談一下，深入的談。」

我再度安靜下來，並逐漸理解我說話的意義，不僅如此，我可以感覺到喉嚨腫脹。我拒絕哭泣。該死！我絕不能讓馬里諾看我哭泣。

「聽好，大夫，」他說，聲音平靜了許多，「我不是故意激你，明白嗎？我的意思是，你的私事與我一點關係也沒有，你們兩個都是成人，又沒結婚。但我知道。我看到他的車停在你家前面——」

「我家？」我驚異的問。「什麼……」

「嘿，我在這該死的城裡到處轉。你住在城裡，對不對？我知道你的公家車還有你的地址，而且我也知道他的白色奧迪。過去幾個月我看到他的車好幾次停在你家門口，他當然不會是在那裡摘錄法庭證言——」

「不錯，也許不是。但這不干你的事。」

「嗯，是我的事。」他把菸蒂丟出窗外，再點燃一根。「因爲他對敦布爾小姐做的事，現在成了我的事。我很好奇，他還做過些什麼別的？」

「韓娜的案子跟其他的幾乎一樣。」我冷冷的告訴他。「我堅信她是被同一個凶手殺的。」

「她的樣本結果呢？」

「明天早上貝蒂第一個就做她。目前還不知道——」

「嗯，我可幫你減少點麻煩，大夫。鮑士是不分泌型。我想你很清楚，幾個月前就知道了。」

「城裡有成千上萬的男人都是不分泌型。你也可能是。」

「呀，」他緊接著說，「說不定我是。但事實上，你不知道，不過你卻曉得鮑士是。去年你解剖他太太時，採了她的樣本，發現有精子……她丈夫的精子。那該死的檢驗報告上記載著，她自殺前跟她做愛的人是屬於不分泌型。見鬼的，連我都記得。我就在現場，記得嗎？」

我沒有回答。

「我走進那間臥室，看她穿著她漂亮的睡衣，坐在那裡，胸前好大一個洞。當時我沒有忽略掉任何可能性。對我來說，我永遠先想到謀殺。自殺在我的單子上是最後一項，因爲如果你不先考慮謀殺，再考慮就太晚了。我所犯的唯一錯誤是沒有將鮑士當成嫌疑犯來採證。你解剖後說顯然是自殺，我就此判定案子完全結清。說不定我當時的做法錯了。那時我有正大光明的理由要他的血液樣本，以確定在她身體裡的精子是他的。他說他們那天早上有做愛，我就算了。當時沒採證，現在我根本連問都不能問，我沒有法律根據去要。」

「有血液也不夠。」我像個傻瓜般說。「如果他在路易斯血型分類法中是A型陰性或B型陰性，你便無法確定他是不分泌型，你還得要有唾液——」

「嘿，我知道怎麼做疑犯採證，不過這點不重要，我們都知道他是什麼。」

我沒說話。

「我們都曉得殺死那些女人的凶手是不分泌型，而鮑士熟悉那些案子的細節，知道得清清楚楚。他可以殺死韓娜，搞得就像其他案子一樣。」

「那就拿了你的採證袋，我們去檢驗他的ＤＮＡ。」我憤怒的說。「馬上做，你就能確定了。」

「嘿，說不定我會，我還會用雷射去照他，看他會不會發亮。」

我心裡閃過貼錯標籤的採證袋上發光的殘留物。那些殘留物眞的是從我的手上來的嗎？比爾常用硼砂肥皂洗手嗎？

「韓娜的身上有沒有那種發亮的東西？」馬里諾問。

「在她睡衣上、被單上也有。」

有一會我們兩人都沒有發言。

然後我說，「是同一個人。我很清楚自己做的檢驗結果。絕對是同一個人。」

「呀，有可能。但我不會因此覺得舒服一點。」

「你確定艾比說的是眞話？」

「今天下午我去了他的辦公室。」

「你去見他？去見鮑士？」我結巴的問。

「沒錯。」

「你證實了沒有？」我提高了聲音。

「呀。」他看我一眼。「我多多少少證實了。」

我沒有說話，不敢說話。

「當然，他完全否認，而且氣得不得了，威脅要告她破壞名譽，全套都使出來。不過他不會，他不可能去告，因爲我知道他在說謊，而他也清楚這一點。」

我看到他的手放到他左邊大腿的外側，我突然驚恐起來。他的小錄音機。

「如果你在做我認爲你在做的事——」我衝口而出。

「什麼？」他驚奇的問。

「如果你在用錄音機——」

「嘿！」他抗議道。「我只是在抓腿。見鬼，如果你不信，我可以趴下來，剝光了全身讓你檢查。」

「再多錢我也不幹。」

他大笑，好像眞覺得有趣。

他繼續，「你想知道實情嗎？我想知道他太太到底發生了什麼事。」

我硬吞一口氣說，「檢查的結果沒有任何可疑之處。她的右手有火藥的痕跡……」

他打斷我。「噢，當然，是她扣的扳機，我不懷疑那一點，但說不定現在我們知道理由了？

也許他做這種事已經有多年，但卻被她發現了。」

他一踩油門，熄了菸。片刻之後我們從房子之間的通道晃出去，駛入街上。

「你看，」他並不罷休，「我不是要刺探你的隱私，我也不喜歡問這些問題，好嗎？但你知道他，大夫，你們一直有見面的，對不對？」

一個人妖在人行道上擺臀扭腰而過，黃色的裙子繞著曲線玲瓏的小腿颼颼作響，他的假乳堅實高聳，白色緊身上衣下透出勃起的假乳頭。玻璃片般的眼珠瞄向我們。

「你跟他約會，對不對？」他再問一遍。

「是的。」我的聲音低到幾乎沒有人可以聽得見。

「上星期五呢？」

起先我記不得也無法思考。那個人妖對我們失去興趣，轉身而去。

「我帶我的外甥女去吃晚飯，看電影。」

「他跟你們一起？」

「沒有。」

「你知道他上星期五晚上在哪裡？」

「不知道。」

「他有沒有打電話給你，或諸如此類的？」

「沒有。」

沉默。

「狗屁。」他挫折的低罵。「如果那時候我能像現在這樣了解他的話，我會開車去查他的家。你知道，搞清楚他到底在哪裡。該死。」

沉默。

他把菸頭丟出窗外，又點上一根，就這麼一根接著一根抽。「所以你們約會有多久了？」

「幾個月，從四月開始。」

「他有沒有跟其他人約會，還是只有你？」

「我不覺得他跟其他人約會，但我不確定。很顯然的，有很多關於他的事我都不知道。」

他像不休止的打穀機般繼續下去，「你有沒有發現什麼？他有沒有任何異常的地方？」

「我不知道你的意思。」我的舌頭變鈍，講出來的話含糊不清，好像快要睡著的人。

「異常，」他再說一遍，「以性行爲來說。」

我沒有說話。

「他有沒有對你動粗？強迫你？」他暫停。「他怎麼樣？是不是像艾比．敦布爾描述的野獸？你可以想像他會做那種事嗎？」

我聽見他說的話，但又像什麼也沒聽到。我的思潮起伏流轉，時而有意識時而沒有。

「——像攻擊性。我的意思是，他是不是有攻擊性？你注意到任何異常的地方？」

那個印象。比爾。他的手在壓迫我，撕我的衣服，一把將我推倒在沙發上。

「像那樣的男人有他們的模式。他們要的不是性，他們必須要奪取。你知道，要征服——」他粗暴的弄痛了我，他的舌頭逼進我的嘴，使我不能呼吸。他好像變了一個人，不是我認識的他。

「不論他是否長得英俊瀟灑，只要他要，他就能搞到女人。你明白我的意思？像那樣的人，他們是異類——」

像東尼喝醉了又對我生氣時，他就會動粗。

「——我的意思是，他是個強姦犯，大夫。我知道你不想聽這個。但天殺的，這是眞的。看起來你可能有所知覺——」

比爾喝太多了。只要一喝多情況就更糟。

「——這種事可說是家常便飯。你一定不會相信我收到的那些報告，有些年輕女孩幾個月後才終於鼓起勇氣報警，可能是有朋友說服她們說出來。銀行家、生意人、政客等心懷不軌的男人在酒吧碰到個女人，請她們喝酒，並且趁她們不注意時偷偷在裡面放了迷藥。隔天她們醒來後卻發現那頭野獸就躺在床上，突然間覺得好像有卡車衝過了她們——」

他永遠不會對我做那樣的事。他關愛我，我不是一個物體、一個陌生人——但說不定他只是謹愼。我懂得太多，他不可能逍遙法外。

「——那些烏龜頭多年來從來都沒有被抓到，有些人一輩子也沒被逮到。等他們進墳墓的時候，在他們腰上的刻痕多到可以跟宰殺巨人的傑克相比——」

我們在紅燈前停了下來。我不知道我們坐在那裡有多久了，一直都沒有動。

「那是正確的暗喻，對嗎？那個兔崽子殺蒼蠅，每殺一隻就在腰帶上刻一道——」

街燈像明亮的紅眼珠。

「他有沒有這樣對待你，大夫？鮑士有沒有強姦過你？」

「什麼？」我緩緩的轉向他。他直瞪前方，在紅燈的亮光下，他的臉色顯得蒼白。

「什麼？」我再問一遍，心裡怦怦的跳。

交通號誌從紅色轉爲綠色，我們又再度前進。

「他有沒有強姦過你？」馬里諾逼問道，好像我只是個陌生人，那種去向他求救的女人。

我可以感覺到血液從脖子處脹起。

「他有沒有傷害過你，讓你無法呼吸，諸如此類的——」

憤怒從我的身體爆發了出來。我看到閃閃的亮光，像電線走了火，又好像我因腦子裡有血液在敲打而盲目，我叫道。「沒有，我已經告訴你我所知的一切。我要說的話都說了，說完了！」

馬里諾驚訝的說不出話來。

起先我不知道我們往哪裡去。

那個大白鐘面在前面浮動，陰影與輪廓逐漸轉化爲一輛輛有檢驗裝備的車輛，它們都停在後面的停車場外。當馬里諾將車停在我的公家車旁時，沒人在附近。

我解開安全帶，全身還在顫抖。

星期二下雨。雨水從灰色的天空傾洩下來，車上的雨刷來不及把沖下的雨水刷掉。我跟其他人一樣在高速公路上牛步慢行。

我的心情就像天氣。與馬里諾打交道讓我覺得連身體都出了毛病，好像酒醉後的頭痛。他知道這件事有多久了？他多常看到那輛白色的奧迪在我的車道上？他開車經過我家時，只是無事可幹的好奇嗎？還是他想知道那個一本正經的女性首席法醫怎麼過日子的？他可能知道我的薪水有多少，每個月付多少的房貸。

前面的指示燈要我轉入左線，我的車慢慢的經過救護車，一名警察在一輛撞爛的旅行車旁指揮交通，我不愉快的想法被收音機打斷。

「——韓娜．耶柏儒被強姦勒死，一般相信殺她的凶手，與過去兩個月內在里奇蒙殺死四個女人的凶手是同一人——」

我調高音量，聽著這則從出門到現在已經聽過好幾次的新聞報導。最近在里奇蒙似乎只有謀殺的新聞。

「——最新的發展。根據內幕消息，蘿瑞．彼德森醫生在死前可能撥過九一一。」

這個聳動的新發現當然是早報的頭版。

「——公共安全局局長譚納在家——」

顯然譚納唸了一段已經準備好的聲明。「警方正在評估情勢。因爲案子的敏感性，我無法做更進一步的評論。」

「你知道消息來源是什麼嗎？譚納先生？」記者問。

「我無法置評——」

他不能置評，因爲他不知道。

但我知道。

所謂的內幕消息來源一定是艾比。報上沒有她具名的報導，顯然的，她的編輯沒有列出她的名字。現在她不在報導新聞，而是製造新聞。我當然記得她的威脅：「有人要付出代價——」她要比爾付，警方付，里奇蒙付，甚至上帝親自付。我在等電腦遭人侵入及採證袋標籤出錯的消息上報。下一個要付出代價的人將是我。

我到辦公室時已經快八點半了，整個地方充斥了電話的鈴聲。

「一堆記者。」蘿絲拿了一疊粉紅色的留言紙，擱在我的記事簿上。「有線電視新聞、雜誌，剛才還有個紐澤西州的傢伙說他要寫書。」

我燃起一根菸。

「關於蘿瑞．彼德森報警的事，」她加一句，臉上盡是焦慮，「如果是眞的，那可眞糟——」

「把所有來問問題的人都送到對街去。」我插嘴。「任何人來問這些案子，都要他們去問安本基。」

他已經傳給我好幾封電子郵件，要我「立刻」把韓娜．耶柏儒的解剖報告送給他。在最新發出的備忘錄裡，「立刻」兩個字下頭還畫了線，又丟下一句侮辱的話：「準備解釋報告遲遲無法送交的原因。」

他在暗示是我走漏消息給新聞界？控告我告訴記者那通遭打斷的九一一求救電話？

安本基不會從我這裡得到任何解釋。今天不會有任何東西給他，就算他送來二十個備忘錄，或本人親自到也不成。

「馬里諾警官在這裡。」蘿絲的問話讓我緊張起來。「你要見他嗎？」

我知道他想要什麼。事實上，我已經準備了一份報告的副本要給他。我希望他會晚點來，至少等我走了之後再來。

我在一疊病毒報告上簽字時，聽到他沉重的步履聲。他走進來，身上穿了件正在滴水的深藍色雨衣。他疏落的頭髮糊在頭上，面容憔悴。

「關於昨天晚上——」他朝我的桌子走過來，試著要解釋。

我眼睛裡的神情讓他閉了嘴。

他解開雨衣，不安的環顧四周，一面伸進口袋摸出一包香菸。「下雨下出狗和貓（譯註：Rain cats and dogs，意指傾盆大雨。）。」他喃喃道。「鬼才知道這句話是什麼意思。你仔細想想，一點道理也沒有。」他暫停片刻。「據說中午會停。」

我一句話不說，遞給了他一份韓娜．耶柏儒的解剖報告，裡面包括貝蒂做的初步血清檢驗結果。他並沒有在我對面的椅子上坐下，他就站著讀，一身水滴在我的地毯上。

當他讀到那些恐怖的描述時，我可以看到他的眼睛釘牢了下半頁。他抬頭看我，臉色凝重的問，「還有哪些人知道？」

「幾乎沒有其他人知道。」

「署長看過沒？」

「沒有。」

「譚納？」

「他打電話來過。我只告訴他她的死因，沒有提她受的傷。」

他又仔細看了一會。「還有沒有其他人？」他頭也不抬的問。

「沒有。」

沉默。

「報紙上沒登載，」他說，「收音機與電視也沒有。換句話說，走漏消息的人還不知道這些細節。」

我像石頭似的瞪著他。

「該死。」他折好報告放進口袋。「那傢伙活生生就像開膛手傑克。」他望了我一眼。「我假設鮑士還沒有找過你。如果他來找你，別理他，讓他找不到你。」

「這是什麼意思？」光提到比爾的名字就像咬了我一口。

「不要接他的電話，不要見他。不論你怎麼處理都行。我不希望他現在拿到一份報告，也不希望他看到這份報告，或知道得更多。」

「你仍舊認爲他是嫌犯？」我盡量平靜的問。

「哼，我已經不確定我在想什麼了。」他回了一句。「問題是，他是檢察官，有權做他想要做的事，不過就算他是州長，我也不在乎。我不要他拿到任何報告。請你盡量躲避他，不要讓他找到你。」

比爾不會來的。我心裡有數，不會見到他。他曉得艾比說的話，而且也知道當她說的時候，我就在旁邊。

「還有一件事。」他繼續說，一面扣起雨衣鈕釦，豎起衣領。「如果你要對我生氣，就對我生氣。但昨天我只是盡我的職責，如果你以爲我喜歡那樣做，你就完全錯了。」

有人在清喉嚨，他回轉身子。文葛遲疑的站在我門口，他的手插在他講究風尙的白色麻布褲口袋裡。

馬里諾臉上露出憎厭的表情，不客氣的與文葛擦肩而過。

他緊張的一面把玩零錢，一面走到我的桌子邊緣。「嗯，史卡佩塔醫生，走廊又有一組攝影隊——」

「蘿絲在哪裡？」我摘下眼鏡問。我的眼皮下好像是砂紙。

「在洗手間或其他地方。嗯，你要我叫他們離開嗎？」

「叫他們到對街去，」我不悅的再加一句，「就像我們對付上批人馬，及再上一批。」

「當然。」他喃喃道，但沒有移動。他又再緊張的把玩零錢。

「還有什麼事嗎？」我逼迫自己耐心的問。

「嗯，」他說，「我對一件事很好奇。這是關於他，嗯，關於安本基。嗯，他不是反對吸菸的嗎？而且在這點上大做文章。我有沒有把他跟其他人搞混了？」

我的眼睛在他嚴肅的臉上來回掃視。我想不出有什麼重要性，於是說道，「不錯，他強烈反對抽菸，而且常常公開表示他的意見。」

「我也這樣想。我好像在社論上看過，也聽他在電視上談過。據我所知，他計畫明年全面禁止在我們辦公大樓裡抽菸。」

「不錯。」我回答，不悅的情緒又再上升。「明年此時，你的老闆就要站在外面的寒風淒雨裡抽菸，活像個充滿罪惡感的小孩。」我不解的看著他問，「你問這個幹嘛？」

他聳肩。「只是好奇。」又一聳肩。「我猜他原來也抽菸，但戒掉了。」

「據我所知，他從來不抽。」我告訴他。

我的電話鈴又響了，這次當我再抬頭時，文葛已經悄然離開。

別的不說，馬里諾的天氣預報倒是正確的。那天下午我開車去夏洛斯維爾時，頭上頂著一片耀眼的藍天，今早暴風雨留下唯一的證據是，在路邊綿沿不盡的草原上升起一層層的水氣。

安本基對我的控訴一直在咬囓著我，所以我決定親自去聽他跟史皮羅．弗特西斯的討論，至少這是我跟那個法庭心理學家訂約的理由。事實上，那不是我唯一的理由。我在剛踏入這一行時就認識他了。而我永遠不會忘記，當我早年參加那些冰冷的全國法學會議時，我一個人也不認識，但他願意與我作朋友。我可以放心的對他盡情傾訴，就跟去看心理醫生差不多。

他在他部門所在的那棟大樓四樓見我。他站在昏暗的走廊上，臉上綻開微笑，像父親般的擁抱我，在我頭頂上親了一下。

他是維吉尼亞大學的醫學與心理學教授，比我大了十五歲。他的白髮像翅膀般蓋住耳朵，無框眼鏡後是一對仁慈的眼睛。他照常穿著一套深色西裝、白襯衫，還有一條冷門多年後又再度流行的條紋窄領帶。我老是覺得他好像插畫家諾曼·洛克維爾畫筆下的小城醫生。

「他們在重新粉刷我的辦公室。」他打開一扇深色木門跟我解釋道。「如果你不介意被當成是病人，我們就去這一間。」

「現在我覺得很像是你的病人。」他關起我們身後的門，我說。

這間寬敞的房間像客廳一樣舒適，只是感覺很中庸，沒有什麼情緒性。

我坐進一張黃褐色的皮沙發。房間內散放著好些淺色的抽象水彩畫及幾盆綠葉盆栽，但沒有雜誌、書或電話。小桌上的燈沒有打開，特別設計的白色百葉窗調節好了，所以陽光可以平和的透進來。

「你母親怎麼樣？凱？」弗特西斯拖了張黃白色的安樂椅過來，一邊問。

「還活著，我想她會比我們都活得久。」

他微笑。「我們總以爲我們的母親會長生不死，不幸的是，這很少發生。」

「你的太太與女兒呢？」

「他們都很好。」他的眼睛固定在我身上。「你看起來好累。」

「我想我的確是很累。」

他靜默了片刻。

「你在維吉尼亞醫學院教書，」他用他那種溫和、沒有任何威脅性的講話方式開始，「我在想以前你認不認識蘿瑞．彼德森？」

他雖然沒有進一步多問，我不自禁的告訴他我沒有對任何人提起的話。我有種非傾吐不可的需要。

「我見過她一次，」我說，「至少我相當確定我見過她一次。」

我早就搜索過腦海，回憶以前是否見過她，特別是當我開車上下班的途中，或在院子裡照顧玫瑰時那種安靜內省的時刻，我會看到蘿瑞．彼德森的臉，然後把她湊在醫學院無數在實驗室聚在我身邊，或在課堂學生的臉孔上。一想再想的結果，現在我已經說服自己，當我在她家看到她的照片時，便認出她了，她看起來很熟悉。

上個月我發表一系列的演講，「女性在醫學界」。我記得站在講台後，看到一片年輕的臉海，占滿了整個大禮堂。學生們帶了午餐去，他們舒適的坐在有紅色椅墊的椅子上，邊吃邊喝。那次就像過去相似的演講，沒有什麼特別的，或發生了值得回憶的事，當然，現在回想又不同了。

我不能確定，但我認為蘿瑞是演講結束後來問問題的女學生之一。我看到一個模糊的影像，一個穿著實驗罩袍、吸引人的金髮女子。我唯一記得很清楚的是她的眼睛，深綠色，滿是疑問，她問我是否相信女人可以擁有家庭，同時又能兼顧像醫學這樣富有挑戰性的事業。我會特別記得這個問題是因為我一時之間張口結舌回答不出來。就我來說，家庭事業並不能兩全。

我一遍又一遍的重新想過，好像如果我想得夠多，那張臉就會變得清楚起來。是她，或不是她？現在每一次我走在醫學院的走廊，就會不由自主的想到那個金髮醫生。我不認為能找到她。我想那個女子就是蘿瑞，她短暫的出現在我的面前，就像從未來的恐怖中走出的鬼魂，永遠只能存在於過去。

「有意思。」弗特西斯以他一貫深思熟慮的口吻回答。「為什麼你覺得你在那時候，或過去別的時候遇見她，會有任何重要性？」

我瞪著嬝嬝升起的香菸煙霧。「我不曉得，只是讓她的死亡更為眞實。」

「如果你可以重回那一天，你會想要重回嗎？」

「是的。」

「你會做什麼？」

「我會警告她，」我說，「我會想辦法不讓他對她做那樣的事。」

「你指凶手做的事？」

「是的。」

「你常想到他？」

「我不是要想到他。我只想竭盡所能抓到他。」

「而且懲罰他？」

「再怎麼懲罰他也不夠。」

「如果他死了，這樣的懲罰夠不夠？凱？」

「他只能死一次。」

「那麼，你希望他受折磨。」他的眼睛還是看著我。

「是的。」我說。

「怎樣受折磨？受苦？」

「恐懼。」我說。「我要他感到恐懼，就像她們知道自己即將死亡之時那樣的恐懼。」

我不知道我說了有多久，當我結束時，房裡暗了許多。

「我想，比起其他的案子，這一樁特別讓我掛懷。」我承認。

「就像做夢一樣。」他往後一靠，指尖輕輕的合在一起。「人們常說他們不做夢。但比較正確的說法是，他們不記得了。凱，所有的事都對我們有影響。我們只是選擇性的屏除大部分的情緒，以免讓那些情緒給吞沒。」

「顯然的，最近我並沒有處理好，史皮羅。」

「爲什麼？」

我猜他知道理由，但他希望我自己說出來。「或許因爲蘿瑞·彼德森也是醫生，所以有種親近的感覺。但也說不定我因此想到自己，我也曾像她一樣年輕。」

「從某一方面來說，你曾是她。」

「可以這樣說。」

「發生在她身上的事——也可能發生在你身上。」

「我沒想到那麼遠。」

「我想你有。」他微微一笑。「你最近大概對很多事都想得很遠。還有什麼？」

安本基。弗特西斯到底跟他說過些什麼？

「還有很多跟這些案子有關的壓力。」

「比方說？」

「有人搞政治遊戲。」我提出來。

「啊，當然。」他的手指尖仍合在一起。「永遠是如此。」

「那些走漏給記者的消息。安本基懷疑我的辦公室該爲此事負責。」我遲疑的說，一面仔細觀察他是否已經聽說了。

他一無表情的臉沒有透露任何訊息。

「根據他的說法，你的理論是，這些新聞促使凶手殺人的欲望加速到達頂點，所以走漏的消息可能間接的導致蘿瑞的死亡。韓娜·耶柏儒的案子也是如此。我確定下次發生時，他們也會怪到這上面。」

「有可能是從你的辦公室走漏的嗎？」

「有個外人侵入我們的電腦資料庫。是有可能因此而走漏了消息。更明白的說，以目前的狀況我很難自衛。」

「除非你發現是誰侵入的。」他就事論事的說。

「我看不出來要如何辦到。」我逼他，「你跟安本基談過嗎？」

他正視我的眼睛。「不錯。但我想他誇大了我說的話，凱。我不會過度的認定由於據傳從你辦公室走漏的新聞，而導致了最後那兩樁謀殺案的發生。換句話說，要不是因為那些新聞，那兩個女人就不會死。我不能這樣說，也沒這樣說。」

我放鬆的神情一定很明顯。

「不過，如果安本基或其他人要在所謂的『從你辦公室電腦走漏的消息』上大做文章，我也沒有辦法阻止。事實上，我相信這些案子弄到人盡皆知，與凶手的作為之間是有強烈的關係。如果由於敏感的資料洩出，而導致更為渲染的報導，和更聳動的標題，安本基是可能用我客觀說出的話來對付你。」他注視了我好一會。「你明瞭我說的話嗎？」

「你在說你不能讓炸彈不爆炸。」我回答，心情立刻轉壞。

他靠過來明白的告訴我，「我是說我不能讓我根本還沒看到的炸彈不爆炸。什麼炸彈？你在說有人要陷害你？」

「我不知道。」我小心的說。「我只能這樣說，因爲蘿瑞．彼德森死前打過九一一，但警方沒有即時趕到，所以市政府臉蛋開花，可能有很大的麻煩。你看到新聞了沒？」

他點點頭，他感到興趣。

「今早的新聞還沒有爆發前，安本基很早就叫我去討論這件事，譚納和鮑士也在場。他們說很可能會有醜聞及訴訟。那時安本基說，以後所有對新聞界發布的消息必須經過他的辦公室，我不能發表任何評論。他說你認爲走漏的消息及接下來的報導，會促使凶手升高他的暴力行爲。我被問了好久，問到有沒有可能消息是從我辦公室出去的。我沒有選擇，只能承認有人侵入了我們的資料庫。」

「嗯。」

「隨著情勢的發展，」我繼續，「我開始覺得不安，如果有任何醜聞爆發，那將會牽涉到我的辦公室。意思是，我害了警方的調查，並可能間接的促使更多女人死亡——」我暫停，接著聲音開始提高。「換句話說，我腦子裡有幅景象，所有的人都忘了九一一及警方搞砸了，大家都把箭頭指向我，怪罪法醫辦公室。」他沒說什麼。

我軟弱的加一句，「說不定是我多心了。」

「也許你猜的對。」

這不是我想聽到的話。

「理論上來說，」他解釋，「事情的發展可能就如你說的。有人想要逃避責任，所以想辦法歸罪於你。法醫很容易被拿來作替死鬼。一般民衆不了解法醫在做什麼，他們對法醫有種可怖的印象與假設。人們對於那些切開他們親人身體的法醫根本無法有好感，他們覺得這是種殘害，最後的不敬——」

「請你別再說了。」我忍不住插嘴。

他溫和的回答，「你明白我的意思。」

「太明白了。」

「你的電腦被侵入實在太不幸了。」

「上帝。這件事讓我希望我們還在用打字機。」

他望向窗外。「讓我說句律師會對你說的話，凱。」他的眼神飄回來對著我，神色凝重的說，「我建議你要非常小心，但不要想得太多，以至於不能專心調查。骯髒的政治，或對它的恐懼，會讓你分心犯下錯誤。你的對手甚至不需要刻意去製造那些錯誤。」

那些貼錯標籤的樣本飛過我的腦子。我的胃立刻打結。

他又加一句，「這情況就像沉船上的人會變得野蠻，每個人只顧著求生存。你不想要擋在任何人的前面。當別人在恐慌時，你不希望讓自己處於弱勢。里奇蒙的人現在正陷於恐慌中。」

「有些人是。」我同意。

「可以想見。蘿瑞·彼德森的死並非不可避免。警方犯了不可饒恕的錯誤，他們沒有對她的九一一電話優先處理。凶手仍舊逍遙法外，而婦女繼續遭殃。大衆在怪政府官員，而做官的在找代罪羔羊。這是野獸的本能。如果警方、政客可以一路怪罪下來，他們就會這樣幹。」

「或一直怪到我的門口爲止。」我忿忿的說，一方面不由得想到凱戈尼。

這種事會不會落到他頭上？

我知道答案，並且大聲說了出來。「我不得不覺得，因爲我是女人，所以容易被人當成是攻擊的目標。」

「你是個身在男人世界的女人。」弗特西斯回答。「在那些老男孩發現你有牙有齒之前，你永遠會被視爲容易攻擊的目標。但你不是好惹的，」他微笑，「你要讓他們知道這一點。」

「我要怎麼讓他們知道？」

他問。「在你的辦公室裡，你有沒有可以絕對信任的人？」

「我的部屬很忠心。」

他一手揮掉我的回答。「信任，凱。信任到你可以託付生命。比如說，你的電腦分析師？」

「瑪格麗特一直很忠心。」我遲疑的回答。「但託付性命？我不覺得。我對她的私生活幾乎一無所知。」

「我的意思是，你的安全——你最好的防衛是想辦法找出是誰侵入你的電腦。你可能找不出。如果可能的話，你可以找一個對電腦有專業訓練的人幫助你。一個科技偵探或你可以信任的人。我想，去找一個你不眞正認識的人或一個可能會說三道四的人不是個好辦法。」

「我想不出這樣的人來。」我告訴他。「就算我找出是誰幹的，也不見得有好處。如果確實是記者侵入，我看不出即使找到了又能解決什麼問題。」

「也許不會有幫助，但說不定有，我會試試看。」

我不了解他想把我推到哪個方向去。我感覺到他有他的疑心。

「我會把這些事記在心裡。」他答應我。「如果我被叫去作證，凱，如果有人逼問我，比如說，像那些新聞報導是否會促使凶手的暴力達到頂點之類的話。」他停了一下。「我不想被人利用，但我也不能說謊。事實上，這個凶手對新聞的反應以及他的動機，都有些不尋常。」

我只是靜聽。

「事實上，不是所有的連續殺人犯都對有關他們的報導感到興趣。大眾比較會相信，大多數做出這種聳動罪案的人想要獲得知名度，想要領略自身的重要性，譬如像殷克黎，只要射殺了總統，立刻讓你變成英雄。一個能力不足、心理不平衡的人，在現實生活中保不住工作，也無法跟人建立正常的關係，但這舉動卻讓他在一夕之間舉世皆知。依我的看法，這類的人是例外，他們是極端。另一極端是盧卡斯與圖爾。他們犯下案子後，常常不等案子上報就已經離開了。他們藏起屍體，隱密行蹤。他們大部分的時間花在路上，從一個地方遷移到另一個地方，沿路找下一個目標。根據我對里奇蒙凶手心理的研判，他是這兩種極端的混合。他殺人因爲他非殺不可，但也絕對不想被人抓到。另一方面，人們對他的注意又讓他興奮，他希望所有的人都知道他做的事。」

「你如此告訴安本基的？」我問。

「我想上星期我跟安本基或其他人討論時，我還沒有想得這樣清楚。但韓娜·耶柏儒的案子堅定了我的想法。」

「因為艾比‧敦布爾的關係？」

「不錯。」

「如果她是凶手鎖定的目標，」我繼續，「當你想震撼里奇蒙，甚至上全國新聞的首條，還有什麼比殺了正在報導這條新聞的得獎記者更好的？」

「如果艾比‧敦布爾是他原來計畫要殺的人，那麼他這次的行動是有選擇性衝著一個人而來。前四次，看起來是那種隨機挑選，殘殺陌生人的典型案件。凶手不認識那些女人，他跟蹤她們，有機會就下手。」

「DNA檢測會證實是不是同一個人。」我說道，一邊猜測他想法的走向。「但我很確定，我絕不相信是其他人殺死韓娜，而那個凶手想殺的人其實是艾比。」

弗特西斯說，「艾比‧敦布爾是名人。從一方面來說，我問我自己，如果她是預定的被害人，凶手可不可能犯了錯，錯殺了她的妹妹？另一方面來說，如果預定的被害人確實是韓娜‧耶柏儒，而她偏偏又是艾比的妹妹，這種巧合未免太令人難以致信？」

「更怪的事也曾發生過。」

「當然，沒有一件事是百分之百的。我們可以猜測一輩子，但永遠不能確定。為什麼這樣？為什麼那樣？比方說，殺人的動機是什麼？他被他母親虐待、被人性虐待，諸如此類的？他是不是對社會報復，以表示他對這世界的輕蔑？我在這一行待得越久，越相信大多數心理學家不願聽的話，那就是這些人殺人，是因爲他們享受殺人的滋味。」

「我很早前就得到這樣的結論。」我憤怒的告訴他。

「我想那個里奇蒙殺手正得意得不得了。」他平靜的繼續。「他非常狡滑，計畫得非常周到，很少犯下錯誤。我們不是在對付那種右前方腦葉出了問題、心理不能適應的人。他沒有精神錯亂，絕對不是這樣的人。他是一個有精神病態的性虐待狂。他的智力在中等以上，能夠應付社會，可以保持能被一般人接受的表面行爲。我相信他在里奇蒙有職業。如果經由他的職業或他的嗜好，使他常接觸到心理或生理上受傷，或很容易被他控制的人，我一點也不會驚異。」

「哪一類的職業？」我不安的問。

「可以是任何一種職業。我打賭，他夠聰明，夠能幹，可以做任何他想做的事。」

「醫生、律師、印地安酋長。」我記得馬里諾如是說。

我提醒弗特西斯，「你改變了過去的想法。原來你假設他可能有犯罪紀錄或有精神病的病歷，說不定兩者都有。一個才從精神病院或監獄出來的人——」

他打斷我的話。「由於最後兩件案子，特別是把艾比·敦布爾放進來考慮後，我的想法改變了。一般精神錯亂的凶手鮮少有能力一再逃過警察的追緝。我認爲里奇蒙殺手富有經驗，可能在別的地方已經殺人殺了多年，而且過去他成功的逃過，就像他現在一樣。」

「你認爲他搬到新的地方，殺個幾個月，然後再搬走？」

「不一定。」他回答。「他可能相當的自律，搬到新地方，找到新職業。他可能有相當時間都不會動手，但他一開始就不能停歇。而且每到一個新地方，他就越難滿足。他變得越來越大膽、越來越不能控制。他向警方挑釁，然後經過媒體報導，他享受整個城市的注意力……現在可能加上他對被害人的選擇。」

「艾比，」我低語道，「如果他是想殺她的話。」

他點點頭。「這是他所做最新、最大膽、也最不顧危險的事……如果他出手去殺一個高知名度的警政記者，這會是他最大的成就。不過也可能有其他的因素，相關的想法，心理的投射。艾比寫他，使他覺得他跟她有某種關聯。他的憤怒、幻想都集中在她的身上。」

「但他搞錯了。」我憤怒的回道。「他認爲的最高成就，這下子全搞砸了。」

「正是。他可能並不清楚艾比的長相，也不知道她妹妹去年秋天搬來跟她住。」他的眼睛動也不動的說。「很可能直到他看新聞或看報紙時，才發現他殺的女人不是艾比。」

我被這樣的想法嚇了一跳。之前我並沒有想到這點。

「這讓我非常憂慮。」他又靠回椅背。

「什麼？他可能再去殺她？」我並不相信。

「我擔憂，」他說出他的想法，「這次沒有按照他的計畫，在他的心裡會覺得自己是個傻子，他可能因此變得更爲殘忍。」

「他還要多殘忍，才算更殘忍？」我大叫出來。「你知道他對蘿瑞做了什麼？現在韓娜——」

他臉上的神情讓我停下來。

「在你來之前不久，我打電話給馬里諾，凱。」

弗特西斯知道。

他知道韓娜·耶柏儒的陰道樣本呈陰性反應。

凶手可能沒有對準。大多數我收集到的精液在被單和她的腿上。他唯一成功插進去的是一把刀。她身體下的床單因血液凝固而僵硬變黑。即使她沒有被勒死，也可能因流血過多而死。

我們坐在逼人的沉默之中，眼前浮現恐怖的影像，居然有人能如此折磨另一個人，甚至因此而得到快感。

當我看弗特西斯時，他的眼神黯淡，臉色憔悴。我想這是我第一次意識到他這樣蒼老。他可以聽到、看到發生在韓娜身上的折磨，他比我更清楚這樣的事。房間似乎向我們包圍過來。

我們兩人同時站起身。

我繞了遠路走回停車的地方。我沒有走直通停車場的那段小路，而是穿過校園。遠處的藍脊山脈像是朦朧的冰凍海洋，圓形建築的圓頂是明亮的白色，草地上有一條條稀疏的陰影。我可以聞到樹的味道，而草地在陽光下依然溫暖。

一群群學生從我身旁走過，他們自在談笑，沒有人注意到我。當我走在一棵大樹的樹蔭下時，背後突然傳來一陣陣跑步聲，我的心幾乎要跳了出來。我猛一轉身，一個在慢跑的年輕人見到我驚嚇的眼神，他的嘴詫異的張開。他像一道紅短褲、棕色長腿的光影，穿過人行道後轉眼間消逝。

13

第二天清早六點我就到了辦公室。沒有其他的人在那裡，前門的電話仍舊設定成直接轉到州政府的總機。

咖啡在滴煮中。我走進瑪格麗特的辦公室，電腦還設在回應模式，等待那個侵入者再試一次。他遲遲沒有動作。

實在不合理。他知道我們上星期發現他找過蘿瑞．彼德森的案子？他害怕起來？他知道我們不再輸入任何資料？還是有其他的理由？我瞪著那沒有亮光的螢幕。你是誰？我想知道你到底想從我這裡得到什麼？

走廊的那一頭又有電話鈴響起，三聲後突然靜止，州政府的接線生接了電話。

「他很狡滑，計畫得非常周到——」

弗特西斯不說我也知道。

「我們不是在對付那種心理不能適應的人——」

我沒有料到他會是那種看似正常的人，就像我們一樣。但說不定事實果眞是如此。

他可能以前是。

「——可以應付社會，保持一般人能接受的表面行爲——」

他可能有能力從事任何職業。他也許利用工作場所的電腦，或者家裡有電腦。

他想要進入我的腦子，就像我想要進入他的。我是他跟他所殺女人間一座具體的橋樑，也是唯一活生生的證人。當我檢查那些毆傷、折斷的骨頭，以及深入組織的刀傷時，可以想像到要造成那種傷害需要多大的暴力和殘忍。年輕健康的人肋骨很有彈性，他一定使盡全力用膝蓋撞斷蘿瑞的肋骨，那時她仰臥床上，事情的發生應該是在他彎身把電話線扯出了牆壁之後。

她的手指頭被殘暴的扭出了關節。他堵住她的嘴，把她綁起來，然後再一根根的扭斷她的手指。這麼做除了要讓她受到難以忍受的煎熬，以及預先嘗試將來的苦頭外，沒有別的理由。

而整個過程中，她在掙扎著吸入多點空氣。在驚怖之中，緊縮的血流擠破了血管，就像脹破了的氣球，讓她覺得頭好像要爆炸開來。然後他暴力的侵入她。

她越掙扎，繞著她脖子的電線就縮得越緊，直到她一遍遍昏過去，就此死亡。

我重新建構事情發生的經過……他對那些女人所做的事。

他想知道我知道些什麼。他是個傲慢的偏執狂。

所有的資料都在電腦中，每一件他對佩蒂、布蘭達、塞西爾做的事——每一個傷口的描述，我們握有的每個證據，以及我做的所有檢驗報告。

他看過我口述的報告？是他在讀我的腦子？

我奔回辦公室，低跟鞋在空蕩蕩的走廊發出尖銳的聲音。我忽然精神大振，清出我皮夾裡所有的東西，找到那張淡白色名片，上面有黑色突起的哥德字體印出時報的名稱。背面是一隻顫抖的手所寫出的潦草筆跡。

我打了艾比．敦布爾傳呼器的號碼。

我跟她約下午見面，因為當我跟艾比通話時，她妹妹的屍體還在這裡。我想等韓娜送到殯儀館後，再請艾比來。

艾比準時到達。蘿絲默默的把她帶到我的辦公室，我輕聲關上門。

她看來很糟。臉色幾乎灰白，皺紋也更深，頭髮散亂的垂在肩上。她穿著件縐巴巴的白棉衫，一條卡其布裙子。她點菸時，我注意到她在顫抖。從她空洞的眼睛裡，有悲傷憤怒的閃光。

我像往常跟被害人家屬談話般的說出我的開場白。

「你妹妹的死因，艾比，是由於被環繞在她脖子上的索套給勒死。」

「有多久？」她顫抖的噴出一圈圈煙。「在他——在他到了之後，她還活了多久？」

「我不知道確切的時間。但根據檢驗的結果，我相信她死得很快。」

但不夠快，這話我沒有說出口。我發現韓娜嘴裡有纖維，她被堵住了嘴。那個惡魔要她多活一會，好讓她安靜的受罪。根據她流失的血液，我很確定她的刀傷是在臨死之前才發生的。她的血只流了一點到附近的組織。刀戳進去時，她可能已經死了，或者失去了意識。

但真實的情況很可能比我的推測還糟。我懷疑當她一伸腿牽動百葉窗的繩子勒死她時，是她對極端痛苦的本能反應。

「她的結膜、臉與頸子都有微血管出血。」我告訴艾比。「換句話說，眼睛與臉表面的小血管破裂。這是由於頸靜脈受到索套的壓力而閉塞。」

「她活了多久？」她含糊不清的再問了一遍。

「幾分鐘。」我再說了一遍。

我只願意到此爲止。艾比好像稍微寬心了點。如果她妹妹沒有受太大的痛苦，對她就是一種安慰。有一天當案子結束，而艾比恢復了些之後，她會知道得更清楚。上帝幫助她，她會知道他用刀。

「就這樣了嗎？」她抖索的問。

「我只能報告到此。」我告訴她。「很抱歉，我對發生在韓娜身上的事覺得很難過。」

她抽了一會菸，神經緊張的猛吐出來，好像她不知道她的手該放在哪裡。她咬住下唇，免得它一直顫抖。

當她終於正眼看我時，她的眼神不安，充滿懷疑。

她知道我不是請她來聽這個報告。她感覺得出還有別的。

「你不是爲這個要我來的，對不對？」

「不全是。」我坦白的回答。

沉默。

我可以看到她的忿恨在升高中。

「是什麼？」她問道。「你想要什麼？」

「我想知道你的計畫。」

她的眼睛亮了起來。「哈，我明白了。你擔心你自己。老天，你就跟其他人一樣。」

「我並不擔心我自己。」我平靜的說。「我超越了那個階段，艾比。你手上有足夠的資料可以找我麻煩。如果你要對付我的辦公室及我，儘管做，這是你的決定。」

她好像不確定要如何反應。她移開眼睛。

「我了解你的憤怒。」

「你不可能會了解。」

「我比你想像的要了解。」比爾閃過我的腦子。我可以了解艾比的憤怒。

「你不能，沒有人能。」她大叫。「他毀了我的妹妹，奪走了我生命的一部分。我恨人們總是拿走我的東西，這是什麼世界。」她泣不成聲，「有人居然可以做出那樣的事？噢，天啊！我不知道我將要做什麼——」

我堅定的說，「我知道你打算自己調查你妹妹的死亡，艾比，我勸你不要這樣做。」

「總該有人做！」她叫道。「難不成我應該留給那些廢料去辦？」

「有些事你必須留給警方去處理。但你可以幫忙。如果你願意的話，你能幫得上忙。」

「別小看我。」

「我沒有。」

「我會用我自己的方法——」

「不，你不是用你自己的方法，艾比，你要爲你妹妹去做。」

她紅著眼眶，空洞的瞪著我。

「我這樣要求你是因爲我要下注，而我需要你的幫助。」

「哈，你是要我離開這裡，最好不再插手——」

我緩緩的搖搖頭。

她很驚訝。

「你認得班頓．衛斯禮嗎？」

「做人格分析的，」她遲疑的回答，「我知道他是誰。」

我看了牆上的鐘一眼。「他十分鐘之內會到。」

她瞪著我好一會。「爲什麼？你到底要我做什麼？」

「用你在報界的關係，幫助我們去抓他。」

「他？」她睜大了眼睛。

我起身去看還有沒有咖啡。

我在電話裡對衛斯禮解釋我的計畫，他聽後不無保留，但現在我們三人坐在我的辦公室裡，顯然他已經接受了我的建議。

「我們必須得到你的全面合作。」他對艾比強調。「你必須保證去做我們都同意的計畫。如果你自作主張、另有創意，我們的調查可能會因此而曝光。你一定要慎重。」

她點點頭，然後指出，「如果兇手侵入電腦，爲什麼他只做一次？」

「我們只知道那一次。」我提醒她。

「但自從你發現後，還沒有人再侵入過。」

衛斯禮推測道，「他忙得不得了。兩個星期內謀殺了兩個女人，媒體可能提供了足夠的資料去滿足他的好奇心。他可能得意非凡的坐在那裡，一肚子鄙夷，因爲從所有的新聞報導來看，我們沒有任何進展。」

「我們必須激怒他，」我加進來，「讓他感到恐慌，進而採取冒險的行動。有一個辦法是，我們讓他以爲我的辦公室發現了我們一直在期待的突破，一個可能抓住他的證據。」

「如果是他侵入電腦，」衛斯禮扼要的說明，「他可能因此再次侵入，去查我們發現了什麼。」他看著我。

問題是，目前我們還沒有任何突破。我無限期的禁止瑪格麗特使用她的辦公室，電腦現在設在回應模式。衛斯禮裝置了追蹤設備，可以追查所有打到她分機的電話。我們要求艾比的報紙報導我們有了關鍵性的證據，用這個誘使兇手再度使用電腦來查證。

「他會因此而偏執憤怒，相信了你的報導。」我預測道。「比如說，如果他曾去過這裡的醫院，他會害怕我們用過去的資料找到他。如果他曾去藥房買過特殊的藥品，他也會因此而擔心。」

我們這麼假設，完全基於麥特．彼德森對警察提過的怪味。我們沒有其他的「證據」可以用得上。

唯一可以給凶手帶來麻煩的是DNA證據。

我可以吹個天花亂墜，但這裡面可不完全是虛張聲勢。幾天前，前兩個案子的報告回來了。我仔細觀察那一道道有不同色調寬度、類似條碼的垂直DNA帶。每個案子都用含放射性探針的溶液做了三次，那兩個案子的DNA組成完全吻合。

「當然我們並不因此知道他是誰。」我解釋給艾比與衛斯禮聽。「我們所知道的是，如果他是黑人，兩個男人有同樣DNA組成的機率，只有一億三千五百萬分之一，如果是白人，機率只有五億分之一。」

DNA是整個人的縮寫，也是他生命的密碼。紐約一家私人檢驗室的基因工程師從我收集的精子裡分離出凶手的DNA。他們剪下特定部位的DNA，那些DNA片段會在凝膠的帶電表面游移至不同區域。因爲這層表面的一邊接正電、另一邊接負電。

「而DNA帶有負電，」我繼續，「正電吸引負電。」較短的片段移向正電的速度比較長的片段快，那些片段分布在整個凝膠的表面，形成一種長帶型的模式。之後再將它轉移到膜上，接著放進溶液中。

「我不了解你在說什麼。」艾比插進來。「什麼溶液？」

我向他們進一步解釋。「凶手的雙股DNA片段經過處理，分裂成單股。簡單的說，就像拉鍊被拉開成兩條。同時那些DNA工程師準備好一種具有特殊鹼基順序且以放射性元素標定的單股DNA探針溶液，當這種溶液洗過膜時，這種單股DNA溶液會自動在凶手的單股DNA上尋找互補的配對，兩者互相結合。」

「所以拉鍊又拉起來了？」她問。「現在還有放射性嗎？」

「重要的是，現在我們可以用X光來看他的DNA組成。」我說。

「不錯，就是他的條碼。太不幸了，我們不能把它放在掃描機下找出他的名字。」衛斯禮不動聲色的開玩笑說。

「所有關於他的資料都在那裡。」我繼續。「問題是現在的科技還沒有精細到可以辨別DNA個別的組成，像遺傳的缺陷、眼睛與頭髮的顏色那一類的事。（編按：著作出版的一九九〇年科技尚未如此先進，如今已獲得許多重要的發現與進展了。）有太多的DNA長帶，代表了一個人基因組成的不同部分。太複雜了。目前我們所能做的，只是看得出兩組DNA是否相同。」

「但兇手並不知道這一點。」衛斯禮面帶疑問的看著我。

「不錯。」

「除非他是科學家之類的。」艾比插嘴道。

「我們假設他不是。」我告訴他們。「我認爲在他對可以用DNA比對來緝兇一事沒有任何概念，直到看報之後才曉得有這麼一回事。但我懷疑他能了解跟DNA有關的概念。」

「我會在報導裡解釋檢驗的程序。」艾比邊想邊說。「我會讓他了解到一個程度，使他開始害怕。」

「解釋到讓他相信我們知道他的缺陷。」衛斯禮同意。「如果他有缺陷的話——我對這點有點擔心，凱。」他平視我。「如果他沒有呢？」

我耐心的再說一遍。「對我來說，一個重要的特點是麥特．彼德森提到的鬆餅味道，他臥室裡的味道讓他想起鬆餅，甜，但充滿汗味。」

「像楓糖漿。」衛斯禮記了起來。

「是的，如果凶手的體味像楓糖漿，他可能有某種異常，譬如新陳代謝機能失調。說得更清楚一點，他有『楓糖尿症』。」

「這會遺傳？」衛斯禮已經問過兩次。

「妙的就在這裡，班頓。如果他有，他的DNA裡就有。」

「我從沒聽說過，」艾比道，「這個病。」

「我們不是在講傷風感冒。」

「那到底是什麼？」

我站起來走向書櫃。我拿出一本厚厚的醫藥教科書，翻到其中一頁，指給他們看。

「這是一種酵素毛病。」我坐下來解釋。「這種疾病是由於胺基酸在體內像毒素般累積。最常見的，也就是急性的情況，病人有嚴重的低能，同時可能在嬰兒期就死亡。這就是爲什麼罹患這種疾病，但心理健全的健康成人非常之少，不過並非全無可能。我想凶手的病不至於太嚴重，生下來後的發展正常，症狀時有時無，而且可以治療。他需要低蛋白飲食，服用比正常人多十倍的維他命，尤其是維生素B1可能會有幫助。」

「換句話說，」衛斯禮往前靠，掃視那本教科書，一面皺起眉，「他可能有這種疾病，而且是比較溫和的那一種，過著相當正常的生活，該死的聰明，唯一的問題是很臭。」

我點點頭。「楓糖尿症最常見的症狀是那股特別的味道，病人的尿及汗都有楓糖漿的味道。他心理壓力越大，臭味就越濃重。殺人時壓力最大，味道也越重。那股味道會沾在他的衣服上。他一定很早就意識到這個問題。」

「從他的精液裡可不可以聞到？」衛斯禮問。

「不一定。」

「嗯，」艾比說，「如果他有這種體味，他一定得常常洗澡。如果他的工作必須與人接觸，他們會注意到那股味道。」

我沒有回答。

她不知道那些發亮的殘餘物，我也不打算告訴她。如果兇手一直有這股臭味，當他跟人打交道時不免會擔心別人是否注意到他的問題。他極可能會忍不住不斷的洗他的腋下、臉和手。他在工作時一定也洗個不停，而他用的洗手間裡可能就有一瓶硼砂肥皂。

「我們在賭。」衛斯禮往後靠。「老天。」他搖搖頭。「如果彼德森以為他聞到了怪味，但其實只是別的味道……比如說兇手擦的香水，那麼我們會像大傻瓜。那個鼠輩越發確定我們不知道在幹什麼。」

「我不認為彼德森會想像出一股味道。」我堅決的說。「他發現他太太屍體時當然受了很大的驚嚇，那股味道一定是很特別、很強烈，所以彼德森才會注意。我想不出有任何男人的香水聞起來像攙了汗水的楓糖漿。我猜凶手當時一定汗如雨下，他在彼德森走進屋裡的前幾分鐘才離開。」

「這種疾病會導致低能——」艾比在翻讀那本教科書。

「如果生下後不立刻治療的話。」我重複了一遍。

「哼，但那雜種並不低能——」她抬頭看我，她的眼神鐵硬。

「當然他不是。」衛斯禮同意。「有精神病態的人並不笨。我們現在做的事是，讓他以為我們覺得他很愚笨。打擊他的痛處……傷害他的自尊心，以及他自以為不可一世的聰明。」

「這種疾病，」我告訴他們，「正合乎我們的需要。如果他有這種病，他自己一定知道，可能他的家人也有。他會極度敏感，不單因為那股味道，同時也由於他曉得這種缺陷會造成低能。」

艾比在做筆記。衛斯禮則乾瞪著牆，他好像很緊張，很不愉快。

他一臉挫敗的說，「我不知道，凱。如果凶手沒有什麼楓糖漿味——」他搖搖頭。「他會看穿我們。這對我們的偵查只有壞處。」

「會有什麼壞處？我們一點進展也沒有。」我客觀的說。「我並不打算說出這種疾病的名稱。」我轉向艾比。「我們就叫它作新陳代謝機能失調，這樣就有好些可能性。他會開始擔心，是不是得了他自己也不知道的病。他還會以為自己很健康嗎？他怎麼能確定？以前從沒有一組基因工程師研究過他的體液。就算他是個醫生，也不能排除他有隱性異常的可能性，雖然過去他不知道這一點，但疾病依然存在他體內，等著爆炸。我們要讓他開始擔憂，使他耿耿於懷，以爲得了不治之症。說不定他會跑去做身體檢查，或者去醫學圖書館。警察可以去查，看誰曾因此去看醫生，或是去圖書館查醫學參考書。如果他是侵入電腦的人，他可能會再做。我的直覺是有事會因此發生。我們動搖了他的信心。」

我們三人花了一小時替艾比的報導寫稿子。

「我們不能指出消息來源。」她堅持。「不成。如果引述的話是出自首席法醫，別人會起疑，因爲你過去拒絕對新聞界談話，而且也奉命不能對外說明。一定得做得像有人洩露了消息。」

「嗯，」我皮笑肉不笑的說，「我想你可以像過去一樣，聲稱這是出自於『醫學方面的消息來源』。」

艾比大聲唸出稿子。我心裡很不痛快，太模糊了。左一句「所謂的」，右一句「有可能」。

如果我們有他的血液樣本就好了。如果他眞有酵素缺陷，從他的白血球裡就查得出來。要是手上有多點證據該多好。

像是有信號般，電話鈴響了。蘿絲走進來說道，「史卡佩塔醫生，馬里諾警官在外面。他說是很緊急的事。」

我到走廊去見他。他帶著一個專門用來裝與罪案有關衣物的塑膠袋。

「你一定不會相信這個。」他露出笑容，臉色發紅。「你知道遊民嗎？」

我瞪著鼓起來的袋子，搞迷糊了。

「你知道，遊民，那些推著輛購物車，裝了他人間所有財產，在城裡閒逛，到處撿拾垃圾箱與垃圾場的人。」

「一個流浪漢？」馬里諾在說些什麼？

「嘿，流浪漢裡的大王。嗯，上週末他在離韓娜．耶柏儒被殺不到一條街的大垃圾箱裡掏東掏西，你猜他找到什麼玩意？一件該死的深藍連身裝。上面沾滿了血，把他嚇昏了。唔，他是我的眼線。他居然有那個腦子把這玩意塞進垃圾袋，然後推著車到處找我，結果找了好幾天我們才碰到面。沒多久前他在街上對我直揮手，向我要了錢，現在呢，聖誕快樂，我有禮物給你。」

他解開繞著袋子的繩結。

「聞聞看。」

我幾乎要昏倒，不只有乾血的臭味，而且有那股濃厚的楓糖漿汗味。我全身發涼。

「嗄，」馬里諾繼續說，「我來之前去過彼德森的公寓，要他聞聞看。」

「是不是他記得的味道？」

他伸出一指衝著我，眨眼笑道。「中獎了。」

范德與我花了兩個小時檢驗那件深藍連身裝。貝蒂需要時間來分析上面的血跡，但我們都很確定這是凶手穿過的衣服。雷射光下，它像是摻有雲母碎片的瀝青。

我們猜測，凶手用刀殘殺韓娜後，一身血淋淋的。他在大腿上擦了手，衣袖的袖口也都是凝固的血。可能他的習慣是去殺人時先在普通的衣服上再套一件連身裝。或許他一向在殺人後把衣服丟掉，不過很可能他只做了這一次，因爲這次他的被害人有流血。

我敢打賭，他夠聰明，曉得血跡永遠洗不掉。萬一他被抓到，他可不願意衣櫥裡還掛著殘存血跡的衣服。另外衣服也是追查的線索，因此標籤已經被他拆掉了。

衣服的質料看來像棉布與人造纖維的混紡品，深藍色，大號或特大號。我記得在蘿瑞．彼德森身體與窗檽上發現過深色的纖維。在韓娜的身體上也有一些。

我們三人都沒有告訴馬里諾我們的計畫。他可能在街上跑，或在家看電視、喝啤酒，他對此事毫無所悉。當新聞爆發時，他會以爲我們製造的消息是眞的。他會以爲消息又走漏了，或認爲這與他找到的連身裝，以及最近我收到的ＤＮＡ報告有關。我們希望所有的人都以爲這項新聞是眞的。

事實上，的確有可能是眞的。除了凶手罹患這種疾病之外，我想不出還有其他的理由會造成那樣強烈的體味，而且彼德森不至於想像出這種味道，這件衣服也不會那麼湊巧落在楓糖漿上。

「太妙了。」衛斯禮說。「他沒想到我們會找到。這龜孫子以爲他都算計好了。說不定在他殺人之前，就已經找好了大垃圾箱，只是沒想到我們居然找得到。」

我偷偷看了艾比一眼。她意外的鎭靜。

「很夠發布新聞了。」衛斯禮加一句。

我可以看得到頭條：

ＤＮＡ，新證據
連續殺人犯可能罹患
新陳代謝機能失調

萬一他確實有楓糖尿症，頭版報導應該對是他的一大震撼。

「如果你想誘使他來用你辦公室的電腦，」艾比說，「我們必須要讓他想到電腦。你知道，像說資料在哪裡。」

我想了一想。「好、我們可以這樣做，說相關人員最近一次將資料輸入電腦時，發現新線索，有人在某犯罪現場注意到一種奇怪的味道，而這種味道與最近發現的一項證據相關。經研究後發現，一種不常見的酵素失調會造成那種味道，但接近消息的來源不肯透露這是哪種失調症或疾病，或這種異常是否經過新近完成的ＤＮＡ檢測結果證實。」

衛斯禮聽了大喜。「太好了，讓他流汗，嚇嚇他。」

他沒有注意到他說的話一語雙關。

「讓他去猜我們是否發現了連身裝。」他繼續。「我們不要說出細節。你可以說警方拒絕透露證據的性質。」

艾比不停揮筆。

我說，「再回到你的『醫學方面的消息來源』，從這個人口裡說出些挑動的話可能是個好主意。」

她抬頭看我。「比如說？」

我看著衛斯禮回答，「讓這個消息來源拒絕說出是哪一種新陳代謝失調症，這一點是我們原先都同意的。不過這人要再補充說，這種疾病會造成心理不健全，如果是急性，則會導致低能。然後再加上——」我大聲說出編造的話，「有一基因專家指出，某些新陳代謝失調可能造成嚴重低能。雖然警方認爲凶手不可能是嚴重智商不足，但從證據顯示，他的症狀可能包括缺乏組織能力，有時可能迷惘失措。」衛斯禮喃喃道，「他一定會跳起來，氣死他了。」

「很重要的一點是，我們不能說他瘋了。」我繼續。「以後上法庭會給我們帶來麻煩。」

艾比建議，「我們讓消息來源指出兩者的不同，我們讓這個人指出智商不足與心理疾病的不同。」

現在她已經在記者用的記事紙上寫了六、七頁。

她邊問邊寫。「關於楓糖漿味道，我們要寫明那股味道嗎？」

「是的。」我想也不想就說。「凶手可能在外做事，與人有接觸。有些人可能會來通報消息。」

衛斯禮想了想。「可以確定的是，他會更加焦躁不安，甚至極度恐慌。」

「除非他眞的沒有那種怪味。」艾比說。

「他怎麼知道他沒有？」我問。

他們都很詫異。

「難道沒聽過，『狐狸聞不到自己的騷味』？」

「你說他可能臭得不得了，但自己不知道？」她問。

「讓他忖度這種可能性。」我回答。

她點點頭，又再下筆。

衛斯禮往後一靠。「你對這種失調還知道些什麼，凱？我們該去查這裡的藥房嗎？看有沒有人買一大堆少見的維他命或處方藥？」

「你可以去查有沒有人定期購買高單位的維生素B1。」我說。「也有一種簡稱爲MSUD的營養品，一種蛋白質補充劑，不需處方就可買到，他也可以藉由少吃高蛋白質食品來控制。不過我想他太謹愼了，不會留下這一類的尾巴。而且，老實說，我也不認爲他的病嚴重到需要嚴格節制飲食的程度。我猜他過著相當正常的生活，不然不會有能力做出那些事。他唯一的問題是他有一身怪味，壓力越大味道就越濃。」

「情緒上的壓力？」

「生理的壓力。」我回答。「如果他身體不適，有呼吸道的感染或感冒時，楓糖尿症也會更爲嚴重。這是生理上的關係。他可能沒有睡飽。跟蹤被害人、闖進別人的房子，做他做的那些事需要很多的精力。情緒上的壓力和生理上的壓力彼此互相影響。他情緒上越緊張，生理上的壓力就越大，反之亦然。」

「所以？」

我面無表情的看著他。

「然後會發生什麼事？」他重複，「如果他的病轉爲嚴重，會怎麼樣？」

「要看是否轉成急性。」

「如果轉成急性呢？」

「他就會有痲煩了。」

「什麼意思？」

「意思是，胺基酸在他的體內累積，使他昏昏欲睡、容易被激怒、運動失調。這情況跟有嚴重血糖過高的症狀類似。他可能需要住院。」

「運動失調？」衛斯禮問。

「走路不穩。他走路時會像喝醉了酒，也沒有能力去爬牆、穿越窗子。如果他的病轉爲急性，而承受的壓力不斷上升，但卻沒有受到治療，情況會失去控制。」

「失去控制？」他繼續追問。「我們向他施壓，那是我們的目的，不是嗎？但他的病可能會因此失去控制？」

「可能。」

「好。」他遲疑了一下。「接下來呢？」

「血糖竄升得非常高，他變得極度焦慮。如果再不去治療，他將思緒混亂，緊張過度，喪失判斷力，心情大起大落，很不穩定。」

我住了口。

但衛斯禮並不放過我。他身體前傾，直視著我。

「你不是剛好想到這個楓糖尿症，對不對？」他逼問。「你以前都沒提到。」

「我並不確定。」我回答。「直到現在我才認為有值得一提的必要。」

「好吧。你說你想要激怒他、對他施加壓力、逼他發瘋，我們就這樣做。但最後的階段他會怎麼樣？我的意思是，他病得非常嚴重時會怎麼樣？」

「他可能失去意識，痙攣抽筋。如果沒有即時控制，可能導致嚴重的器官功能失調。」

他逐漸會意過來，不可置信的說，「老天，你想把這狗娘養的殺了。」

艾比停下筆，驚訝的抬頭看我。

我回答。「理論上來說，有可能。不過如果他有這種疾病，應該很輕微。他已經得了一輩子。楓糖尿症會殺死他的可能性非常小。」

衛斯禮仍舊瞪著我。他不相信我。

14

我整晚都睡不著，腦子停不下來。在不安的現實與恐怖的惡夢之間，我憂煩得輾轉反側，不能成眠。在夢中我殺了人，而比爾是被叫到現場的法醫。他攜帶著黑皮包來臨，身旁有個我不認識的美麗女子陪著他——

我的眼睛在黑暗中張開，心臟像被隻冰冷的手一把抓住。鬧鐘響過很久以後我才起床，滿懷沮喪的開車去上班。

我不記得過去是否曾有過如此孤獨退縮的感覺。在辦公室裡我幾乎沒跟任何人說話，下屬們開始用緊張奇怪的眼神看我。

有好幾次我想要打電話給比爾，我的決心像即將傾倒的樹一樣搖搖欲墜。接近中午時我終於屈服，打了電話過去，他的祕書輕快的奉告我，鮑士先生休假去了，要到七月一日才會回來。

我沒有留言。我知道他原本沒有計畫要休假，我也知道爲什麼他沒有給我隻字片語。過去他會告訴我的，但過去已成過去。現在不會有軟弱的道歉，不會有睜眼說出的瞎話。他不要再見我，因爲他不能面對自己的罪惡。

午餐過後，我到樓上的血清檢驗室去。我很詫異的看到貝蒂與文葛背對著門，兩個頭碰頭，他們正在看一個小塑膠袋裡的東西。

我說，「哈囉。」走了進去。

文葛緊張的把袋子放進貝蒂的罩袍，好像他在偷偷給她錢。

「樓下的事你做好了？」我假裝很忙碌，沒有注意到這個奇怪的動作。

「嗯，呀。當然，史卡佩塔醫生。」他很快的回答，一邊往外走。「麥克菲，昨天晚上被槍殺的那個傢伙，他的屍體剛才送出去了。至於那些在愛爾博瑪被燒死的，要到四點左右才到。」

「好。我們明早再做他們。」

「好。」我聽到他在走廊回答。

房間中央一張大桌上攤開了那件藍色套頭連身裝，我來此的目的就是要看檢驗的結果如何。衣服看起來很平常，整齊的鋪平，拉鍊拉到領口，任何人都可能有這樣一件衣服。衣服的口袋很多，我一定每個口袋查過五、六次，想從裡面找到一絲線索，但很遺憾它們都是空的。在腿上及袖子上有貝蒂剪掉的大孔，她剪下一些有血跡的布作爲樣本。

「有沒有走運找到血型？」我問，試著不去看從她口袋鼓出來的塑膠袋。

「我有一些成績。」她指一指，要我跟她到辦公室。

在她的桌上有本記事紙，上面塗滿了記號與數目，對不明所以的人來說，就像看古埃及文字一樣。

「韓娜．耶柏儒的血型是B型。」她開始敘說。「這一點我們運氣不錯，因爲這不是那麼常見。在維吉尼亞州大約百分之十二的人是B型。她的PGM是1+，1-。PEP是A1，EAP是CB，

ADA-1，AK-1。不幸的是，次系統很常見，維吉尼亞有百分之八十九的人口都是。」

「血液的實際組成有多常見？」從她口袋裡冒出的一小截塑膠袋開始讓我不安。

她立刻在計算機上按出一串串數字，乘百分比，再除次組織的數目。「大約有百分之十七的人有這種血液組成。」

「也不是那麼少見。」我喃喃道。

「就跟痲雀差不多常見。」

「連身裝上的血跡呢？」

「我們的運氣不錯。那個流浪漢找到衣服的時候，血液經過幾天的空氣接觸已經乾掉了，但保存的情況良好。除了EAP外，我採到所有的次系統，而且與韓娜．耶柏儒的一致。檢查DNA後就可確定，但那需要一個月到六個星期的時間。」

我漫不經心的回答，「我們應該去買檢驗室的股票。」

她的眼神穿梭在我身上，同情的說，「你看起來好疲累，凱。」

「很明顯，是不是？」

「對我來說很明顯。」

我沒說什麼。

「不要讓那些事擊倒你。三十年來的經驗讓我——」

「文葛在幹什麼？」我笨笨的衝口而出。

她嚇了一跳，結結巴巴的說。「文葛？嗯——」

我瞪著她的口袋。

她不安的笑笑，拍拍她的口袋。「噢，這個，只是一點他請我做的私人東西。」

她只打算說到此爲止。說不定文葛在他的生活裡有其他的煩惱，說不定他偷偷的在做ＨＩＶ抗體檢測。老天，求你不要讓他得愛滋病。

我整頓思緒問她，「那些纖維呢？有沒有任何發現？」

貝蒂比較連身裝上的纖維，與在蘿瑞·彼德森房間及韓娜·耶柏儒身上發現的纖維是否一致。

「在彼德森家窗櫺發現的纖維，可能從這件衣服上來的，」她告訴我，「也可能從任何類似的深藍棉布與聚酯混紡的斜紋布上來的。」

我失望的想，這種比較在法庭不會有任何意義，因爲斜紋布跟小店裡賣的打字紙一樣普通。你想找它的來源，結果到處都是。它可以從某人的工作褲上來，或者是醫護人員、警察的制服上來。還有其他令人失望之處。貝蒂很確定我在韓娜·耶柏儒身上發現的纖維不是從這件衣服上來的。

「她身上的纖維是棉。」她說。「可能是從那天她穿過的其他衣服上掉下來，或甚至是浴巾上的，誰會知道？人們身上常有各種纖維。但我對那件連身裝沒有留下任何纖維並不訝異。」

「爲什麼？」

「因爲那是一種斜紋布，它的纖維非常平滑。除非碰上很尖銳的東西，不然很少會留下任何纖維。」

「在蘿瑞的案子，可能碰到窗外磚牆突出的部分，或粗糙的木頭窗櫺。」

「可能。而且我們在她案子中發現的深色纖維就可能從某件連身裝掉下來，甚至於就是這一件，只是我們永遠也不能確定。」

我下樓回到辦公室，坐下來仔細想了一會。接著打開上了鎖的抽屜，拿出那五個被殺女子的卷宗。

我開始尋找有沒有被我疏忽的地方，並且重新搜索這些案子的相關之處。

這五個女人有什麼共通的地方？爲什麼凶手要選上她們？他怎麼跟她們接觸的？

一定有某種相關。我根本不相信凶手是隨意找上她們，也不認爲他開車到處逛，碰到誰就殺誰。他的選擇自有理由。他先跟她們有某種接觸，然後跟蹤她們回家。

地理位置、職業、外表容貌上，這些女人沒有共同的地方。我試著反過來想，什麼是她們最不相同的地方？我又再回到塞西爾．泰勒的身上。

她是黑人，其他四個被害人是白人。一開始我就對此感到迷惑，現在仍舊如此。凶手犯了錯？可能他沒有想到她是黑人，他其實想殺另一個女人？比如說，她的朋友芭比？

我一頁頁翻閱，瀏覽我口述的驗屍報告，檢查收集到的證據、文件及從一家聖路易醫院要來的老檔案。塞西爾五年前曾因子宮外孕在那裡接受治療。我從警察的報告得知，她唯一的親屬是住在奧瑞崗瑪綴斯的妹妹。馬里諾從她那裡問到塞西爾的背景，知道她曾跟一個住在潮水鎮的牙醫結過婚。

我把X光片從信封中拉出時，那些片子發出像鋸子刀刃被折到的聲音。我把它們一張張對著桌燈迎光照去。除了在左手肘有個早已癒合的撞傷外，塞西爾並沒有其他的骨傷。我無法斷定撞傷的年代，但可確定絕非新傷。可能是多年前受的傷，與她的死亡無關。

我再度想到維吉尼亞醫院。蘿瑞．彼德森與布蘭達．史代普最近都去過急診室。蘿瑞在那裡是因爲她輪到實習急救外科，而布蘭達在那裡則是因爲她出了車禍。要說塞西爾可能也去那裡治療手肘傷似乎扯得太遠，但現在我願意考慮任何可能性。

我根據馬里諾留下的資料，撥了塞西爾妹妹的電話號碼。

鈴聲響了五次後有人接起電話。

聲音很不清楚，而且我一定打錯了。

「抱歉，我打錯了號碼。」我很快的說。

「請你再說一遍。」

我更大聲的重複了一遍。

「你打的電話號碼是幾號？」一個像二十餘歲的女子回答。從她的聲音聽來，她受過相當的教育，而且帶有維吉尼亞的口音。

我重說了一遍號碼。

「號碼是對的，請問你找哪位？」

「法蘭西斯．歐康納。」我看著報告回答。

那年輕有教養的聲音說，「我就是。」

我告訴她我是誰，我聽到她輕輕的喘了口氣。「據我了解，你是塞西爾的妹妹。」

「是的。天，我不想再談這件事，請你不要再問了。」

「歐康納太太，塞西爾的事太不幸了。我是辦她案子的法醫，我打電話來是想問問看你知不知道她左手肘是怎麼受傷的。她左手肘有個已癒合的骨折。我正在看X光片。」

她沒有立刻回答，我可以聽到她在思考。

「她在慢跑時出了意外。她在人行道上跑步時絆倒了，雙手先著地，有隻手肘因撞擊力而骨折。我記得，因爲她打石膏的那三個月，正好碰上有紀錄以來最熱的夏天，她受了很大的煎熬。」

「哪個夏天？在奧瑞崗嗎？」

「不，塞西爾沒有住過奧瑞崗。那是在費德瑞克斯堡，我們生長的地方。」

「這個意外發生在多久以前？」

她又停了一下。「九年，或十年了。」

「她在哪裡接受治療？」

「我不知道。一間在費德斯堡的醫院。我不記得名字了。」

塞西爾的骨折不是在維吉尼亞醫院治療的，而且發生的時間太久遠，不會有任何關聯。但我不在乎。

我從來沒有在塞西爾生前遇見她，也沒跟她講過話。

我只是假設她會有黑人的口音。

「歐康納太太，你是黑人嗎？」

「當然我是黑人。」聽得出來她很不高興。

「你姊姊講話跟你像不像？」

「跟我像不像？」她問，聲音提高不少。

「我知道這個問題很怪——」

「你的意思是，她是否跟我一樣講起話來像白人？」她繼續，現在她開始發怒。「不錯，她是！難道教育不就是這一套？所以黑人可以說話像白人？」

「請你不要誤會。」我眞誠的說。「我絕對無意要觸犯你。但這點很重要——」

我對著電話跟空氣道歉。

露西知道第五椿勒殺案，也曉得所有那些被殺的女子。她也知道我在臥室裡放了把點三八口徑的手槍。晚飯後她已經問過我兩遍了。

「露西，」我沖了一下盤子，將它們放進洗碗機，「別去想那把槍。要不是我獨自一人住，我才不會去買槍。」

我一直想把槍藏在她找不著的地方。但自從發生數據機的那場風波後，我發誓一定要對她坦白。幾天前我已經把數據機跟電腦接通了。只要露西還住在這裡，那把槍就依舊放在我衣櫃上層的鞋盒裡，但槍裡並沒有上子彈。最近我每天早上把子彈退膛，晚上再裝回去。至於彈匣我則放在一個她永遠不會想到去找的地方。

我看著她，她的眼睛睜得好大。「你知道我爲什麼要有槍，露西。你應該也了解槍枝有多危險——」

「槍可以殺人。」

「是的，」我們邊說邊走進客廳，「沒錯。」

「你有槍，所以你可以殺人。」

「我不想殺人的事。」我嚴肅的告訴她。

「嗯，這是眞的。」她堅持道。「這是你買槍的理由，因爲有壞人。」

我拿起遙控器，打開電視。

露西推高她粉紅運動衫的袖子，抱怨道。「這裡好熱，凱阿姨。爲什麼這裡老是這麼熱？」

「你要我把冷氣調冷一點嗎？」我漫不經心的翻過電視節目表。

「不要。我討厭冷氣。」

我點起菸，她又抱怨我抽菸。

「你的書房好熱，又有一股好臭的煙味。我打開窗，還是一樣臭。媽說你不該抽菸，你是醫生還抽菸，媽說你知道不該抽的。」

桃樂絲昨天很晚的時候打電話來過。她跟她的插畫丈夫在加州，我不記得到底在哪裡。我已經盡力對她維持禮貌了，原本我還想提醒她，「你有個女兒，親骨肉露西，記得嗎？你還記得她嗎？」但我沒有說出口，而且很保留，幾乎達到寬宏大量的地步，其實主要是爲了露西，她就坐在桌旁，緊緊抿著嘴。

露西跟她母親大概講了十分鐘話，就再也無話可說了。之後她全副精神放在我的身上，挑剔我，回嘴，指使我往東往西。柏莎說她今天一天都是如此，晚上柏莎回去時，柏莎索性叫她「麻煩鬼」。柏莎告訴我，露西幾乎沒有踏出我的書房。從我一離開，她就坐在電腦前，直到我回家爲止。柏莎終於放棄要她到廚房吃飯的想法，讓她在我桌上吃。

電視上的鬧劇好像越發荒謬，另一方面我與露西也在客廳上演我們的鬧劇

「安迪說如果你有槍但不會用，比你沒有槍還要危險。」她大聲宣布。

「安迪？」我心不在焉的問。

「在羅夫之前的那一個。他常去垃圾場打瓶子，他可以從很遠的地方射中。我打賭你射不中。」她好像在控告我般審視我。

「你說對了。我的槍法說不定沒有安迪好。」

「我就知道。」

我沒有告訴她，事實上我對槍枝頗有心得。在我買那隻不鏽鋼魯格點三八之前，我到辦公室大樓地下室的室內射擊場去，在槍械檢驗室專家的專業指點之下，試用過各類型手槍。而且我常

常練習，成績還很不錯。如果情勢需要，我不認爲我會遲疑不能開槍，但我不打算跟我的外甥女討論。

我靜靜的問她，「露西，你爲什麼要挑剔我的毛病？」

「因爲你是個大笨瓜！」她的眼睛裡充滿了淚水。「一個老笨瓜。如果你去試，只會害死自己，他才不會被你抓到。然後你也死了，他會殺死你，就像電視上演的一樣。」

「如果我去試？」我不解的問。「如果我去試什麼？露西？」

「如果你想先殺他。」

她憤怒的抹掉淚水，小小的胸脯劇烈起伏。我視而不見的瞪著電視上的家庭鬧劇，說不出一句話來。我衝動的想逃回辦公室，關起門來忘情於工作。但我慢慢的靠過去把她拉過來。我們像這樣子坐了好久，沒有說一句話。

我不知道她在家時跟誰說話。我無法想像她跟我妹妹能夠深談任何事。很多寫書評的人讚譽桃樂絲及她的兒童書籍「別有創見」、「深刻動人」、「情感洋溢」。多麼的諷刺。桃樂絲把她的心力都投注在不存在的小孩身上。她愛護他們，花很多的時間在各種細節上。她考慮他們會怎樣梳頭、穿什麼衣服、思索他們的問題，以及他們成長的關鍵。而露西則在一旁渴求她母親的關愛。

我回憶前些時候在邁阿密時與露西共處的時光，我、她、我母親及桃樂絲共度的假期，也想到露西上次的來訪。我從不記得她提到任何朋友的名字。我想她沒有朋友。她會談她的老師、她母親那群亂糟糟的男朋友、對街的史普納太太、清理院子的詹克，以及來來去去的女佣人。露西是一個個子小小、一副大眼鏡、無所不知的小天才，比她大的小孩對她嫉厭，跟她同齡的小孩又不能了解她。她處處不調和。我想我和她一般年紀的時侯，就跟她一模一樣。

我們逐漸被平和與溫暖所籠罩。我對著她的頭髮說，「前幾天有個人問我一個問題。」

「關於什麼？」

「關於信任。有人問我全世界我最信任誰。你知道是誰嗎？」

她往後靠，抬頭看我。

「我想那個人是你。」

「眞的嗎？」她不可置信的說。「最信任我？」

我點點頭，靜靜的繼續說，「是的。現在我要請你幫忙一件事。」

她坐直看著我，眼睛明亮警醒，非常的開心。「噢，當然，你快說。我會幫你的，凱阿姨！」

「我必須弄清楚侵入我城裡電腦的人是如何辦到的——」

「不是我，」她衝口而出，臉上的表情像是被人打了一巴掌，「我已經告訴你不是我。」

「我相信你。有別人做了，露西。說不定你能幫我找出來？」

我不認爲她可以，但我要給她一個機會。

她精神一振，又興奮了起來，很有信心的說，「很簡單，任何人都可以做。」

「簡單？」我忍不住微笑。

「因爲系統管理員的緣故。」

我掩飾不住我的驚訝，「你怎麼知道系統管理員？」

「書裡面都有寫，它是掌管電腦的上帝。」

像現在這樣的時刻，我不由得想到露西高得驚人的智商。她第一次做完智力測驗後，輔導員堅持要再做一遍，因爲分數太高，一定出了錯。是有錯，第二次的結果比第一次還要高十分。

「這就是進入系統的方法，從結構化查詢語言（SQL）開始。」她嘰哩咕嚕的說下去。「你看，除非有系統管理員，否則不可能獲得使用權。這就是爲什麼你要有系統管理員的原因，因爲它是上帝。結合結構化查詢語言和系統管理員之後，你想做什麼都可以。」

做什麼都可以，我靜靜思索。比如說我辦公室中所指派的使用者名稱與密碼。這是個大發現，但又如此簡單，我從來都沒有想到過。我想瑪格麗特也從來沒有想到過。

「你只需要進入系統就可以了。」露西平鋪直敘的繼續。「如果他知道系統管理員，他就可以獲得使用權，接著進一步成爲資料庫管理員（DBA），然後他就可以進入你的資料庫。」

在我的辦公室，資料庫管理員取名爲「深喉嚨」。瑪格麗特偶爾還是有幽默感的。

「所以你用結構化查詢語言連結進入系統管理員，然後鍵入指令：同意連接系統使用權（GRANT CONNECT），資訊來源（RESOURCE），資料庫管理員，使用者安提，密碼爲凱（DBA TO AUNTIE IDENTIFIED BY KAY）。」

「說不定就是這樣發生的。」我邊想邊說。「如果有人可以用資料庫管理員，他不但能看資料，還可以改資料。」

「當然，他愛做什麼就做什麼，因爲系統管理員這個上帝告訴他什麼都可以做。資料管理員就是耶穌基督。」

她的神學比喻如此荒謬，我忍不住大笑起來。

「我就是這樣進入結構化查詢語言的。」她認了罪。「你沒有告訴我任何密碼，但我想進入結構化查詢語言去試一些書上的指令。我新設了一個你資料庫管理員使用者名稱的密碼，然後我就進去了。」

「等一等。」我要她慢慢說。「你說你設定了一個給我資料庫管理員使用者名稱的密碼。這是什麼意思？你怎麼知道我的使用者名稱？我又沒有告訴你。」

她解釋給我聽。「你使用權的檔案裡就有，在你電腦的根目錄底下有一堆附屬檔名爲.INP的檔案會存取結構化查詢語言的資料檔，其中有一個檔案叫Grants，所有的公用同義字資料檔都在這兒。」

事實上這些檔案不是我做的。去年瑪格麗特做好後，我帶了好些備份的磁片回家，存入家裡的電腦。在辦公室的電腦裡會不會也有這個檔名叫Grants. INP的使用權檔案？

我牽著露西的手從沙發站起來。她熱切的跟我走進書房。我讓她坐在電腦前，我自己拉出張矮椅。

我們用通訊軟體連結上瑪格麗特城裡辦公室的電腦。在電腦撥號時，我們兩人注視著螢幕下端的倒數數字。頃刻之間，電腦接通了，幾個指令之後，深色的螢幕上可以看到一個綠色字母C的命令提示字元。突然間，我的電腦像面透鏡，另一面是十哩之外我辦公室的祕密。

我微微感到不安，因爲我知道我們的電話裝了追蹤設備。我必須記得告訴衛斯禮，免得他浪費時間去找誰是侵入者，這次入侵的人就是我。

「用尋找的指令，」我說，「去找任何名叫Grants的檔案。」

露西做了，但電腦顯示沒有找到。我們試著找synonyms這個檔名，但還是沒找到。然後她想到去找任何檔案延伸檔名叫SQL的。因爲通常當一個檔案裡有用到SQL的指令時，它的延伸檔名就會是SQL。而這些SQL的延伸檔名中其中會有一個是辦公室資料庫的公用同義字檔案。螢幕上出現了好些檔名。其中一個引起了我們的注意。它叫「Public. SQL」。

露西打開那個檔案，我們檢查裡面的內容。我感到既興奮又不悅。裡面包括瑪格麗特很久以前替辦公室資料庫檔案做公共同義字時所寫的指令。我不是電腦程式員，我聽過公共同義字，但不確定到底是什麼。

露西在翻閱程式手冊。她找到關於公共同義字的章節，充滿自信的要幫忙。「你看，很好玩的。當你做資料庫檔時，你必須先有一個使用者名稱及密碼。」她抬頭看我，厚厚的眼鏡後兩眼發亮。

「好，」我說，「有道理。」

「如果你的使用者名稱是『安提』，你的密碼是『凱』，然後你造出一個檔案叫『遊戲』，那麼電腦給它的名字其實是『安提·遊戲』。資料檔的名字緊跟在使用者名稱後面。如果你懶得每次打入『安提·遊戲』，你可以造出一個公共同義字。你打入指令『產生公用同義字「遊戲」取代「安提·遊戲」』，這個時候這個檔案就有了另一個名字叫作『遊戲』。」

我瞪著在螢幕上一長串的指令，上面有一串所有在法醫辦公室電腦裡的檔案名稱，並顯現出每個檔案是在哪個使用者名稱之下做出來的。

我搞不懂，「就算有人看了這個檔案，露西，他還是不知道密碼。只有資料庫管理員的使用者名稱列出來了，如果你沒有密碼，你就不能進入我們被害人案子的檔案。」

「你要跟我打賭嗎？」她的手指放在鍵盤上。「如果你知道資料庫管理員的使用者名稱，你可以改變密碼，做出任何你想要的東西，然後你就進去了。電腦才不在乎呢。它讓你在任何時間都可以改變你的密碼，並不會因此影響你的程式。很多人為了安全理由常常改變他們的密碼。」

「所以你可以用使用者名稱如『深』，給它一個新的密碼，然後進入我們的資料庫？」

她點點頭。

「你做給我看。」

她不確定的看我。「你告訴我永遠不要進入你辦公室的資料庫。」

「這次是例外。」

「如果我給『深』一個新的密碼『安提凱』，舊的就不見了。你再用舊密碼是不能進入電腦的。」

我忽然想起來，當我們剛發現有人想偷看蘿瑞的案子時，瑪格麗特提到資料庫管理員的密碼出了問題，害她要重新取得資料庫管理員的使用權。

「因爲我輸入的新密碼取代了舊密碼，所以舊的就不再管用了。」露西鬼祟的瞄了我一眼。「但我會修好它。」

「修好它？」我心不在焉的問。

「你這裡的電腦，舊的密碼不能再用了，因爲剛剛我改了密碼才能進結構化查詢語言。但我會修好它。我保證。」

「等一下，」我很快的說，「待會再修。我要你做給我看怎樣可以侵入。」

我試著弄清楚狀況。看來應該是可能的。這個侵入法醫辦公室電腦資料庫的人對這系統有相當的認識，知道他可以在Public SQL裡找到使用者名稱，之後在這名稱下輸入了新密碼。但他沒注意到這樣做之後舊密碼會失效，使我們不能再使用，當然我們會注意到並開始起疑。而且他也沒有想到，他的指令會因爲電腦設在回顯而出現在我們的螢幕上。如此看來，電腦被侵入應該只發生了一次。

如果他曾經侵入過，就算沒有回顯，我們也會知道。因爲瑪格麗特會發現密碼「喉嚨」不再管用了。但爲什麼？

爲什麼有人侵入，專門去找蘿瑞．彼德森的檔案？

露西的手指在鍵盤上敲動。

「你看，」她在說，「假裝我是壞人想進來，我會像這樣做。」

她先在結構化查詢語言中以系統管理員身分進入，然後在使用者名稱爲「深」之下，打了「連結/資源/資料庫管理員」的指令，以及一個她造的新密碼「混亂」。使用權拿到了。這是一個新的資料庫管理員，她可以用這個進入所有的辦公室檔案。這個新的資料管理員權限大到可以讓她做任何她想做的事。

當然也包括竄改資料。例如改變布蘭達．史代普的紀錄，將「黃褐色布帶」列在「衣物，私人用品」這一項之下。

是他做的嗎？他知道他那些案子的細節。他也看報，對每一個提到他的字都不放過。別人還沒有發現之前，他就已經注意到新聞報導不正確的部分。他想要顯示他有多聰明，所以故意改變我辦公室的資料來挑釁？

侵入發生的時間是在艾比報導了布蘭達．史代普死亡案件的兩個月後。

但資料庫只被侵入過一次，而且是最近發生的。

艾比報導的細節不可能是從法醫辦公室的電腦裡來的。難道電腦的資料是從新聞來的？說不定他小心的讀遍在電腦裡勒殺案的資料，找尋跟艾比報導不一致的地方。也許當他看到布蘭達．史代普的檔案時，發現了不一致的地方。他打入「黃褐色的布帶」取代了原有的「肉色絲襪」。或者他可能在離線前才突然想到去找蘿瑞．彼德森的檔案，只是好奇，不見得有別的原因。這可以解釋爲什麼瑪格麗特會在螢幕上發現那些指令。

我是不是驚恐得喪失了理智？

這件事跟貼錯標籤的採證袋有關係嗎？那個硬紙夾上有發光的殘餘物，萬一它不是從我的手上來的呢？

「露西，」我問，「有沒有辦法知道我辦公室電腦的資料是不是被別人改過？」

她想也不想的回答說，「你的資料有備份，對不對？有嗎？」

「不錯。」

「那麼你可以把舊資料找出來，比較兩者有沒有不同。」

「問題是，」我在思索，「就算發現有人做了改變，我也不能確定是不是我的辦事員加上去的。從案子進入資料庫後，一個星期、一個月後都不斷有新的資料進來，所以它還在不斷的改變。」

「我想你只好問他們了，凱阿姨。問他們有沒有改過。如果他們說沒有，而且備份的舊資料與現在在電腦裡的不同，那麼可不可以看出來？」

我承認可能可以看出來。

她把密碼又改了回來。我們把螢幕上的指令一掃而光，如此明早在法醫辦公室的電腦上同樣的清潔溜溜，然後關了機。

幾乎要十一點了。我打電話到瑪格麗特的家裡，問她資料備份的事，以及她是否有電腦被侵入前的存檔資料時，她好像有點醉醺醺似的。

不出我所料，沒有這麼好的事。「不，史卡佩塔醫生，辦公室並沒有保存那麼久之前的資料。每天晚上我們做一次備份，以前的就被取代。」

「該死。我一定要找出一份在過去幾個星期都沒有被更新過的資料庫。」

沉默。

「等一下，」她低語道，「可能有一個檔案有。」

「有什麼？」

「我不確定——」她遲疑的說。「我想有過去六個月的資料。人口動態統計要我們的資料。幾個星期前我做些實驗，把各區的資料輸入電腦，並把所有的檔案放在一起。後來我把這些資料經由電話線傳到他們的主機……」

「多久？」我插進去。「幾個星期前做的？」

「這個月的第一天——我想我在六月一日左右做的。」

我的神經開始在發燒。我必須知道。如果我能證明新聞報導在先，資料被更改在後，至少別人就不能怪我的辦公室走漏了消息。

「我立刻需要那份資料，而且要印出來。」我告訴她。

她停了許久沒說話。她回答時聽起來在猶豫。「我不太確定該怎麼做。」她又停了一下。「但明天一早，我可以給你我手上所有的資料。」

我瞄了手錶一眼，接下來撥了艾比傳呼機的號碼。

五分鐘後她打過來。

「艾比，我知道你不能說你的消息來源，但有些事我一定得知道。」

她沒有回答。

「在你對布蘭達．史代普的報導裡，你說她被一條黃褐色的布帶給勒死。你從哪裡得到的消息？」

「我不能……」

「拜託你。這點非常重要，我一定要知道。」

她停了許久後終於說道。「我不能說出名字，是醫護隊的人員，在現場的一個傢伙。我認得很多醫護隊裡的人——」

「所以消息絕不是從我辦公室漏出去的？」

「絕對不是。」她強調。「你在擔心馬里諾警官提到的有人侵入電腦——我發誓，我寫的東西絕不是從你那裡來的。」

我脫口而出。「不論是誰侵入的，艾比，他可能在檔案的圖表裡故意打入黃褐色布帶，使整件事看起來像是你從我辦公室拿到消息，換句話說，是我的辦公室漏的新聞。這個細節是錯的。我不相信原來的電腦資料是這個樣子。我想不論是誰侵入，他從你的報導裡看到那個細節。」

「老天。」這是她唯一說出口的話。

15

馬里諾狠狠的把早報擲在會議桌上，轟隆一聲巨響，紙張叭噠叭噠，內頁飛了出來。

「見鬼！這是什麼？」他的臉氣得通紅，另外他也很需要刮鬍子。「老天！」

衛斯禮平靜的踢開一張椅子，請他坐下來。

那則新聞是星期四的頭條，在上半頁用醒目的大標題寫著：

DNA，最新證據

勒殺案兇手

可能有遺傳性機能缺陷

沒有艾比的名字。這次的報導是一名法庭記者寫的。

還有篇短文提到如何用DNA來作證，包括說明「DNA指紋圖譜分析」整個過程的插圖。

我在想那個兇手會如何反應，他大概會憤怒的看了一遍又一遍。我猜不論他在哪裡做事，今天他可能需要告病在家。

「我想知道為什麼沒有人告訴我這碼子事？」馬里諾對我怒目而視。「我交給你那件套頭連身裝，我盡了我的責任。結果接下來，我就從報上看到這等狗屁字眼！什麼缺陷？ＤＮＡ的報告剛進來，哪個屁眼立刻就漏了，還是怎麼樣？」

我沒開口。

衛斯禮平靜的回答。「這次無所謂，彼德。我們不在乎報上寫什麼，把它當作是件好事。我們現在知道凶手有股奇特的體味，或至少他像有。他以爲凱的辦公室抓到他的小辮子了，說不定他會做出愚蠢的事。」他看看我。「有沒有發生什麼事？」

我搖搖頭。目前沒有任何人試圖侵入法醫辦公室的電腦。如果這兩人二十分鐘前來到會議室，他們會發現我埋在紙張裡。

難怪昨晚當我要瑪格麗特印出那些資料時，她顯得很猶豫。這裡面包括到五月爲止，整州三千個案子。那一疊疊綠條報表紙足足有整棟大樓長。

更糟的是，資料經壓縮的結果根本不能讀。要讀它就像在一碗字母形狀的通心粉湯裡去找完整的句子。

我找了一個小時多才找到布蘭達．史代普的檔案號碼。當我發現在「衣物，私人用品」下記的是「頸上纏有肉色絲襪」時，不知道該算是高興還是驚嚇，但也可能兩種情緒都有。沒有任何地方提到所謂的黃褐色布帶。我的辦事員裡沒有人記得在案子輸入後曾做過更正，或加入新的資料。有人改過記錄，一個不是我辦公室的人。

「那些心智有缺陷的玩意是哪根蔥？」馬里諾粗魯的把報紙向我推過來。「你從ＤＮＡ的巫術陣裡發現了什麼，所以讓你以爲他腦子裡缺根筋？」

「不。」我誠實的回答。「我想這篇報導要說的是，由於某種新陳代謝機能失調，所以可能引發某些病症。但我沒有證據指出那些問題一定會發生。」

「哼，我絕對不會以爲他腦子有問題。老天，這種屁話又來了，這個鼠輩是個蠢蛋、低等生物，可能給人洗車，要不然就在打掃陰溝——」

衛斯禮開始表現不耐煩。「別再說了，彼德。」

「是我在負責偵查，但我得看報才知道發生了什麼事。」

「我們有更大的問題，好了吧？」衛斯禮回嘴道。

「哼，是什麼？」馬里諾問。

於是我們說了。

我們告訴他，我與塞西爾的妹妹通話後的發現。

他聽我們說，眼睛裡的激怒逐漸消退。他看起來一臉疑惑。

我們的結論是，那五個女人絕對有一樣相同之處……她們的聲音。

我提醒他麥特．彼德森說的話。「我記得他說他第一次在派對遇見蘿瑞時，他提到她的聲音。他說她有那種引人注意的聲音，非常好聽的女低音。我們想到這五個案子相同之處在聲音。說不定凶手沒有看到她們，而是聽到她們的聲音。」

「以前我們從來沒有這樣想過。」衛斯禮補充道。「當我們想到那種跟蹤潛伏的人，我們假定那精神病患曾見過被害人。可能在購物中心或慢跑時，也可能他從公寓或房子的窗外偷看。通常就算電話是因素之一，但也都發生在最初的接觸之後。他先看到她，之後說不定打電話給她，光聽她的聲音或許就足以讓他想入非非。但我們現在所想到的則更可怕，彼德。凶手的職業可能容許他打電話給不認識的女人。他手上有衆多的電話號碼及住址，他打電話給她們。如果她的聲音引發他的幻想，他就選上她。」

「你這樣說好像可以縮小範圍似的。」馬里諾抱怨道。「現在我們要去查這些女人是不是列在電話簿上，接著我們要考慮凶手可能的職業。我的意思是，太太小姐們每個星期都會接到那種電話，賣掃把、燈泡、公寓的等等，再加上做市場調查的人，那種讓我問你五十個問題的傢伙。他們想知道你是否結婚、單身、賺多少錢、怎麼穿褲子，刷牙後有沒有用牙線之類的。」

「你知道我們的問題了。」衛斯禮喃喃道。

馬里諾停也不停的繼續開炮，「所以有人迷上了姦殺。他還可以每小時領八塊錢，坐在家裡翻遍電話簿。萬一有女人告訴他，她單身，一年賺兩萬，一個星期後，」他轉向我，「她就躺在你這裡。好啦，現在你們告訴我，憑哪一點可以找到他？」

我們不知道。

聲音這個因素並沒有縮小打擊面，馬里諾這點是對的，事實上只有使我們的調查更爲困難。我們或許可以查出被害人在某天曾遇見哪些人，但我們很難確定她曾跟哪些人打過電話。就算被害人沒被殺死，她也不見得想得出來。那些打電話來推銷、做市場調查、甚至是打錯電話的人鮮少會報上名來。我們每天每夜都會接到許多電話，但沒有人會去注意，也不會記得。

我說，「他殺人的模式讓我懷疑他在外工作，他從星期一做到星期五，經過整個星期，壓力不斷累積。星期五晚上或午夜之後，他出去動手殺人。如果他一天要用二十次硼砂肥皂，不太可能是在他家浴室洗的手。據我所知，平常雜貨店賣的洗手肥皀並不含硼砂。所以如果他用的是硼砂肥皀，一定是工作場所裡的。」

「我們確定是硼砂？」衛斯禮問。

「檢驗室用層析法檢驗過，確認我們在屍體上發現的發亮殘餘物含有硼砂。這點是確定了。」

衛斯禮思索了一會。「如果他在工作場所使用硼砂肥皀，然後下午五點回家，清晨一點時應該不會剩下多少。他可能在晚上上班，使用男子盥洗室的硼砂肥皀。午夜下班約凌晨一點時，直接去被害人家。」

我解釋這個想法很有可能。如果凶手是晚上做事，白天他有很多機會在別人都去工作的時候，到他下一個被害人居住的社區勘查地形。他也可以在稍晚下班的時候再去，說不定午夜再去看看情況。那時被害人及她的鄰居不是不在家，就是睡覺了。沒有人會看到他。

哪些夜間工作的職業會用到電話？

我們想了一陣子。

「多數電話推銷員在晚飯時刻打電話來，」衛斯禮說，「通常九點過後他們便不會再打來。」

我們都同意。

「送披薩的，」馬里諾建議，「他們任何時候都送。也可能是凶手接的電話。你打去，接電話的人第一個就問你的號碼。如果以前你打過，你的地址立刻出現在電腦螢幕上，半個鐘頭後那鼠輩拿著熱披薩在你門前出現。送貨的人可能一看就發現那個女人是獨居，說不定就是那接電話的人。他喜歡她的聲音，也有她的地址。」

「去查查看。」衛斯禮說，「派幾個傢伙去各處有外送披薩的地方看看。」

明天就是星期五了。

「去看有沒有哪個賣披薩的地方是這五個女人都曾經光顧過的。應該都在電腦裡，很容易找得到。」

馬里諾走開了一會，帶了本電話簿回來。他找到披薩店的部分，開始記下名字及地址。

我們想出越來越多可能的職業。醫院及電話公司的接線生整晚都在回答電話，找你捐錢的人就是晚上十點了也會撥電話來打斷你最喜歡看的電視節目。而且總會有人拿著電話簿隨手亂撥……比如說聯邦準備銀行的警衛坐在空無一人的門廊，或加油站的工人在深夜顧客很少的時候，都可能窮極無聊打電話消磨時間。

我的心思越來越紊亂，無法有條理的思考。

我覺得不對勁。心底深處有個聲音告訴我，你搞得太複雜了，離你眞正知道的事越來越遠。

我看著馬里諾多肉潮濕的臉，看著他轉來轉去的眼睛。他很疲勞，壓力又大，仍舊是滿腔的陳年怒火。他爲什麼這樣容易惱怒？他那套關於凶手的想法是什麼意思？說凶手憎厭職業婦女，因爲她們太傲慢？

每次我要找他時，他總是「在街上」。他去過所有勒殺案的現場。

蘿瑞．彼德森的案子發生時，他完全清醒著。那天晚上他睡過覺嗎？他立刻把謀殺推在麥特．彼德森的頭上是不是有點奇怪？

我告訴我自己，馬里諾不符合我們對凶手的分析。

大多數時候他都在他車上，並不靠打電話維生，所以我看不出他與那五個女人會有什麼相關。最重要的是，他沒有那股奇怪的體味，而且如果在大垃圾桶發現的套頭連身裝是他的，他爲什麼會帶到檢驗室來？

除非他想把整個偵查系統鬧翻天；他熟悉一切，足以讓我們跟自己作對。他是專家，負責偵查，他的經驗可以讓他是救星或是撒旦。

或許我一直害怕凶手是個警察。

馬里諾不符合。但凶手可能在這裡工作了數個月之久，他在城裡多處制服店買深藍色連身裝，在警察局男子盥洗室用硼砂肥皀洗手，並且對法庭與偵查程序知之甚詳，足以欺瞞他的弟兄們與我。他可能是一個墮落的警察，或者他原來就有問題。警察這個職業一向就對心理不正常的人有很大的吸引力。

我們查過到達謀殺現場的醫護人員，但我們沒有查過那些在屍體被人發現後趕到的警員。

說不定有個警察執勤時或下班後喜歡翻電話簿，與被害人最先的接觸或許是聽到她們的聲音，然後激發他下手謀殺。事後他還得在街上逛逛，以便屍體被人發現時，他可以馬上到達現場。

「我們最好去找麥特．彼德森。」衛斯禮在對馬里諾說話。「他還在城裡嗎？」

「呀，我想是的。」

「我想你最好去問他，他太太有沒有提起過有人打電話來推銷、做民意調查，或有人說她贏了大獎之類，任何跟電話有關的事。」

馬里諾把椅子往後推。

我很保留的沒將心裡想的話立刻說出。

我改成問他，「屍體發現後，警察接到報告的電話錄音或書面紀錄會不會很難拿到？我想知道凶案訊息傳來的確切時間以及警察到達的時間，特別是蘿瑞．彼德森的案子。假設凶手在晚上上班，死亡的時間可能對我們決定凶手何時下班非常重要。」

「沒問題。」馬里諾不經心的回答。「你可以跟我一起去。等我們找過彼德森後，就去無線電通訊室。」

麥特．彼德森不在家。馬里諾留了名片在他的公寓門環後。

「我想他不會回我電話。」他開車上路時嘟噥的說。

「爲什麼？」

「我上次去的時候，他沒有請我進去。他站在門口像堵牆似的。他已經算很幫忙了，聞過那件連身裝後才叫我滾蛋。他把門摔在我臉上，說以後要我直接找他的律師聯絡。彼德森說他的測謊結果證實他沒罪，而我一直在騷擾他。」

「你可能是在騷擾他。」我說的是實話。

他看我一眼，幾乎微笑了。

我們離開西邊，轉向城中心。

「你說什麼離子測試測出硼砂，」他換了話題，「這麼說並不是化妝的油彩囉？」

「油彩裡沒有硼砂。」我回答。「裡面有種俗稱『太陽紅』的色素會對雷射起反應，但裡面並沒有硼砂。很可能彼德森碰他太太時，他手上有點這種『太陽紅』，所以才留下那種印子。」

「在刀上那種發光的殘餘物呢？」

「留下的痕跡太小，沒有辦法測量。但我不認爲會是『太陽紅』。」

「爲什麼？」

「太陽紅不是粒狀粉末，而是一種油膏……你記不記得你曾經把一個裝了深粉紅色油膏的大白罐子帶回檢驗室？」

他點點頭。

「那就是『太陽紅』。不論使它在雷射下發亮的成分是什麼，它都不會像硼砂肥皂那樣搞得到處都是。那種以油膏作底的化妝品通常會造成一塊高密度的發亮殘餘物，這情形是用了化妝品的人其手指緊緊碰觸到物體表面後形成的。」

「像在蘿瑞的鎖骨上。」他想到。

「不錯。也在彼德森的指紋卡上，指尖壓到紙上的部分，其他地方都沒有起任何亮光，只有在指端的墨印上。那把求生刀刀柄上亮光形成的模式就不一樣，它們到處都是，跟在那些女人身上到處都有的亮光很相似。」

「你的意思是，如果彼德森手上有這種『太陽紅』，然後再拿刀，刀上應該有一塊塊的亮光，而不是東一點西一點的碎光。」

「沒錯，就是這個意思。」

「嗯，那你在屍體及繩索上發現的亮光是什麼成分造成的呢？」

「蘿瑞手腕上的量相當集中，足夠測驗，結果就是硼砂。」

他戴上了太陽眼鏡的臉孔轉向我。「這麼說，是兩種不同的發亮物質囉？」

「對的。」

「嗯。」

就像里奇蒙大多數的公家建築一樣，警察總部是棟灰泥大樓，灰撲撲的簡直跟水泥人行道沒兩樣。那種醜惡的平淡被飄揚在藍空下的鮮明國旗與州旗給打斷。馬里諾從大樓的後面開進去，停在一排沒有加識別的警車之中。

我們進到走廊，走過有玻璃包圍的詢問台。穿著深藍制服的警員對馬里諾笑笑打招呼，對我則招呼一聲「大夫」。我瞟了我的西裝外套一眼，幸好我記得脫了檢驗室的罩袍。我一天到晚穿習慣了，有時根本忘記脫下來。偶爾我不小心穿著出了辦公大樓時，就覺得好像穿的是睡衣。

我們經過公告欄，上面貼滿了對兒童性騷擾的罪犯、金光黨、各種普通惡棍的畫像，還有里奇蒙十大通緝要犯的照片。有些人居然對著照相機微笑。他們上了這個城市的名人榜。

我跟著馬里諾走下一段昏暗的樓梯，腳步踏在金屬階梯上，發出空洞的聲響。我們在一扇門前停下。他從一扇小玻璃窗裡往內看，對裡面的人做個手勢。

電動門自動開了。

這是無線電通訊室，一個擠滿了桌子、塞滿了電話和電腦的地窟。玻璃牆外有另一間房間，裡面有一整屋分派工作的人員，對他們來說，整個城市就像他們的電動玩具。九一一的接線生好奇的看著我們。有些人在忙著接電話，有些人則在聊天抽菸，原本戴在頭上的耳機則放下來掛在脖子上。

馬里諾帶我走到一個角落，那裡的架子上擠滿了一個個裝了大捲錄音帶的盒子，每個盒子按日期標明。他伸手從那一排排錄音帶裡逐一抽出五捲，每捲包括了一週的紀錄。

他把錄音帶放在我的手臂裡，慢吞吞的說，「聖誕快樂。」

「什麼？」我看著他，好像他瘋了。

「嘿。」他拿出香菸。「我呢，我要去披薩店了。那裡也有錄音機。」他一屈指，指向玻璃後任務分派員的房間。「你可以在那裡聽，也可以帶回你的辦公室。如果是我，我會把它們帶出這個動物園，但別說是我告訴你的。照規矩你不可以帶出去。等你聽完之後，請你直接交給我。」

我開始感到頭痛。

接著他帶我去一個小房間，裡面的雷射印表機正在吐出幾哩長的報表紙。疊在地上的紙已經有兩呎高了。

「我們離開你辦公室前，我找了幾個傢伙來。」他簡單的解釋。「讓他們印出過去兩個月所有在電腦裡的資料。」

老天。

「地址及所有的資料都在上面了。」他平板的棕色眼睛看我一眼。「你必須看印出來的資料，才能知道當電話打進來時，在螢幕上出現了什麼。如果沒有地址，你無法知道這些電話是誰打進來的，以及爲了什麼緣故打進來的。」

「難道我們不能只印出我們需要的資料？」我忍不住發惱的問。

「你對主機熟不熟？」

當然不。

他四處看看。「這裡沒人會搞主機。樓上我們有個專門弄電腦的，不過現在他正在海灘逍遙。除非整個系統都當掉了，我們不能去找其他的專家。如果他們叫人來修，一小時要敲掉七十塊。就算警方願意跟你合作，那些傢伙不知要多久才會辦出來。如果你走運，那個電腦專家最快也要明天下午才會到，甚至可能是星期一，下星期某天。所以，大夫，你看，你已經夠好運了，我居然找得到人會按列印鍵。」

我們站在房間裡足足有半小時。印表機終於停了，馬里諾一把撕下了紙。地上那一疊總共有三呎高，他找了一個報表紙的盒子放進去。當他拿起來時悶哼了一聲。

我跟著他回頭走出無線電通訊室。他轉過頭跟一個長得不錯的黑人通訊員說，「如果你看到柯克，我有話要對他說。」

「沒問題。」那個通訊員打了個呵欠回答。

「告訴他不可以再開那種十八輪大卡車，他不是在演電視劇。」那個通訊員笑了。笑聲聽起來就像演員艾迪．墨菲。

接下來的一天半，我連衣服都沒換，穿著尼龍運動衣、戴著耳機躲在家中。柏莎簡直就是天使下凡，她帶露西出去玩了一整天。

我不進城裡的辦公室，因爲那裡不斷有人來打擾，而我正在跟時間賽跑，希望在星期五深夜至星期六凌晨的那幾個小時前能有所發現。我堅信他一定會再下手。

我跟蘿絲聯絡了兩次。她說從我跟馬里諾離開後，安本基已經找了我四次。署長命令我立刻去見他，向他解釋昨天早報的頭條新聞是怎麼一回事。用他的話說，這次新聞的走漏「最新、最驚人」。他要ＤＮＡ報告以及備有「最新證據」的報告立刻送過去。他氣憤不過，居然親自打電話來威脅蘿絲，但蘿絲也不是好惹的。

「你跟他說什麼？」我詫異的問她。

「我告訴他，我在你的桌上有留言。當他威脅我，說我不立刻接通他給你的電話，就要炒我魷魚時，我告訴他沒問題，我從來沒有告過任何人——」

「你不是說眞的吧？」

「絕不是開玩笑。如果這個討厭鬼另外還有個腦袋的話，它會嘎嘎響。」

我的電話留言機已經打開了。如果安本基打電話到我家，他只能跟我的機器耳朵打交道。

這些錄音帶就像是重重惡夢。每捲帶子有七天，一天二十四小時。當然帶子並沒有那樣長的時數，每小時通常只有三或四個爲時兩分鐘的通話。時間長短就看九一一有多忙碌。我的問題是要找出凶殺案發生後報案的確切時間。如果不耐心聽，就可能錯過一段，必須再回頭。如此一來順序大亂，反而更糟。

而且這些電話實在讓人沮喪。有些心理失常的人打電話來報告他們的身體被外星人占領，有些人醉得昏天黑地，還有些人的另一半心臟病發，或中風剛剛倒在地上。有很多的車禍，有人要自殺，有人偷東西，吠聲擾人的狗，喧譁的唱機，還有人誤把炮竹聲、車胎爆裂的聲音當成槍聲來報案。

我聽一段，跳一段。到現在爲止，我找到了三通電話。布蘭達、韓娜，現在是蘿瑞。我把帶子倒轉回去，找到就在她遇害前打的那通被打斷的九一一電話。打進去的時間是六月七日星期六清晨，十二點四十九分整，在錄音帶上唯一可以聽到的，只是接線生接了電話清脆的說「九一一」。

我折起一頁又一頁的長串報表紙，直到發現該次的通話紀錄。蘿瑞的地址出現在九一一的螢幕上，她的家列在蘿瑞．彼德森的名下。接線生將她列爲第四優先，然後交給在玻璃牆後的任務分派員。三十九分鐘後，二一一號巡邏警察接到電話，六分鐘後開車到她家，之後又趕去處理家庭糾紛。

一點五十七分時，彼德森家的地址又出現了，這次的時間與那通中斷的九一一電話整整隔了六十八分鐘。麥特．彼德森發現了他太太的屍體。我聯想到要是他那晚沒有彩排，要是他早一點到家，早個一小時、一小時半——

錄音帶發出卡搭一聲。

「九一一。」

急速喘氣的聲音。「我太太！」驚慌聲。「有人殺了我太太！請快來！」尖叫聲。「噢，天啊！有人殺了她！快、快點來！」

他歇斯底里的聲音讓我不能動彈。彼德森既說不出一個完整的句子，當接線生問他螢幕上的地址對不對時，他也記不起他家的地址。

我停下錄音帶，很快的計算了一下。第一次去的警察用燈照過他們家的前面，覺得沒問題，二十九分鐘後彼德森回到家。被打斷的九一一電話是在十二點四十九分。警察終於到來是在一點三十四分。

中間有四十五分鐘。凶手折磨蘿瑞不會超過四十五分鐘。

一點三十四分時，凶手已經離開了。臥室的電燈熄滅。如果他還在，電燈一定是開著的。我很確定這一點。我不認爲他在黑暗中可以找到電線，並且綁那種複雜的索套。

他是個虐待狂。他故意讓被害人看到他的臉，特別是他戴了面具的話。他要被害人看著他的一舉一動，迫使她陷於不可言喻的恐懼中——看他環顧四處，割斷電線，開始綑綁她——

等他殺了人後，他平靜的關了燈，從浴室的窗戶爬出去，可能就在巡邏車開過前不久。半小時不到，彼德森走了進來，那股像垃圾般的體臭還在空氣中浮蕩。

到目前爲止，我還沒有發現有同一輛警車去過這三個案子的現場。失望之下，我簡直沒力氣再繼續進行。

我聽到前門打開的聲音，就此停工休息。柏莎和露西回來了。她們一五一十的向我報告。我打起精神微笑傾聽，露西疲倦極了。

「我的肚子痛死了。」她哀哀叫。

「當然囉，」柏莎說，「我告訴你不要吃那些亂七八糟的東西，棉花糖、裹粉炸熱狗——」她一邊搖頭。

我給露西喝了雞湯，送她上床。

我回到書房，不情不願的再戴上耳機。

我好像抽離了世界，壓根沒有注意到時間的流逝。

「九一一」，「九一一」。

一遍又一遍在我的腦海裡出現。

過了十點鐘不久，我已經累得腦子不清。我呆呆的回轉錄音帶，想要找出佩蒂．路易斯屍體被人發現時打進來的電話。我一邊聽，一邊將眼睛轉向在我膝蓋上的電腦報表紙。

但是我有看沒有到。

塞西爾．泰勒的地址出現在一張報表紙的中間，上面記著五月十二日，晚上九點二十三分。

不對。直到五月三十一日她才被謀殺的。她的地址不該出現在這張報表紙上，也不該在這捲錄音帶上。

我把錄音帶每隔幾分鐘停一停的往回轉，我足足找了二十分鐘才找到。我把那段聽了三次，想要弄明白到底是怎麼一回事。

九點二十三分，一個男人的聲音回答，「九一一。」

一個溫柔、很有教養的女人聲音停了一下後驚異的說，「噢，對不起。」

「請問有什麼問題嗎？」

不好意思的笑聲。「我要找詢問台。很抱歉。」又一聲笑。「我想我把四按成九了。」

「嗳，沒問題。太好了。知道你沒出事，就是最好的事。」愉悅的聲音又加了一句。「祝你晚安。」

沉默。卡拉一聲，錄音帶又再繼續下去。

在報表紙上，那個被謀殺的黑女人的地址簡單的列在她的名字下：塞西爾．泰勒。

突然之間，我明白了。「耶穌基督、耶穌基督。」我喃喃道，胃立刻抽緊了起來。

布蘭達．史代普發生車禍時曾報過警。蘿瑞．彼德森的丈夫也曾說過，蘿瑞報過警，她以爲有小偷，結果只是小貓爬進了垃圾箱。艾比．敦布爾曾經報過警，因爲她發現有個坐在黑色車裡的男人在跟蹤她。而塞西爾．泰勒打錯了，她不是要打電話報警，只是打錯了號碼。

她原該打四一一，但她打了九一一。

一個錯誤的號碼。

五個女人中有四個打過九一一。所有的電話都從她們的家裡打出來，每個地址都立刻出現在電腦的螢幕上。如果地址是列在女人的名下，接線生通常知道她們是獨居。

我跑進廚房。我不知道我為什麼要跑進廚房，因為我的書房也有電話。

我發瘋似的戳出警探組的電話號碼。

馬里諾不在。

「我需要他家的電話號碼。」

「很抱歉，我們不能給你他家裡的號碼。」

「該死的。我是史卡佩塔醫生，首席法醫。給我他的號碼。」

對方嚇了一跳。不論那個警察是誰，他開始連聲道歉。他給了我馬里諾家的號碼。

我撥了號碼。

「謝天謝地。」我聽到馬里諾的聲音後興奮的說。

「有這種事？」他聽我一口氣說完後說。「當然，我去查，大夫。」

「難道你不覺得你該趕到無線電通訊室去看那畜生在不在？」我扯著喉嚨尖叫。

「那傢伙說了什麼？你認出他的聲音嗎？」

「我當然認不出他的聲音。」

「他到底對塞西爾．泰勒說什麼？」

「我讓你聽。」我奔回辦公室，回轉了錄音帶，拔掉耳機並調高了音量。

「你認得出來嗎？」我再接起電話。

馬里諾沒有回答。

「你聽見沒？」我大聲說。

「嗳，冷靜點，大夫。今天大家都很累了。你收好錄音帶，我答應你我一定會去查。」

他掛了電話。

我站在那裡瞪著我手上的話筒。我坐著不動，直到電話裡不再有鈴聲，一個機器的聲音傳出來，「如果你想要打電話，請掛下話筒再試一遍——」

我查了前門，確定開啓了防盜系統，然後才上樓。我的臥室在走廊的盡頭，可以看到後面的樹林。玻璃窗後螢火蟲在漆黑中閃爍，我神經緊張的拉下了百葉窗。

柏莎有種不合理的想法。不管有沒有人在屋內，她都認爲陽光該照射進來。「殺菌呀，凱醫生。」她會這樣說。

「地毯跟沙發都要褪色了。」我會這樣回答。

但她還是自行其事。我討厭在天黑後上樓時發現百葉窗是開著的。我總是先關窗再開燈，即使外面有人想看也沒辦法看到我。但今天我忘了。我也懶得脫掉運動衣，就拿它當睡衣吧。

我站在衣櫥間的小凳子上，抽出那個Rockport球鞋的鞋盒。我打開盒蓋，把點三八手槍放在枕頭下。

我擔憂得像是快要生病了。我怕我會在那黑色的清晨被人叫醒，然後忍不住對馬里諾破口大罵，「你這個大笨蛋！我告訴過你了。」

那個不能動彈的大傻瓜現在在幹什麼？我關上燈，被子遮住耳朵。他可能在喝啤酒、看電視。

我又坐起來打開燈。床邊桌上的電話在壓迫著我，我想不出可以打給誰。如果我打電話給衛斯禮，他還是會去找馬里諾。如果我打電話給警探組，不論是誰接的電話，就算他把我說的話當一回事，他還是要找馬里諾。

馬里諾。是他主管這個該死的案子。條條大路通羅馬。

又關上了燈，我瞪向黑暗之中。

「九一一。」

「九一一。」

我輾轉不能成眠，揮不走那個聲音。

當我悄悄的下樓時已經過了午夜。我找到了一瓶白蘭地。自從幾個小時前送露西睡覺後，她就沒有發出任何聲響，應該是熟睡了。我希望我也能像她一樣。我像喝咳嗽糖漿似的喝了兩小杯，悲悲慘慘的回到臥室再關上了燈。我可以聽到時間一分分的在鐘上爬過。

卡搭。

卡搭。

我半睡半醒，翻來覆去。

「——所以他到底對塞西爾．泰勒說了什麼？」

卡搭。錄音帶繼續下去。

「很抱歉。」不好意思的笑聲。「我想我把四按成九了。」

「噯，沒問題——祝你晚安。」

卡搭。

「我把四按成九了——」

「九一一。」

「嗨——他長得頂不錯。他不需要對女人下藥，就有人願意跟他睡覺——」

「——因爲他現在出城去了，露西，鮑士先生去度假了。」

「噢。」眼睛裡無限傷感。「他什麼時候回來？」

「七月才回來。」

「噢。爲什麼我們不跟他一起去，凱阿姨？他是不是去海灘？」

「——你老是隱瞞我們的關係。」他的臉在升起的熱氣與油煙下發光，他的頭髮在陽光下像金子似的。

「九一一。」

我在我母親的房子裡，她在對我說話。

我跟一個我看不見的陌生人坐在旅行車上，有隻小鳥懶洋洋的在我的頭上打轉。棕櫚樹從兩旁飛掠而過，長頸的白鷺像從佛羅里達州沼澤地裡伸出來的細瓷潛望鏡。我們經過時，那些白頭也跟著轉動，在看我們，在看我。

我一翻身，平躺著可能比較舒服。

我的父親坐在床上看著我，聽我說白天在學校發生的事。他的臉色灰白，眼睛眨也不眨，我聽不到自己對他說的話。他沒有任何反應，只是那樣瞪著我。我心裡充滿了恐懼。他的白臉瞪著我，空洞的眼睛瞪著我。

他死了。

「爸爸、爸爸——」

我的頭埋在他的脖子裡，一股陳腐的、病態的甜味衝進我的鼻子——

我的腦子一片黑暗。

我像泡沫從深處上升，知覺逐漸回復。我能感覺到我的心跳。

那股味道。這是真的，還是我在做夢？

那股腐敗的臭味！我在做夢嗎？

我腦子裡的警鈴大作，我的心在跳。

發臭的空氣流過來，有人擦過床。

16

我的右手與枕頭下的那把點三八口徑手槍相距十二吋，只有十二吋。

這是我經驗裡最長的距離，永無止境、不可能觸及的長。我無法思考，只能感覺那個長度。我的心好像瘋狂了起來，像小鳥撞擊鳥籠欄杆般撞擊肋骨。血在我的耳朵裡奔騰，我的身體僵硬，所有的肌肉緊繃，全身因恐懼而抖個不停。臥室裡一片漆黑。

我慢慢的點頭，像金屬般的聲音在震盪，他的手壓在我的唇上，擠迫著我的牙齒。我點頭，表示我不會尖叫。

抵在我喉嚨的刀子大到像彎刀。床往右傾，接著卡搭一聲，亮光讓我的眼睛睜不開。當我的眼睛重新適應燈光後，我看著他，喘不過氣來。

我不能呼吸，不能動。像刀片一樣薄的刀刃冰冷的抵在我的皮膚上。

他的臉是空白的，五官被白色的絲襪壓平，眼睛從割出的兩個洞裡透出來。冰冷的憎恨從眼裡傾瀉出來。他呼吸時，絲襪也隨著起伏。那個可怖、不像人類的臉就靠在我的臉旁邊。

「你一出聲，我就把你的頭砍掉。」

我腦裡的思緒全湧出來。露西。我的嘴開始變麻，我能嘗到血水的鹹味。露西，不要醒來。從他的手臂、他的手傳來繃緊的張力。我就要面臨死亡。

不。你不想這樣做。你不需要這樣做。

我是個人，就像你的母親，你的姊妹。你不想要這樣做。我像你一樣是個人。我可以說出你想知道的事，像警察知道些什麼，我又知道些什麼。

不。我是個人，一個活生生的人！我可以跟你說話。你要讓我跟你說話。

腦中盡是不成句子的隻字片語，無法說出口，沒有用的，沉默禁錮了我。請不要碰我。噢，天、天，不要碰我。

我一定要讓他拿開他的手，讓他跟我說話。

我試著用我的意志力迫使我的身體柔軟下來，放輕鬆。發生了一點效力。我稍微放鬆，而他也發現了。

他捂住我嘴巴的手稍微鬆了點，我慢慢的吞了口口水。

他穿著件深藍色套頭連身衣，衣領上都是汗水，腋下也有一大圈汗漬。抓著刀柄抵住我喉嚨的手，覆蓋在半透明的外科手套下。我可以聞到橡膠的味道，還有他的。

我看到貝蒂檢驗室裡的那件連身衣，當馬里諾打開塑膠袋時，我聞到那股腐敗的甜味——

「這是不是他聞到的味道？」像重映的老電影在我的心中出現，馬里諾指著我眨眨眼。「中獎了——」

連身衣平鋪在檢驗室的桌上，是大號或特大號，一塊塊沾血的部分已經被割下來——

他呼吸沉重。

「請你——」我不能動，只能勉強的開口。

「閉嘴！」

「我可以告訴你——」

「閉嘴！」他的手粗暴的捏緊。我的下巴就要像蛋殼般破碎。

他的眼睛東張西望，檢查我臥房的一絲一物，最後在窗簾垂下的繫帶停住。我可以看到他在注視它們。我知道他在想什麼，以及他打算怎麼利用它們。然後那雙眼睛又跳到我床頭燈的電線。一樣白色的物件從他口袋飛出，他塞進我的嘴裡，拿開了刀。

我的頸子硬得像著了火，臉孔全痲木了。我試著用舌頭把那塊乾布從我嘴裡往外推，並小心不讓他注意到。口水一滴滴流進我的喉嚨。

整棟房子一點聲音也沒有。血流在我的耳朵裡震蕩。露西。救我們，上帝。

其他的女人遵照他的話做。我看到她們窒息、死透的臉——

我試著回憶我所知道的他，試著去了解。然而那把刀就在我面前，在燈光下閃亮。

我的手臂與腿在被子下。我不能踢、不能抓、不能動。如果燈跌落地上，房間會變黑。

我會看不到，而他有刀。

我可以說服他不要做。如果我能開口，我可以跟他講理。

她們窒息的臉，索套深陷入她們的脖子。

十二吋，只有十二吋。這是我知道最長的距離。

他不知道有那把槍。

他很緊張、亢奮，似乎很迷惑。他的脖子發紅，汗如雨下且呼吸緊促，不斷喘氣。

他沒有注意到我的枕頭。他掃視四周，但枕頭不是他的目標。

「你動——」他輕輕碰觸頂在我喉嚨的刀尖。

我的眼睛睜大，動也不動的盯著他。

「你會喜歡的，母狗。」他的聲音低沉、冰冷，來自地獄。「我把最好的部分留在最後。」絲襪被吸進吸出。「你想知道我怎麼做的？我現在就慢慢做給你看。」

那聲音。那聲音很熟悉。

我的右手。槍在哪裡？在右邊還是左邊？我記不得了，也無法思考。他必須先弄到繩索。他不能割燈上的電線，房間裡只開了這盞燈。頭頂上的電燈開關在門邊，他在看那個開關，那個空洞的長方形開關。

我的右手輕輕的上移了一吋。

他的眼睛閃回來看我，又轉到窗簾。

我的右手在我的胸上，在被單下幾乎到了我的右肩。

我感到床褥往上彈，他站了起來。他手臂下的汗漬擴大，一身都是汗。

他看看門口的電燈開關，又轉回臥室的窗簾，一時之間無法決定。

就在一轉眼之間，我的手碰到那塊硬冷的東西，然後一把抓住它。我滾出了床，被單還纏在我身上，又跌在地上。手槍的撞針鎖上，我在地上坐直，被單捲在我的股下，所有事都在那瞬間發生。

我不記得我做了什麼事，腦中一片空白。那是本能，別人的本能。我的手指壓住扳機，顫抖個不停，手槍不斷的上下顫動。

我不記得怎麼把塞在嘴裡的東西拿出來。

我只能聽到自己的聲音。

我在對他尖叫。

「你這狗娘養的！你這該死的狗娘養的！」

我尖叫，槍枝上下跳動。我的恐懼、憤怒以三字經爆發了開來，但那些話像從別人的口裡說出來。尖叫，是我在對他尖叫，要他脫下面罩。

他在床的另一邊僵住。我好像在遙遠的地方，意識到正在發生的事。那把在他手中的刀，原來只是把折刀。

他的眼睛移到手槍上。

「拿掉面罩！」

他的手臂緩緩的移動，那層白色跌落在地上……

他轉過去……

我尖聲大叫，槍火冒出，玻璃碎裂，一切發生得太快，我不知道發生了什麼事。

只有瘋狂。東西跌落散開，刀子從他的手裡脫出。他撞上床邊的桌子，抓著燈跟他一起跌在地上，有人說話，房間又成一片漆黑。

有人狂亂的在門邊牆上亂摸——

「這鬼地方的開關在哪裡——？」

我也會那樣做。

我知道我會那樣做。

我想要扣扳機，我一生中沒有碰過比這更想要做的事。

我想要在他的心上打出一個跟月亮一樣大的洞。

我們至少討論了五次以上。馬里諾說他不認為事情的發生經過像我所說的那樣。

「嘿，我一看到他爬進窗子，大夫，我就跟在他後面。在我到之前，他在你臥室不會超過三十秒。而且你也沒有拿出槍來。你去拿槍，滾下了床，我奔進來，開槍把他轟掉。」

星期一早上，我們坐在我城裡的辦公室。我幾乎不記得前兩天是怎麼過的。我覺得我好像活在水下，或者根本在另一個星球上。

不論他怎麼說，我相信當馬里諾突然在我門口出現，他的點三五七手槍在凶手身上打入四顆子彈時，我的槍也指著凶手。我沒有去試他的脈搏，也沒有試著止血，我只是坐在地上攪成一團的被單裡，我的槍在膝上，我意識到發生的事，我的淚水落在面頰上。

那把點三八沒有裝子彈。

我上樓睡覺時內心十分沮喪且又心神不寧，我忘記上膛了。彈匣仍在盒子裡，放在我衣櫃抽屜的一疊毛衣下，一個露西永遠不會想到去找的地方。

他死了，死在我的地毯上。

「他也沒有脫下面罩。」馬里諾繼續說。「人的記憶有時很奇怪的，你知道。當斯尼德與瑞奇一到，是我把他的面罩扒下來的。那時他已經像狗食一樣死透了。」

他只是個男孩，一個臉孔像漿糊，有古怪、髒金色頭髮的男孩。他的鬍子只能算是些骯髒的細毛。

我永遠不會忘記他的眼睛。我從他窗子般的眼睛裡看不到他的靈魂。它們是空洞的窗子，開向無邊的黑暗，像他爬過的窗，所以他可以去謀殺那些他聽過聲音的女人。

「我以為他有說話。」我喃喃的對馬里諾說。「他跌倒時，我想他有說話，但我不記得他說什麼了。」我遲疑的問，「他有沒有說話？」

「噢，他是有說話。」

「說什麼？」我顫抖的從菸灰缸裡拿回我的香菸。

馬里諾鄙夷的笑笑。「就像記錄在墜機黑盒子上的話，以及很多雜種最後說的話。他說，『噢，狗屎。』」

一顆子彈打中他的大動脈，另一顆打中他的左心室，第三顆穿過肺落在脊椎上，第四顆穿過組織，沒有打中任何器官，只有打破了我的窗戶。

我沒有驗他的屍體。我要一個從北維吉尼亞來的副手做，報告就在我桌上。雖然我不記得打電話要他做，但我一定打過這電話。

我還沒看報紙。我受不了，昨天晚報的頭條已經夠我受了。報紙一送到我家門口，我就急忙丟進垃圾箱，但還是瞄到了一眼：

勒殺案凶手在首席法醫臥室遭警探槍殺致死

這下可好了。我問我自己，大衆會以爲半夜兩點誰在我的臥室裡？凶手還是警探？太妙了。

被殺死的變態凶手是市政府一年前雇用的通訊員。里奇蒙的通訊員是一般平民，不算警察。他值班的時間從六點到午夜，名字是羅尹．麥克寇可。有時他接九一一電話，有時擔任任務分派員，這就是爲什麼馬里諾會認出錄音帶上聲音的緣故。馬里諾沒有告訴我他認出來了，但他確實認出來了。

麥克寇可星期五晚上沒有去上班，他請了病假。自從艾比星期四早報的新聞出來後，他就沒有去上班。他的同事對他的印象很平淡，既不好也不壞，他們只覺得他回電話的語氣與說的笑話滿可笑的。他同事常常開他玩笑，因爲他上班時不停的去盥洗室，可以多到十幾次。他會洗他的手、臉和脖子。有個任務分派員有次撞了進去，發現麥克寇可簡直在擦澡。

在通訊室的男子盥洗室裡有一瓶硼砂肥皂粉。

他是個「不錯的傢伙」。沒有哪個人跟他很接近。他們以爲他有女朋友，下班後就跟女朋友在一起。一個「好看的金髮女孩」叫「克莉絲汀」，其實根本沒有克莉絲汀這個人。他下班後唯一去看的是被他屠殺的女人。他的同事都不相信他是凶手，那個勒殺女人的人。

我們認爲麥克寇可有可能在幾年前謀殺了三個住在波士頓的女人。那時他開大卡車，波士頓是他送貨的地點之一，他把雞隻送到當地的一家罐頭工廠。不過我們不能確定。我們永遠不會知道他在全國各處到底殺死了多少女人，可能有好幾打。他最先可能只是偷窺，然後變成強姦犯。他在警察那裡沒有紀錄，最多不過是張超速的罰單。

他只有二十七歲。

根據他在警察局檔案裡的履歷表，他曾做過好些行業：卡車司機、替克里夫蘭一家水泥公司送貨、郵差，此外也曾在費城送過花。

星期五晚上馬里諾無法找到他，但他也沒有費力找。從十一點半起，馬里諾在我的住家外等，就躲在樹叢的後面監視。他穿件深藍色的警用連身裝，以便融入夜色裡。當他在我臥室打開天花板上的燈時，我看到他穿著那套衣服站在那裡，手上拿著槍，在那驚恐的一刻，我分辨不出誰是凶手、誰是警察。

「你看，」他說，「我在想艾比·敦布爾跟這些案子的關係，在想那傢伙是不是想殺她，但結果錯殺了她妹妹。我開始擔憂。我問我自己，在這城裡，他還會想殺哪位女士？」他看著我，在深思。

當艾比有天晚上從報社被人跟蹤而打九一一時，是麥克寇可接的電話。他因此知道她住的地方。說不定他老早就想要殺她，或者他直到聽到她的聲音，發現她是誰後才決定要殺她。我們永遠不會知道。

我們能確定的是，那五個女人過去都打過九一一。佩蒂·路易斯在她死前兩個星期打的。一個星期四晚上八點二十三分，在暴風雨後，她打電話報告離她家一哩外有個紅綠燈壞了。她是個盡責的公民，打電話是希望能預防交通事故。她不希望有人會受傷。

塞西爾打錯了號碼。

我從來沒有打過九一一。

但我不需要打。

我的號碼與地址都在電話簿上，因爲法醫必須在下班後還能找到人。而且我前幾個星期爲了找馬里諾，跟好幾個任務分派員說過話。其中一個可能就是麥克寇可。我永遠不會知道，也不想知道。

「你的照片上過報紙，電視也播過。」馬里諾繼續。「你在辦他所有的案子，他在想你知道些什麼，連帶的想到你。我覺得很擔心。然後又有個新說法，說他新陳代謝失調，說你的辦公室有他的把柄。」他不疾不徐的說。「現在他要出問題了。這下子變成了私人怨恨。那個傲慢的女大夫藐視他的智力，看不起他這個大男人。」

那些我在半夜接到的電話……

「這些逼他發瘋。他恨女人當他是個傻瓜。他在想，那條母狗以爲她比我聰明、比我了不起。我要給她好看，我要幹掉她。」

檢驗室罩袍下我還穿著件毛衣，兩件衣服的鈕釦都扣到脖子，我還是覺得不夠暖和。過去兩個晚上我睡在露西的房間。我要重新裝修我的臥室，甚至想賣掉我的房子。

「所以我猜那天報上的大新聞是把他震到了。班頓說那是好事，說他可能會鋌而走險。你記得我很憤怒？」

我勉強點點頭。

「你想知道我爲什麼很憤怒嗎？」

我只是看著他。他像個小孩，他對自己很驕傲。我應該去稱讚他、應該很高興，因爲他在十步之內殺死了凶手，在我的臥室裡把他殺了。那傢伙有把小刀。他能怎麼樣？把刀摔過去？

「嗯，我先告訴你一件事。我有個小道消息。」

「什麼消息？」我精神集中起來。「是什麼？」

「我們的黃金男孩鮑士。」他一抖菸灰，平鋪直敘的說。「他還算有點氣概。就在跑走之前，他告訴我他擔憂你——」

「擔憂我？」我衝口而出。

「說他有天晚上在你家時，外面有輛可疑的車。車子開過來，關了燈又急急開走。他擔心有人監視你，說不定就是那凶手——」

「那是艾比！」我狂亂的叫道。「她來看我，問我問題。看到比爾的車，她嚇到了——」

馬里諾像是很驚異，但只在那一刹那間。之後他聳聳肩。「不論如何，幸好引起我們的注意，嗯？」

我說不出話，幾乎要流下淚來。

「這些足夠讓我不安了。事實上，我監視你家已經有好一陣子，常常在深夜。然後出來這麼個該死的ＤＮＡ新聞。我在想那鼠輩可能已經看上了大夫，現在更不得了。這項新聞並不會把他誘向電腦，這新聞直接把他送過去殺她。」

「你對了。」我清一清喉嚨說。

「你說對了，我是對的。」

馬里諾不需要殺死他。除了我們兩人之外，別人永遠不會知道。我絕不會說出去，我自己也會那樣做。說不定我這樣難過是因爲即使我眞的動手殺他，也不會成功的。那把點三八手槍裡並沒有裝子彈，它只能發出一聲響聲，僅僅只有那一聲響聲。我會這麼難過或許是因爲我不能救自己的性命，而我不想要感謝馬里諾救了我的命。

他不斷的說下去。我的憤怒開始慢慢燃燒，像膽汁般逐漸的在我的喉嚨裡升起。

突然間，文葛走了進來。

「嗯，史卡佩塔醫生。我知道這不是談話的好時候，我的意思是，你還沒復原。」

「我沒問題！」

他睜大眼睛，臉色變白。

我降低聲音說道，「很抱歉，文葛，是的，我還是不很舒服。我心裡很亂，簡直不像我自己。你想要說什麼？」

他從他天藍色絲質長褲的口袋裡掏出一個塑膠袋，裡面裝著一截Benson & Hedges 100's香菸的菸蒂。

他輕輕的放在我的記事簿上。

我摸不著頭緒，因此等他繼續。

「嗯，你記不記得我問你署長是不是反抽菸？」

我點點頭。

馬里諾開始不耐煩，環顧四側，好像覺得很無聊。

「你知道，我有個朋友派崔克，他在對街會計處做事，跟安本基同一棟大樓。」他臉紅了起來。「派崔克跟我，我們有時在他車子旁會面，然後一起去吃午飯。他分到的停車位在安本基的兩排之後。我們以前也看過他。」

「以前看過他？」我不解的問。「以前看過安本基？在做什麼？」

文葛傾身向前祕密的說，「看他抽菸，史卡佩塔醫生。」他站直了起來。「我發誓。快到中午時或在午餐後，派崔克跟我坐在車裡只是聊天、聽音樂，然後我們看到安本基坐進他黑色的車裡去吸菸。他甚至不用菸灰缸，因爲他怕有人會發現。他老是先東張西望一番，然後把菸蒂丟在車外，接著再東張西望，往嘴裡噴除臭劑，一邊走回辦公室——」

他不解的看著我。

我笑不可抑，笑到涕泗交流。我一定是歇斯底里到停不下來。我敲桌子、擦眼睛，我猜整層樓的人都能聽到我的笑聲。

文葛也開始笑，不安的笑，接著他也不能停止。

馬里諾皺眉看著我們，好像我們是兩個驢蛋，然後他也忍不住微笑。一秒鐘之內，他被香菸哽住，捧腹大笑起來。

文葛終於繼續說。「發生的事情是——」他深吸一口氣。「事情是，史卡佩塔醫生，我等他丟了菸蒂離開車子後，跑去把他的菸蒂撿起來。我直接拿到血清檢驗室交給貝蒂，請她做檢驗測試。」

我喘不過氣來。「你把菸蒂交給貝蒂？那天你給她的就是菸蒂？做什麼？測他的口水？爲什麼？」

「他的血型是AB型，史卡佩塔醫生。」

「我的天。」

我立刻了解到關鍵。文葛在冰箱裡找到貼錯標籤的採證袋，上面的血型是AB型。

AB型很少見。只有百分之四的人是AB型。

「我一直疑心他。」文葛解釋。「我知道他很，嗯，很恨你。他對你那麼惡劣，一直讓我很難過。所以我問弗瑞德——」

「警衛弗瑞德？」

「不錯。我問弗瑞德那天有沒有看到任何人。你知道，問他有沒有看到不該進入停屍間的人。他說他星期一傍晚看到這樣的人。弗瑞德正開始巡視，在樓下停下來上廁所。他出來時，有個白人進去用廁所。弗瑞德告訴我那個人手裡有東西，某種文件袋。之後弗瑞德就出去幹他自己的事了。」

「安本基？是安本基？」

「弗瑞德不知道。他說大部分白人看起來都差不多，但他記得那傢伙，因爲他手上戴了一枚很好的藍寶石銀戒，年紀比較大，瘦巴巴，幾乎全禿了。」

馬里諾說了出來，「所以安本基可能到廁所去擦他自己——」

「是唾液。」我記起來。「是唾液的細胞。Y染色體，男人的。」

馬里諾對我微笑，然後他說，「所以他用棉花棒擦口腔——我希望就是他脖子上的那處。然後抹在採證袋裡的玻片上，貼了標籤——」

「一個他從蘿瑞．彼德森卷宗裡偷來的標籤。」我再度打斷了他，這次眞是感到太不可思議了。

「然後他放到冰箱去，讓你相信你搞砸了。天殺的，說不定也是他侵入你的電腦。太意外了。」馬里諾又笑了起來。「不由得你不愛。他逃不了的。」

上週末又有人試圖侵入電腦。我們推斷發生的時間在星期五下班後。星期六早上，當衛斯禮來拿麥克寇可的驗屍報告時，他注意到螢幕上有指令。有人想偷看韓娜·耶伯儒的資料。當然，打進來的電話已經被追蹤。我們在等衛斯禮從電話公司那裡拿到侵入者的身分。

我一直假設那是麥克寇可星期五來殺我之前幹的。

「如果是署長侵入那電腦，」我提醒他們，「他不會有麻煩。他有權看我的辦公室資料，或任何他感到興趣的事。我們永遠無法證明他改變了裡面的紀錄。」

所有的眼睛都瞪著塑膠袋裡的菸蒂。

竄改證據、詐欺，就算是州長也沒有這種自由。犯法就是犯法。不過我懷疑我們可以證明。

我站起來，把檢驗室罩袍掛在門後，穿上我的西裝外套，從椅子上拿起一份厚厚的卷宗。二十分鐘內我要去法院報到，為另一件殺人案作證。

文葛與馬里諾送我上電梯。我離開他們走進電梯。從將要關起的電梯門間，我給他們兩人一人一個飛吻。

三天之後，露西與我坐在一輛福特汽車的後座往機場去。她要回邁阿密，而我有兩個很好的理由跟她同行。

我想去了解一下她母親與那插畫家的婚姻現況。同時我迫切需要有個假期。

我計畫帶露西去海灘，去小島，去沼澤地，去猴子叢林，去海底生物館。我們要去看散密諾族的族人與鱷魚搏鬥，我們要在畢斯瞰海灣看日落，去西亞立看粉紅色的火鶴。我們要去租《叛艦喋血記》，然後在海灣閒逛那艘著名的船，想像馬龍白蘭度的甲板雄風。我們要到椰子林那裡去購物，痛快享受鱸魚、萊姆果派，吃到肚子痛爲止。我們要做所有我希望我在她這個年紀時有機會做的事。

我們也討論她所受的驚嚇。可能是奇蹟，馬里諾開火前她一直沒被吵醒。但露西知道她的阿姨幾乎被殺掉。

她知道凶手從我書房的窗子進來。那扇窗關了但沒有鎖，因爲幾天前露西開了後忘記鎖。

麥克寇可割斷屋外防盜系統的電線。他從一樓的窗戶進來，走過一樓，離露西的臥室不過幾呎，然後悄悄的上樓。他怎麼知道我的臥室在二樓？

我認爲他以前一定監視過我的房子，不然他不會知道。

露西和我有很多事要談。我需要跟她講話，就像她需要跟我講話一樣。我計畫帶她去看一個很好的兒童心理學家。說不定我們兩個人都需要去。

我們的司機是艾比。她很好心的堅持要送我們去機場。

她停在機場登機門之前，轉過身，帶著渴望的神情微笑。

「我希望我也可以跟你們去。」

「我們歡迎你來。」我眞心的說。「眞的，我們歡迎你，艾比。我會在那裡三個星期。你有我母親的電話號碼。如果你可以抽身來，跳上飛機，我們可以一起去海灘。」

她的掃描機發出嗶嗶聲。她漫不經心的轉過去調高了音量。

我知道她不會來的。明天不會來，後天也不會。

等我們的飛機起飛後，她會重新追趕救護車、警察車，那是她的生活。別人需要空氣，她需要追趕新聞。

我對她虧欠很多。

由於她在幕後幫忙，所以我們發現是安本基侵入電腦的。那通電話追溯到他家的電話。他是個電腦駭客，家裡有個人電腦及數據機。

我相信他第一次侵入時，只是如同往常想要監察我的工作。我想他在查看那些勒殺案時發現，有一個在布蘭達·史代普案的細節與艾比在報上的報導不同。他知道不是我的辦公室走漏的新聞，但他迫切的希望我出錯，所以他改變了紀錄，這樣看起來就像消息是從我的辦公室漏出去的。

然後他故意鍵入回顯指令，再去找蘿瑞·彼德森的案子。他要我們在接下來的那個星期一從螢幕上發現那些指令，就在他找我去他辦公室，與譚納跟比爾開會的幾個小時前發現這個危機。一錯就會再錯。他對我的憎恨使他失去理性。當他看到蘿瑞·彼德森卷宗裡的電腦標籤時，忍不住又再出手。我對那天他們在我會議室看卷宗的情景回想了很久。我假設偷標籤的時機是在比爾不小心掉落檔案時。但當我再多想想後，我記起來比爾與譚納根據案子的號碼一份份理明白。蘿瑞的卷宗並沒有包括在內，因爲安本基正在看。他藉著一團混亂的機會，很快的撕掉採證袋的標籤。後來他跟譚納一起離開，但他獨自一人去停屍間的廁所，在那時偷偷的把假證據放進冷凍室。

那是他第一個錯誤。第二個錯誤是低估了艾比。當她發現有人利用她的報導來破壞我的事業時，她氣得不得了。我想是誰的事業無關重要，艾比只是忿恨被人利用。她滿懷理想：眞理、公正、美國式的。她的一腔憤怒無路可尋。

她的報導出去後，她去見安本基。她告訴我她老早就懷疑他，因爲是他陰險的讓她有機會得知貼錯標籤的採證袋。他把血清報告放在桌上，筆記上寫著「破壞證據連續性」和「與先前測驗結果不一致」。當時艾比坐在他著名的中國式桌子前，他還故意走開了一會，讓她獨自留在房間內……讓她有足夠的時間看他在記事簿上寫了什麼。

他那樣做太明顯了。他對我的憎恨不是祕密，艾比又不笨。她開始主動出擊。上星期五早上她回去看他，要他對電腦侵入提出解釋。

他很小心，假裝害怕她會刊出那樣的報導，但他忍不住流口水。他可以嘗到讓我聲名破敗的滋味。

她騙他她還需要更多的資料。「電腦的侵入只發生過一次。」她告訴他。「如果再發生，安本基醫生，我別無選擇，一定得報導這一則及其他我聽到的傳說，大衆需要知道法醫辦公室有問題。」

所以電腦再度遭到入侵。

電腦第二次的侵入與我們編的新聞報導沒有任何關係，因爲不是凶手被引誘去侵入法醫辦公室的電腦，罪魁禍首是署長。

「嗯，」我們把行李拿出車廂時，艾比說，「我想安本基不再會是個麻煩。」

「豹子不能改變身上的花紋。」我看著手錶說。

她爲某樣不可說的祕密微笑。「等你回來發現他不在里奇蒙時，可不要驚異。」我沒有多問。

她手上有很多安本基的把柄。有人一定要付出代價。她還不能碰比爾。

昨天他打電話來說他很高興我沒事，說他也聽到發生的事了。他沒有提到他犯的罪，我也沒有明白提起。他只平靜的說我們最好不要再在一起。

「我想了很久，我只是覺得不會成功的，凱。」

「你是對的。」我同意，對我自己鬆了一口氣的感覺很驚訝。「不會成功的，比爾。」

我一把抱住艾比。

露西皺著眉，在跟一個很大的粉紅色皮箱奮鬥。

「好討厭。」她抱怨。「媽的電腦裡除了文書處理軟體外，什麼都沒有。沒有資料庫，沒有任何東西。」

「我們要去海灘。」我背著兩個包包跟著她走過玻璃門。「我們要好好玩，露西。這段時間你可以跟電腦說拜拜。一直玩電腦對你的眼睛不好。」

「離我們家大概一哩遠的地方，有家賣軟體的店——」

「海灘，露西。你需要休假。我們兩人都需要休假。新鮮空氣和陽光對你好。你躲在我書房有兩個星期了。」

我們在售票處繼續爭論。

我把包包擱在磅秤上，拉直露西後面的衣領，問她爲什麼沒有帶她的夾克。「飛機上的冷氣總是太冷了。」

「凱阿姨——」

「你會感冒。」

「凱阿姨！」

「我們有時間去吃三明治。」

「我不餓！」

「你需要吃點東西。從這裡我們要在道勒斯待一個小時，飛機上又沒有午餐。你的肚子裡需要點東西。」

「你說話就像奶奶！」